U0870742

未來事务管理局 | NEXT 未来文库

北极往事

孙望路科幻小说集

孙望路◎著

航空工业出版社

内 容 提 要

《北极往事》是孙望路个人代表作品集，全书包含9篇作品，故事多为现实、科研主题，涉及乡土、社会等内容。语言风格朴素，核心硬朗，细节多、真实感强，社会意义深刻。希望读者在阅读中体会人生的深层含义，同时引发对乡土、现实、底层人民的关注。以《地震云》为代表故事，文章讲述一名被退学的博士生机缘巧合被乡村土老板收留，而土老板作为地震幸存者，立志为地震预测尽一己之力。博士生与土老板及公司员工一起做科研预测地震，最终在一定程度上预测了地震，却也在科研道路上面临更多人生矛盾与冲击。

图书在版编目（CIP）数据

北极往事 / 孙望路著. -- 北京 : 航空工业出版社，2021.6
（NEXT 科幻书系）
ISBN 978-7-5165-2516-6

Ⅰ. ①北… Ⅱ. ①孙… Ⅲ. ①小说集一中国一当代 Ⅳ. ① I247

中国版本图书馆 CIP 数据核字（2021）第 069636 号

北极往事
Beiji Wangshi

航空工业出版社出版发行
（北京市朝阳区京顺路 5 号曙光大厦 C 座四层 100028）
发行部电话：010-85672688 010-85672689

三河市双升印务有限公司印刷 全国各地新华书店经售
2021 年 6 月第 1 版 2021 年 6 月第 1 次印刷
开本：880×1230 1/32 字数：225 千字
印张：10.25 定价：45.00 元

中国科幻的“NEXT”希望在哪里

韩　松

中国的科幻正处于一个重要的转折关口。一方面，它在中国各界和国际上引起越来越大的关注；另一方面，它也面临如何承前启后、推陈出新的迫切问题。

科幻是文学大花园里的一支。但最近看到很多年度文学荐书排行榜上都没有科幻。包括类型文学优秀图书，也没有科幻，至少没有我们认为的那些优秀的核心科幻。这与科幻的热度不符，也一定程度上让人感到是否创作有些乏力？科幻创作中抄袭现象虽是个例，但也敲响了警钟。

大量的科幻图书涌现，数量逐年增长，但是一些出版社却反映销售不好。我接触到了一些读者，发现他们对于科幻的了解，仍仅限于《三体》。这让人认识到科幻仍然是小众。而随着微信、短视频和游戏市场的扩大，更多受众还会被分化。

国内的科幻活动越来越多、越来越热闹华丽，科幻奖也已有十几个、最高奖金达百万元人民币，但期待中的精品还是较少。《三体》问世十年后，就再没有产生这样的轰动作品。这是否是一种能被接受的常态化呢？毕竟世界范围内也没有出现“三体现象”。但这仍然不能阻止我们对精品的追求。我看到有读者给我留言：“斗胆说一句，科幻作品虽然越来越多，但总觉得令人惊艳、拥有瑰丽世界观的仍然是不够。”

国内创作之外，近年译作的增加也十分迅猛。我们的科幻，从生成到发展，都一直受着国外的影响，特别是不少灵感来自美国这个科幻大本营。我觉得中国科幻仍然需要潜心向世界学习。但是译作现在有些鱼龙混杂，有些译作的质量仍需要提高。另外国际环境的变化也给引进工作带来了影响。

被寄予很高期待的科幻电影，自《流浪地球》后也在不断努力，但是距离受众的愿望还有明显的距离，实践或许正在证明，科幻电影终究是最难的一件事情。急功近利蹭热点的几乎都很难成功。

许多地方在搞科幻产业化，不少资本涌入科幻圈，但从打雷到下雨，再到怎么能有更大的雨下，仍在探索。科幻产业园区到底怎么打造？科幻究竟是不是人民生活的刚需品？科幻产业的投入怎样才能创造出应有效益？这些都还需要用事实来回答。

中国科幻从晚清诞生至今，发展了一百多年，它的源头还在于文学的创作，在于作家们精益求精的写作。

正是在这个时候，未来事务管理局与博峰文化合作推出了“NEXT”科幻作家个人作品集系列。“NEXT”就是“下一代”的意思。故名思义，它精选了未来局十余位年轻签约科幻作者的作品，这些作者有较强的个人风格和特色，也在一定程度上反映了中国科幻创作未来努力方向，正是着意于承前启后、推陈出新。

作为国内科幻文化的推动者，未来事务管理局不仅与国内最优秀的科幻作家有着长期合作的关系，也一向重视对年轻科幻新秀的培养。在成立发展的几年里，未来局不断从各类科幻征文比赛、平台投稿及自创的科幻写作营课堂中寻找、筛选和指导最有潜力的年轻科幻作者，帮助他们创作出具有时代感、能被当下读者欢迎的科幻作品。这些作者近年来取得了众多的成绩，积累了相当数量的科幻作品，并收获了多种科幻奖项、广大读者和评论界的好评。这套丛书的出版，就是对这个现象的总结。

这些作者，最大的一九八二年出生，最小的一九九五年出生。这两个时间点让我很是感慨。我正是在一九八二年开始科幻创作的，那年在《红岩少年报》上发表了我的第一篇科幻小说《熊猫宇宇》，而一九九五年我在《科幻世界》上发表短篇小说《没有答案的航程》并获得了银河奖。

那个时候的科幻创作、发表和出版都还是比较艰难的，我和其他不少作者，更多是怀着对科幻的满腔热爱，只是不停地学习，埋头不断地写，而较少考虑能否发表和出版。这样坚持下来才积累了一定量的作品，也逐渐形成了自己的风格和特色。

我读了“NEXT”作者的作品，好像又看到我以前的样子。我感到他们很有才华和天赋，他们的创作是美好而杰出的，更重要的是，从他们的字里行间，能感受到对于科幻的无比热爱，并由此创造出了与众不同的科幻意象。我觉得，写科幻就是要按照自己喜欢的感觉和方式去写。首先只有能被自己接受、能够打动自己、自己觉得写得舒服的，才有可能是好的作品。从这个意义上，这些年轻人的作品，可以说反映了科幻的初心。

新时代的中国科幻还需要更多的时间来沉淀。但保持初心无疑是它当前最重要的追求之一。我希望能有更多的年轻作者，能够不凑一时热闹而更多地学习，能够找点时间去甘于边缘化，能够安安静静地坚持纯正的科幻写作，能够不自我设限地作天马行空的自由想象，用以表达自己的真情实感和对宇宙人生的认真思考。这就是中国科幻“NEXT”的希望。

差不多的选择，差不多的人生

孙望路

曾经我很喜欢《差不多先生》。我想象着自己是那位带着叛逆气息的歌手，在舞台上用差不多的话语，控诉这差不多的人生。

的确，我和阅读到这部作品的大多数人一样，只不过过着和别人一样差不多的人生。但这种差不多是否意味着，所有人的体验都差不多呢？如果把一个光滑的抛光平面放到电子显微镜之下，我们会发现那平滑的表面也变得坑坑洼洼，凹凸不平。如果我能为一颗原子，那我将在上面看到山川大河。

如果换个视角，那差不多的生活也将变得精彩纷呈——这将是你阅读这本书能得到的感受，因为我所真正描绘的，也是你们曾经看到、曾经听到、又或者曾经感受过的，都是些看起来平平无奇的生活。

当然在明白这条真理之前，我还沉醉于宏大的表述和想象。靠想象搭建一个奇妙的世界，大概是大多数人在年轻时都有过的梦想。然而，差不多的梦想上开出了不太一样的花朵。在大学期间，我用尽全力挥霍想象力填补青年时代的想象世界，但很快就发现它是被保护在温室之中的花朵。

这是大多数天赋并不足够的织梦者们都曾拥有的经历，空有一个庞大世界的构想，写了几十万字甚至数百万字，但却无人欣赏。或许，我可以继续孤芳自赏；或许再坚持下去也能成功；或许选择放弃才是人生正常的选择，和那些差不多的选择一样，正常而无可指摘……

人生的转折点来自于一个科幻征文比赛，我放弃了对想象世界的填补，而是发掘了对现实世界的理解，这部合集里收录了我当时获奖的作品《北极往事》，或许那三千元的奖金对于任何已经工作的人来说都不是一笔大数字，但对于一个仍然在追梦的学生来说，这是无比重要的认可。

我可以走上这条路，在那一刻，我身边的风景改变了。

我仿佛站在一望无际的冰原上看到核动力破冰船破开冰面，下一刻人们开心地搬出自制火箭，在一声长啸之中窜上高空。而我，可以安静地置身事外，用手指在厚厚的冰雪上刻字，虽然缓慢，虽然孤独而寒风凛冽，但我始终在推向故事的终章——这里的坚冰终将融化，我将创造一个春暖花开、万物盎然的想象世界。

虽然至今为止，写作并没有让我大红大紫，也没有家财万贯，但我仍然在这差不多的人生上行走着，对写作的热爱让我看到了我最终的归宿——我将用手中的笔凿开这平静的冰面，把春暖花开的世界展现给每一个愿意来拜访的人面前。

这是我第一本面向世人的个人合集，我看着它就好像亲手养育长大的孩子——对，就是差不多的熊孩，它或许顽皮淘气，或许因为心智不成熟而显得性格多变，我祝愿您和它相处愉快。如果它太过顽劣，也欢迎联系我说出你的看法。

目　录

Contents

001　北极往事

066　地震云

122　解冻

146　老师

178　逆向图灵

206　山村风云

246　狩猎长老

273　无人机

304　重燃的烧火

北极往事

一

它又来了，总是在新月出没的晚上。这意味着又一个二十八天过去了。

破冰船巨大的船体在黑夜中渐渐显现，用人类文明的伟大力量强行破开封冻的冰层，露出漆黑的水面。冰层“咔嚓、咔嚓”的破裂声已经被积雪所吸收，然而震动却沿着冰层传到了远方，给翘首以待的人们带去了希望。

破冰船巍峨的身躯在暴风雪中若隐若现。这场暴风雪已经持续了三天，寒冷使得位于地面区的工作人员必须穿防护服。

“是‘探北’号破冰船，我是它的第一批乘员之一。你肯定想象不到送行队伍有多么壮观。刘明，你在想什么？”中年人望着窗外，头顶上一片“地中海”反射出独特的光亮。

刘明笑了笑，对身着白大褂的导师李凯说：“想象得到，我就是送行队列当中的一名中学生。”

李凯转了转头，活像背诵八股文的古代人：“已经那么多年了啊。不知道这次有没有希望为你们年轻人解决婚姻大事。我多想再一次看到新人站在阳光下受到祝福的样子。当然，在北极我就不指望了。”李凯的颈椎早年落下了毛病，经常需要通过活动活动来缓解疼痛。

“就怕我待得太久了，看到母猪都觉得很美呢。”刘明手捧着一杯热水，诚挚地看着李凯，“老师，吃点药吧。”

李凯笑得像从心中开出了花儿，让他并不和善的面容也显得可亲了不少：“不了，热水已经被限制用了，这是你的。何况，药还是少吃的好。”

刘明捧着茶杯，感受其中散发出来的热量：“不用了，我想这次带来的补给肯定足够了，限制会很快被取消的。”

李凯看向窗外，感觉暴风雪似乎小了下来，他能看到远处破冰船的影子，但又有些模糊。李凯苦笑道：“就怕不止送来了补给，还送来一大批人。‘探北’号采用核动力，维护费用高，一般很少出动。我总有种待不久的预感。”

刘明表示赞同：“很多科研基地都是忽然出现又忽然消失，离开不离开，还真是说不准呢！”

李凯叹了口气：“小刘，这是一个黑暗的科研时代，所有的研究都在地下进行，任何基础学科的研究都得看运气。国家能够支持基地运作，那真是超级幸运了。”

刘明点点头，也看向窗外，他能看到的东西更多一点儿，比如“探北”号前头上翘的形状，还有它标志性的指挥塔。他想，阳光下的“探北”号更好看。

“滴滴滴，后勤部的各位干事请注意，请立刻到地下三层中央会议室集合，会议将在二十分钟后开始。重复一遍，后勤部的各位干事请注意，请立刻到地下三层中央会议室集合，会议将在二十分钟后开始。”舱室上的对讲机突然响了，不过也是预料之中的事情。

“你该去了。”李凯满意地看着刘明。刘明是他最后一个学生，也是他最满意的学生。

“我？”刘明愣了一下，突然想起来自己也兼任了干事，“老师，我先去了。”

刘明离开导师的舱室。居住区里面零零落落地有人出来，他们汇成了一条小小的溪流，前往“电梯”。

为了节约能源，这里的“电梯”被设计得很简捷，准确地说更像铁矿工人下井用的罐笼，只不过所有金属质地的部分都是用绝热材料包裹的。

后勤部有本部干事七十名，还有兼任干事三十名。干事里面大多是黄种人，不过也有不少高鼻梁的白种人。所有人都会俄文和中文，所以交流并不成障碍。

罐笼已经下降到了地下一层，很有规律地震颤了一下。但笼内的人都不担心，大家都习以为常了。下面有亮光，驱散了昏暗，众人安心不少。

罐笼停在了地下三层，一股寒气扑面而来。其实还有一个地下四层，但那里只让拥有特种证件的后勤人员进入。

研究员兼干事们从罐笼里面鱼贯而出。他们笔直地走向中央会议室。噼噼啪啪的脚步声在空旷的巷道上回响，会议室的大门上贴着某几位著名科学家的画像，像古代祭坛供奉的神明一般，迎接信奉它的臣民们。

好冷！刘明观察着巷道，不由得颤抖。

前面的人已经打开了大门，所有人不再言语，只是进入会场寻找座位。中央会议室是一个圆形的会议室。自然，会议的席位也是圆形分布的。最中央有一个独立的位置，那里站着一个面善的中年男人，他将接受全场一百人三百六十度的观察。当然，他的位置上装有高强度防弹玻璃，采用独特的抗弹棱角设计，可以抵御一般的高爆手雷攻击，否则他的小命早交差了。

刘明随便挨着一个只见过几面的中国人坐下。他才有空仔细打量基地里面最有权力的男人。那个人叫袁则平。

袁则平慈眉善目，两只眼睛眯在一起，仿佛一直在对着人笑。袁则平倒没有多大的学术背景，只是有一个很了不起的科学家亲戚。他托亲戚的福曾在某学会担任主席，对于科学发展方向和管理很有独到的见解。然而，他本人并没有很特别的学术成就。因为原则上尽量不出现外行人管内行人的情况，袁则平升到某一步就无法继续升迁了。

不过，袁则平并不甘心养老。于是，他主动申请到北极担任基地总书记。

二十分钟不到，大门被警卫关上，意味着会议即将开始。

袁则平扫视四周，周围安静得连呼吸都能听得见。奇怪的是，俄罗斯人可能对袁则平有很多窃窃私语，然而他们的恭敬此时却没有丝毫折扣，当然这种反差和日本人的并不一样。刘明甚至知道，俄罗斯人执行命令的时候往往更加坚决、彻底。刘明只能把这样的现象归咎于俄罗斯的专制传统，也许他们的窃窃私语也是对领导人一种特殊的爱。

袁则平清了清嗓子："我们又一次见面了，好久不见，好像有好几位朋友都得了感冒。许工，你手上的伤也没好吧？"被点到名的许工微微一笑，挥舞绑着绷带的双手。许工的手是在一次抢修中受的伤，被全基地表彰过。

袁则平继续讲话："我想还有不少新朋友，比如路威研究员旁边的那位，你是李凯博士的学生刘明吧？他和我提过你很多次，说你心性沉着，将来可以有为。不过我想他一定没看过你的速算比赛，要不然他肯定会加一句聪慧机敏。"

刘明还是第一次在这么多人面前被夸，脸涨得通红，不知所措。

袁则平又随意点了几个人，轻描淡写地关心了一下，让新来的与会者都有种淡淡的激动感。袁则平和善的面容又给他的话语加分不少。估计每场会议下来，袁则平会多一些拥簇。他话锋一转："言归正传，老朋友们肯定都以为我们又要开分赃会议，但今天情况有变。"他的冷玩笑引出一片很压抑的笑声。

袁则平很满意效果："首先，'探北'号出了些问题无法进港，意味着我们的运输作业量增大；其次，'探北'号带来了一批人员，可能常驻，也可能短期就离开。我们的居住区已经足够拥挤了，你们说该怎么办？"

前排的一个彪形大汉按了说话铃："首长，请问来的人是什么身份？"

袁则平温和地笑了："有一部分也是研究员，还有一部分军方代表。"

“中国军人还是俄罗斯军人？”某个俄罗斯干事问道。

“都有。”

与会的人显然都坐卧不安起来，纷纷窃窃私语。这种程度的交换意见正是袁则平希望的。

又有位俄罗斯人按铃说话：“我想基地没有任何涉及军事的项目。”

袁则平笑着看了他一眼，然而含义却是明确的——闭嘴。袁则平接过话头：“一切的科学研究都是为了给人民创造更加美好的生活。当然，在场的各位中国人都知道，祖国正处在危险的时期，外国敌对势力野心不散，内部反动异己躁动不安。我们中国人民的和平生活受到了严重的威胁！外界还出现了一些科学家组成的私人组织，宣扬研究阳光化、公开化。我觉得这种思想倾向是绝对错误的！落后就要挨打！各位应该清楚，我们的人民需要什么！”

刘明默默地在心中说：我们的人民需要一把锋利的剑。既然科学研究都为人民服务，也就都可以为了对付人民的敌人。

所有人都品味了这段话，可能有很多人明白了袁则平的言下之意。

袁则平又松了一口气：“我袁某说这些可能有些杞人忧天。但大家都记得吧，上次战争中肆虐中俄两国领土的基因毒剂，正是敌人在秘密基地当中研发的。为了基地的存续，大家要放开芥蒂，好好表现。既然有人要进来，肯定也要有人出去，你们说对不对？”

所有人都点头，表示赞同。

军方派来了人员，说明国内外局势肯定发生了微妙的变化，也许战争又要来了。如果是真的，那么军事又将成为国家的第一要务。而北极考察这类的民用项目的开支肯定会因此被削减。如果基地内没有好的项目，那么很可能会被迫放弃。

刘明不谙政治斗争，但他明白，袁则平似乎很希望把基地保存下来。问题是，基地里面真的有可以应用于军事的项目吗？

刘明回到导师的办公室，而导师已经不在了。他看到导师桌上放着一个空杯子，杯子下面有张纸条，写着“记得回家吃饭”。刘明会心地笑了笑。独在异地，李凯导师就是刘明的半个父亲。他很早就开始在导师寝室吃饭了。

李凯年近五十，儿子在国内某大学读研究生，暂时不需要他操心。他的夫人也是研究员，在国内某大学教书。

“老师，我来了。”刘明敲门的同时喊道。

“快快进来，外面冷！”李凯急忙说，仿佛外面就没有暖气似的。

刘明换好拖鞋。

李凯从微波炉里端出一盘子米饭，他的手微微颤抖。李凯把饭放在了桌子上，发出了“咚——”的一声。这是高血压的前兆，师徒二人都清楚，但是没有人会提。

“我也老了，真是笨手笨脚。”李凯下意识地说，然后便开始分饭。

“嗯！”刘明夹了一筷子菜，放入嘴里，露出满意的表情。两个人暂时不再说话，都专注于消灭眼前的食物。任何蔬菜、肉类都是来之不易的，没有人会浪费。

“对了，小刘，今天开会都说什么了？”李凯突然问。

刘明看了一眼导师：“蛮多的。”

“挑重点。”李凯也快吃完了，正在做颈部运动。

刘明扒拉两口饭，咽下去：“‘探北’号送来了一批人，有军方的人。”

“军方的人？”李凯愕然。

刘明点点头：“很可能基地就要不在了。如果形势紧张，政府就不可能对我们投入太大。”

李凯一言不发，只是晃动脖子。

刘明继续扒饭，把头低下去。长久的尴尬，两个人都陷入了沉思。

李凯最终打破了沉默：“对了，你明天有事吗？”

“有事。明天要去接待人。”

“哦，那就算了。等你任务好了，可以随时到办公室找我，我肯定在。”李凯立马说，“有些事情其实也说不定，还得看命。”

刘明要走的时候，李凯问他：“小刘啊，你想家了吗？”

“不想。”刘明想也不想。

二

第二天中午，“探北”号在距离港口不远处停下。人和物都需要先转运到港口，再从港口进入基地。

刘明听说工程队打了一个晚上的巷道。他穿着厚实得看不清长相的全套衣物，行走在临时通道里面。

临时通道上半部分呈半圆柱形，直径大约有八米。因为害怕上层冰层崩落，工程队对冰层进行了支护。支架通过千斤顶支撑，与壁面冰层深深地契合。壁面泛出淡淡的白色，一排排的支架仿佛肋骨一般。在大自然和人类的合力之下，临时通道仿佛某种臆想中史前动物的骨架。

先行的人有男有女，步伐很快，年轻人居多。

“大家跟我来，到前面港口就有班车接送。”刘明用汉语说了一遍，然后又用俄文重复了一遍。

“刘先生，请问在冰层上挖隧道真的不会出问题吗？”一个年轻的女声问。

刘明的笑容被浓厚的衣物挡住，但笑意已经渗入了话语：“不会。如果在三十年前，在北极建大型的考察站都是很困难的，更不用说现在建成的是一个综合基地，地下部分就有将近三十米。现在北冰洋洋流处于几乎停滞的状态，北冰洋无法得到足够的热量补充，越来越冷，冰层也越来越坚实。基地中心方圆十千米的冰块都连成一块，安全得很。就拿基地所在的地区来说，据我老师考察，基地下面的冰层最早的也只有四十年的历史，都是近些年形成的。”

“在您看来小冰河期会很长吗？”有人问。

一谈到小冰河期，不少人也深有同感。在快速的全球变暖之后，人类又将迎来一个小的冰河期。和前一个冰期完全自然产生的情况不同，这一次的冰期很明显有人为的影子。历史上人类曾经经历过一个大冰期。期间，人类积累足够的优势，成为了地球上的顶级掠食者。

更多的社会学家担忧的是，此次小冰期持续的时间可能会很久。如果冰期足够久，它将会对人类的社会文化生活带来巨大的影响。

“我不知道，我并非水文气候的工作者。我的主攻方向靠近微生物学和生态学，但我相信在基地的设计年限之内，冰期不会结束。”

某位有点老的同志问：“基地的补给和维护费用很高吧？”

“很高昂。基地的用品和燃料完全靠外界输入，至于饮用水，大部分也需要外界的支援。破冰船每个月来一次，给我们送来必要的东西。”

那人继续问："有没有除了破冰船之外的运输方式？"

刘明摇摇头："破冰船已经是单位载重成本最低的运输方式了。除非冰架能够一直延伸到俄罗斯，否则火车是不可能的。空运就更不可能了，你们来的时候也看到了，这里气候很恶劣。"

"那可真是辛苦了，这种鬼地方比青藏高原的边区更极端，我肯定待不住。"某个年轻人没好气地抱怨道。

前面就是港口的接待站，众人受到工作人员的列队欢迎。简短地寒暄之后，刘明和人们一同坐上港口列车。

列车上有空调，比外面暖和得多。众人进来之后纷纷把外套脱了，也有喜欢搞怪的人不愿意立刻脱掉，让同行的人拍照留念。

刘明脱去外套，露出许久没接触空气的皮肤。他呼出一口热气，这才发现旁边坐着一位年轻女性。长期在基地室内生活，刘明的皮肤因为欠缺紫外线照射而变得愈加白皙，和同行者们形成了鲜明对比。

这位女性约莫二十出头，眨巴着一双大眼睛看着刘明，一张娃娃脸配合上娃娃头很是可爱。她的头发被打理得很好，呈现出亮黑色的光泽。

"高欣，专业技术上尉。"她伸出手，动作说不出的飒爽。

刘明大喜："刘明，博士生在读。"他握住了那只手，感觉有点冷。

"真厉害！我可从来没想过读博士！"高欣目光带着崇敬。

"是吗？可是我都不知道我哪年能毕业，也没多少工资。"

高欣撇撇嘴："我也是啊，平时干活不少，政府也不多给我点，说等到复员再统一结算。而且进部队就像签了卖身契一样，哪里像你们自由快乐。"

"是啊，我们是自由，可是冰天雪地也不知道往哪里走。你知道吗，只要出了营地，四面八方都是白色的。”

两个人确认了互相的状况，都高兴地一笑。

旁边的人开始打趣他们：“想不到小高和小刘倒是挺合拍！”

高欣脸颊绯红：“老王你别乱说！小心我回去让甄姐收拾你！”

被称为老王的就是之前问运营成本的那个人，他身材瘦削，然而举手投足间动作凌厉。他也伸出手：“王卫国，专业技术大校。”

两人握手完毕。刘明好奇道：“王老哥是搞什么的？”

王卫国笑笑：“算是搞运输的，没有多少成就，倒是小刘搞生物学有前途啊。”

刘明不吃他那一套：“哪里哪里，国内那些弄基因和神经科学的科学家才是前途无量。我和导师研究冰块里面封存的微生物，没有多大的应用前景。”

王卫国不以为意：“都是为人民服务，你们的贡献一点也不比那些人差。只是最近局势有点紧张，钱也紧张。俗话说，钱要用到刀刃上。”

“哦，我们都不知道出了什么情况。王老哥能不能和我说说。”

王卫国也不急着解说：“还是让小高和你说吧，她是搞计算机的，知道的信息比我还多。”

高欣做了个鬼脸：“我知道的八卦绝对比你多！”

王卫国不再说话，他一眯眼就睡着了。

刘明在高欣耳边低语：“他可睡得真快。”

“别靠那么近，痒！”高欣从脸颊一直红到耳根，“他那是习惯了，一有空就睡觉养神，你放心说话，他醒不了。”

刘明讪笑着摊摊手：“看来你们的工作量也很大？”

“有的时候吧。像我，一个二十三岁的小姑娘，经常整夜整夜地盯着屏幕。你知道有多么痛苦吗？我有那么多好看的电视剧都看不了。你看，我的黑眼圈到今天都没消呢。”高欣故意凑近刘明，让他看到淡妆掩盖下的黑眼圈。

刘明低低地笑了，高欣给人的感觉太单纯可爱了，难怪她也能和王卫国这样的老牌技术人员关系良好。他回忆起过去：“你啊，古灵精怪的。我可是记得我来的时候五六天都没有睡得着，黑眼圈可比你浓郁得多。”

“是吗？”高欣吐了吐舌头，“我是抱着旅游的心态来的，你可是常驻居民。你想想啊，这地方比军营还要荒凉，你还能那么兴奋？”

“兴奋啊，我高兴得不得了。这里是我梦想中要去的地方。”刘明回想起童年无数个日日夜夜，发现自己真的爱上了这里。

高欣别过头：“你的梦想可真怪，算了，科学家个个都是怪胎。”

刘明的声音低了下去：“其实不只科学家，所有人都是怪胎。”

“啊？你说什么？”高欣揉了下耳朵，“不好意思，我有点耳鸣。工作性质，没办法啦。”

刘明意识到自己失态了，他环顾四周，好在没有其他人听到：“我是说，我觉得军人个个也都是怪胎，但是你最正常了。”

“你是说我不像个军人吗？我娘说，我从出生起就没日没夜地喊打喊杀，那声音杠杠的啊！”高欣故意捏紧小拳头，作威胁状。

“外国军人都像你这样，我们就不用担心了！”

说着说着，列车进站了。所有人都穿上厚实的外套，然后下车。

“跟着我走，注意台阶。”刘明举着手电，招呼后面的人。寒冷使人清醒，刘明突然想起来刚才一点儿都没问出来外面发生了什么，不由得感慨自己太大意了。

“这儿怎么没灯？”一个年轻人问。

刘明驾轻就熟地往上走：“本来有灯的，但是后来坏了没有灯替换。时间久了大家都习惯了。旁边有一个货运电梯，不过还在检修。”

雪地靴在台阶上发出“啪嗒、啪嗒”的声响。台阶都是钢制的，表面绘有纹路以增大摩擦力。台阶并不算长。但在寒冷的帮助下，人们总会觉得它很长很长。

到了。像王卫国一样的老人感觉仿佛过了一个世纪。每个人都准备上到地面，用身心迎接久违的阳光。

“不要看太阳，这里的紫外线强度很大。臭氧层空洞很大！”刘明赶快提醒如蒙大赦的众人。

警卫室内，警卫们对所有人进行了瞳孔扫描，同时抽取血液化验。在化验结果出来之前，所有人都在一间小屋子内等消息。

三

袁则平慈眉善目，笑吟吟地迎接第一批来客：“检查结果没有问题，大家都过来吧。”

“袁书记你好，我就是王卫国。”王卫国伸出手。

袁则平握住了他的手，眼睛更加小了：“王大校，你的父亲和我有师生情谊，我怎么能为难你呢？王大校就交给我了，我亲自带他熟悉熟悉基地。小刘，你带其他人去转一转，记得给他们尝一尝北极特产。”

袁则平偕同王卫国离开了。

其实，刘明能带他们参观的地方真不多。唯有地下一层内容多一点，那里有一些机械设备间和标本储藏室。不过呢，那些机械设备在众位观察员眼中显然有些古旧。不少人都好奇地问："为什么这种古董型的居然还在使用，怎么不换用最新型的亚图灵型[1]？"

刘明只能跟他们解释："自动化程度高、控制部件多的机械稳定性大多欠佳。我们这里一个月才有一次补给的机会，一来很多精密设备我们没办法修，二来我们修完了没有零件换，于是只能使用古老一点的设备。在可靠性方面，他们可比新式机械可靠得多。"

最后一行人去了地下二层的中央会议室。来自温暖地带的人们果然表现出对温度的不适应。某个技术军官还向属于袁则平的中心位置投了纸团，结果被看不见的"墙壁"挡住了。

"哈哈，老兄，你就是拿手雷都炸不穿！"刘明笑着说。

那名军官露出雪白的牙齿，用纯正的俄文说："刘，我想这样的防护仅仅用在一个人身上，是否太过奢侈？"

刘明摇摇头："我想您一定低估了北极。北极是一个能把任何人逼疯的绝地。何况，身处高位的人总会认为他的生命是无价的。不过，您一定可以理解，在这样的地方，一个明智的领导者反而正是我们希望拥有的。"

"那你怎么没有疯呢？"高欣听完翻译后说。

刘明笑笑："也许，我们本来就是疯子吧。不要小看科学工作者的神经程度。"

---

① 亚图灵型：尚未通过图灵测试，但其结果最起码达到 20%，是笔者的自造词。

“哼，我才不小看呢，我爸就说我哥哥不适合搞科技，因为他太聪明了，而且精神太正常。”高欣欣喜地说。

刘明拍拍她的头：“那你就不正常了，还是说你太笨？”

“对啊，他总是说我是小神经！可是，我不这样就不是我了啊。”高欣还故意在刘明的手上蹭了蹭。这个动作的亲昵程度让旁边的人都窃笑不止。然而，所有人都没有看到刘明衣服纽扣上一闪而过的寒光。

“行啦，各位，我们赶快上去吧，马上欢迎晚宴要开始了。”刘明发现自己已经落在后面，很多人已经在折返回“电梯”。

刘明回过神，看到高欣在系鞋带，因为手指冻僵而显得非常艰难。刘明怜爱之心发作，弯下腰去帮她系鞋带。两个人的脸几乎碰到了一起。

刘明起身后看到她通红的脸，没有说什么，只是突然拉起了她的手，往“电梯”狂奔。他觉得全身血液在奔涌，全身滚烫，即使手心那只冰冷的小手也不能阻止热度继续升高。

挤进“电梯”，高欣一下子扑在刘明怀里。

刘明只听见自己心脏的狂跳声，仿佛某种史前巨兽踩踏着大地，全身充满颤栗般的愉悦。他听得到怀中人轻微的呼吸声，此刻却仿佛呻吟一般刺激人的神经。

不！不！不可能，这太快了。刘明不敢相信这闪电般的进展，难道他真的有这么好运？然而，此刻他心中满是幸福，完全想不了其他的东西。

后来的事情刘明都有点心不在焉的，他早早地退出了晚宴。鬼使神差地，刘明往二楼走去，他想起来他还要去找他的老师。

世人总有很多的秘密。

楼下还在喧嚣不止，军人和年轻研究员们的派对在继续。手风琴的声音伴随着星星点点的歌声经久不息，仿佛天国的赞歌。刘明可以想象到那位年轻的俄罗斯姑娘在人群中间翩翩起舞，让无数酒意上涌的男子想把她带回自己的房间。

“我来了。”刘明说。

大门虚掩着，刘明轻轻一敲就把大门打开了。李凯没有开灯，黑暗中他的脸显得更加的冷峻。

“已经有人出发了。”李凯指向窗户外面。大雪不知道什么时候居然停了，远处隐隐然有灯光。

刘明知道那不会是他们离去时使用的灯，那必然是其他的什么东西。那光线在移动，缓慢但坚实地移动着。在它的衬托下，破冰船的身影模糊了起来，船的指挥塔仿佛一座十字架。

“嗯，我想那是很无奈的选择。”

李凯点头：“是啊。刘明，你真的不想家？”

“不想。”刘明几乎毫无犹豫。

“为什么？”

“因为这里就是我的梦想，冰天雪地，没有过多的嘈杂。我觉得在这里很幸福，仅此而已。”刘明坦然地说。

李凯摇头晃脑，活动有旧伤的颈椎：“你如此坚定反而让我很不是滋味。”

刘明在心中默念：老师，您是知道的啊，我没有家可以回去。

“好了，刘明，别再想难过的往事。我想对你说的是，其实基地有军事类型的项目。”

四

刘明激动得站起来，他好像快溺水的人抓住了救命稻草一样："老师，真的？我怎么从来没听说过！"

"因为有些秘密，你知道了就没办法脱身。我以前一直没有申请加入，因为我不想研究杀人的东西。"李凯的眼神和刘明紧紧对视，他们都感觉到对方心里的渴望。

他们已经无声地交流了想法：我们都渴望留下来。

"刘明，选择加入就没有回头路了！"

"我本来就没有回头路啊！"

"哈哈哈！小刘，你知道吗？我当初最欣赏你这种没事就把自己逼进死路的性格，真是太可爱了，像极了年轻的我。"李凯大笑，紧张的氛围也一扫而空。

刘明还是很心急："老师，问题是我们能研究什么，有什么能当作武器的？"

李凯作了一个"嘘"的手势，意思让刘明静一下。他从一个锁着的桌子里面找出一个探测器，在办公室周围转了一圈。探测器的警报灯一直都没有亮。

李凯轻声说："我们的基地是中俄两国共同建立的。建立之初，中国主要出了资金，俄罗斯出了人员，建立之后也是一个两国共同管理的态势。第一任书记是俄罗斯人，第二任书记是中国人。只不过袁则平一直占着位置不走，要不然我们现在的总书记应该是俄罗斯人。我就是想告诉你，我们基地夹在两个国家之间，地位很微妙。”

刘明大奇：“难道说我们的军事研究是自己私自进行的，没有向国内汇报？”

李凯摇摇头：“怎么可能？要是没有资金支持，任何研究都进行不下去。基地的项目有一部分汇报了，还有一部分完全是秘密。你听说后来有个技术军官被带走了吧？”

“记得！”刘明隐隐约听到了传言。

“他是个间谍，间谍从来都是和秘密科研相伴的。国内数一数二的军区的政审都没有发现问题，但是他一到我们这里就被认出来了。袁则平也没想到运气这么好，我都听说他高兴得骂了脏话。”李凯不无自豪感。

刘明愕然：“就抽了血，扫了瞳孔，怎么认出来？”

“基因。他经过了特殊的基因改造。几乎所有的间谍都经过了基因改造，能够增强他们的能力，至今没有好的方法检测。但是，我们的基地研究出了检验方法。当然这个项目，上面人是知道的。它的参与者有哪些都固定了，没有我们的机会。”李凯不无遗憾。

“哦。那么，那些没有申报的项目？”

“对！那些就是我们的目标。而且恰好，实际上我们已经参与了其中一种，只是我们不知道。”李凯拿出一张名片，“这个人你还记得吧？”

刘明接过那张已经印刷很久的名片：“这不是行内非常有名的那位吗？”

李凯说：“就是他，在你来之前他还在这里。我现在研究的课题是当年和他一起决定的，不过几乎都是他一个人自说自话就把方向定了。我后来才知道，其实他参加了某个秘密项目。他拉上我只是因为事情太多，想找个人分担。那也是一段往事，我们需要着眼未来。”

“我明白了。老师，我们加入吧。我们早就半只脚踩在线上，何况我们还是做本来就想做的。”刘明恍然大悟。

“嗯，你愿意留下来真是太好了！这里有份保密协议，签订协议之后，我们就不能随便退出。也许，我们会有所发现，但凡和里面有关系的东西，可能终身都不能发表。”李凯不无萧瑟，其实他心里多希望能够扬名立万。

刘明拿起了厚厚的一式两份的协议。他看都没看几眼，一阵猛翻，翻到需要签字的地方，用力地写下名字。他用力太过甚至差点穿透了纸面。这三分钟下来，刘明感觉浑身在出汗，毛孔说不出的舒爽。

永别了，我的过去和未来。妈妈，我要变成一只萤火虫。刘明不知为何会想起来这句话。

刘明回到了住处，他不顾二号室友的目光，把一堆堆的材料堆在床上翻看。他心中不明白，完全不明白，这一项普普通通的研究究竟和军事有什么关系？

每一行数据都是如此普通，都是如此平淡无奇，但究竟里面藏着什么？他疯狂地找啊找啊，然而却总感觉找不到。

难道……？刘明翻出了一份分析报告：“水：99.12%，盐：0.56%，有机物：0.32%。”类似这样的分析报告很多很多。刘明和导师的研究方向只可能是里面 0.32% 的有机物，就是里面那些微生物。导师在寻找尽可能早的冰块，就是为了找到封存上千万年的微生物们。

刘明一身冷汗，他意识到这项隐秘的军事项目究竟是什么，竟然是可以当作生化武器的微生物。如果某种远古的病毒或者细菌，经过人类的改造和自然变异，也许真的能创造出让整个人类世界恐慌的病原体。

那些小小的、看不见的东西曾经是贯穿人类历史的恐怖制造者。也许，人类的祖先最初有很多看得见的敌人，无论是狮子、老虎、狼群等顶级猎食者，又或者是大海、闪电、暴风雪这类自然伟力，凡是能看得见的都被人类征服了。唯有看不见的微生物，不断在人类面前充当绊脚石。中世纪的黑死病、近现代的西班牙流感、绵延到 20 世纪的天花、现代的非典型肺炎乃至于声名狼藉的艾滋病，都在人类的历史上散播下黑色的恐惧。

纷繁复杂的想法在刘明心中冲击。他失眠了。

他最终尝试了一切可以让自己冷静下来的方法，然而除了去找高欣聊天，其他都无一例外失败了。高欣是个非常善解人意的姑娘，刘明感觉她什么都知道。

两天之后，累极了的刘明终于睡着了。

梦里，他回到了那片等待拆迁的出租房，看到父母亲在为了酒而吵架。父亲再一次喝得酩酊大醉，而母亲不堪忍受父亲的颓丧。刘明站在镜子面前，看到镜子里面的父母在互相推搡。镜子一开始有如液面一般清澈，逐渐越来越模糊，直到整个镜面变成了碎玻璃，彻底粉碎。

他站在一大片人的后面，看到他们在药店和日用品店面前排队。一袋袋板蓝根和一袋袋盐被人们花钱买来，仿佛某种宝贝似的揣着。然后，他看见无穷无尽的学生，神态肃然地去往考场。对的，自己也是他们当中的一个，这是唯一一次改变命运的机会。

最后，他还是回到了出租房，看到了他的父亲。父亲一脸颓丧，生活已经过多地消耗了他的精力和耐力。旁边一个男的却看起来春风满面。他的嘴唇在蠕动着，脸型尖细，仿佛来自地狱的撒旦。他说："试一个吧，就没有烦恼了。”

那是一支针剂，是战时才出现的基因毒剂，比冰毒、大麻那类毒品强大得多。它原本是军用的超强效药剂，然而战时就有不法军人进行倒卖，流入民间。实际上那些不法军人正是受敌国政府控制的。他们利用人们的绝望心理，在广大土地上散播出更大的绝望。这种绝望甚至影响了文化，战后朋克风重新兴起，某种摇滚乐和吸毒文化相结合，风靡一时。

国家出台了很多强制的禁令，经过很大的努力才控制住了基因毒剂的蔓延。但是，对于成瘾者的治疗至今还是一个难题。因为基因毒剂能够改变一些部位的基因表达，到目前为止侵染的方式仍然存疑。

那幅画面在烈火中消融，里面有无数的人影。父亲随着他们一同起舞，直到忘却了自我。他们如同火萤，消失在人世的白桦林中。最后的画面，刘明躺在床上，发着三十九摄氏度的高烧。母亲眼神很温柔，她吻了刘明的侧脸。她说她要去一个很远的地方，让刘明记得照顾好自己，桌子上面有药，抽屉里面还有钱。她走了，在一个下雪天，世界上只剩下白茫茫的一片。漫天的落雪仿佛纷纷扬扬的骨灰。

刘明清楚地知道，基因毒剂就是病毒研究的副产物！

每个人心中都有一片绝望的“孤岛”，既然无法守护，那就钟情于破坏。但，这样的破坏真的正确吗？无论项目的内容是什么，都会有无数的人可能因它而死。

旁边的两张床位上传来均称的呼吸声。刘明从梦中惊醒，满头冷汗。他这才知道，他并非那么坚强，他需要一个依托。

高欣，你看出来我是一个很有故事的人了吗？高欣，你真的如同表面那么天真无邪吗？高欣，你喜欢我吗？刘明揪心自问，然而还有一个问题他却哽住了，仿佛犹豫着是否在骆驼身上放上那最后一根稻草。

不！我不该如此！刘明突然起床，穿上拖鞋走到宿舍外面。

为了节省能源，这个时间段外面并没有开暖气。刘明被寒冷一激，感觉脑袋清醒了不少。

人类的战争本来就是无所不用其极，要避免一件武器对你的损伤，除非你能先于对方研制出来。但人类为何如此执着于互相伤害呢？

他看着窗外，和母亲离去的那天一样，世界只是白茫茫的一片。

刘明毫无意义地沿着居住区的走廊走来走去，直到他在走廊的尽头看到了高欣。高欣穿着一件厚实的睡袍。

高欣，你知道我有点想你吗？刘明整理好情绪，慢慢地走近她。这几天，刘明备受折磨，高欣是他生活中唯一的亮色。

“高欣。”

“嗯？”高欣显然大吃一惊，她回过头。

“你愿意陪我吗？”刘明把那句哽住的话说了出来，虽然没有加上期限。

“你刚才说什么？”高欣把小耳机从耳朵上取下，张大眼睛。

原来她没有听见！刘明有些失望，那句话带有的勇气已经随着声波消失了：“我是说，怎么大半夜不睡觉？”

“因为不习惯，没到我的睡点。”高欣眨了眨眼睛，“你怎么也没睡？”

“想心事，突然想走走。”

高欣看了一眼刘明：“你也不多穿点，以为是在国内吗？”

刘明不好意思地摸摸头：“因为不习惯，没到我的冻点。”

“哈哈哈，你真是贫！真不知道你是怎么混进来的。”

五

极地的风光很美。刘明握住了她的手:“我可是通过正常途径进来的，科研履历也有，导师也有，哪里有问题? ”

“我懂，你就别得瑟啦，好像我不知道似的。”她没有挣扎，温柔地看着刘明。

刘明暗想：还有很多你不知道的，而且我也不能说的。他转过头，看着她:“也许我要在这里待很久很久。”

她被看得不好意思，低下了头:“嗯，我知道你会。”

“你怎么知道的? ”刘明假装惊奇，他害怕听到不想听到的回答。

“因为我觉得你就是那样的人，既是男子汉，又是懦夫。”她的眼神是那样的认真。

对，是懦夫。刘明无言以对，他抱住了略显瘦削的高欣。

他在心中说，原来你对我如此了解。

刘明听到她说:“我也要待在这里，也许很久很久。”

她踮起脚尖，很努力地在刘明脸上留下一个吻。这一刻太阳似乎重归了大地，刘明再一次听见了生命的律动。梦中黑暗的画面如同冰雪一般消融，光明最终还是驱散了黑暗，绝望被消灭在人民群众欢呼胜利的广场上。

他热泪盈眶，他听到自己说：原来你比我想的还要坚强，你不是温室中的花朵，我只是一棵躲在石缝下的小草，倔强而又胆怯。

刘明定了定心神，他的眼神亮得可怕:“我有事情想和你说。”

这是在背叛！刘明没有背叛国家，但背叛袁则平也是一件很危险的事情，然而他现在只能选择倾诉，否则他将会在心灵的深渊里面沉沦。他需要生命中那一抹亮色，他需要光。

第二天，基地久违地迎来了阳光。

“早上好，老师！”刘明一进办公室门就大喊。

“诶，小刘今天精神不错嘛，我还以为你需要点开导呢。”李凯放下水文图。

刘明摸摸头：“我没有那么不识时务吧，既然决定了，好好做就是。”

“很好，一会儿带你去见几个人，也算是同事。你能少说话就少说话，记得多看多想，少说话。”

“嗯，好的！”

两个人先去找到袁则平，袁则平为他们签发了证件。袁则平笑眯眯地看着刘明：“小刘，好好干。”

“谢谢总书记关心。”

证件是绿色封皮，里面是国家认可的某种特种技术操作证。不过，签章就显得有些不够给力，用的是基地的章和袁则平个人的签章。两个人去往装备部，换上了一身特种防护装备，然后乘坐电梯下到地下四层。

这一层即使有特种证书也不能够随便进入。李凯将防护服的手腕靠近电梯上某处。“滴”的一声，说明通过验证。

果然第四层里面有秘密。

和地下三层一样，这里又是一条很长的巷道，最前方有座雕刻着图案的大门。门缝里面传来微微的光亮，指引路途上的人类不至迷路。

李凯脚步沉重，他说：“这里不少教授都是科学狂人，十天半个月都不会走出去。”

“那怎么吃饭和休息？”

李凯笑了笑：“你太小看中国和俄罗斯的技术能力，这里也有居住区，何况你怎么知道基地有没有地下五层？基地就和冰山一样，浮出来的总是最光鲜也是最小的那一角。”

刘明的注意力很快被另外一件事情吸引过去。李凯在墙上的秘密输入器上输入了密码，但大门却没有打开，反而出现一块呈现出浅绿色荧光的图案。

“难道还要有其他的密码？”刘明观察着图案。荧光区域上，铭刻着三个女神，她们手下有三根丝线，然而再下面却是九个罗马数字，最下面是一排方块的图案，全都画着不明含义的图案。

李凯忙得满头大汗：“小刘，你先转过去。这是设计者设计的一套个人密码，每个人和每个人的都不一样。如果有灯光，你能看清楚这面墙壁，画的是北欧神话里面诸神的黄昏，诸神之主奥丁率领着神族，在明知必败的情况下和巨人与恶魔的联军作战。巨人、恶魔和神们的尸体充斥在平原之上，直到代表绝望的巨龙尼德霍格咬断了世界之树，世界上山海翻覆，一切都被毁灭，就如同命运三女神的线，最终都将被剪断。”

刘明隐约看到壁画的恢弘：“好不祥。”

“虽然不祥，但最终没有错。任何物种都会走向灭亡，任何人都会死去。”李凯终于输完了密码，“老师年轻的时候也读过一些文学作品。我想这就是他们的信仰，一切最终都将毁灭，研究出可怕的武器也并非什么罪过。他们认定世界最终是绝望的，但却不放弃拼死一搏的机会。

这才是研究武器的人该有的心态。”

大门缓缓地打开，异世界再一次接纳了新人，然而所有人都忙着手中的事情，没有一个人回头关注。这里的构造非常简单粗暴，只有简易的墙壁分隔，看上去就像市场上的违章搭建。因为根本没有路线指引，李凯只能凭着记忆去寻找项目组。

“你来得正好！”有人认出了李凯，拉着他坐在一张圆桌上，“这位就是李凯教授，这次的打钻地点是他确认的！”

李凯点点头，试图和其他人打个招呼，然而却被他们忽略了。所有人都穿着防护服，其实根本看不清谁是谁。

一个人问：“2103，今天打钻队出发了？”

被称作 2103 的人说：“是的，消息刚刚才到。他们刚刚出发，预计晚上才回来。”

刘明这才看明白 2103 的来历，原来刚才那人制服的尾号是 2103。刘明努力把头扭过一定角度，想看清楚自己的编号。

旁边一个站着的家伙用蹩脚的中文说：“不用看，你是 2333。”

刘明觉得这个声音好像有点耳熟，他转身抬头看那个人，发现他的编号是 2330。

两个人不再对话，而是听着旁人的问答。

“现在不会再有人截留我们的原材料！”某个人说。

“对！因为原来截留原材料的人已经和我们是同一伙儿。”2103 兴奋地说。

李凯（也就是 2332）说：“原来我还阻碍过你们的研究啊。”

“不！”2272 说，“2332，你帮我们做了不少的事情，替我们筛除了不需要的毒株。我们大部分的精力还是放在菌株培养和生理药理研究。”

李凯继续说：“我还是新人，不是特别了解。我想知道现在进展到哪一步，究竟遇到了什么大问题？”

2103 似乎是很资深的研究者，他主动解答了这个问题：“我们的研究其实还处在第二阶段。2332，你也是业内人士，我也好解释。第一阶段的研究是收集主要类型的毒株，进行分类。北极的某些地区保存有十几万年前的病毒和微生物，当中有很多特殊品种，现代人类都没有耐受性。我们对这些常见的原始毒株已经研究得很透彻，不过即使如此，每次送来样本我们还是能发现一些新的品种。”

他继续说：“第二阶段是研究的主要阶段，我们培养毒株，研究它们的特性，进行基因测序，选出其中比较有前途的毒株，进行繁殖和实验。即使对原始品种的毒株，我们的实验都还没能完全完成，而新变异的毒株又太多了。”

“类似流感病毒一样容易变异？”李凯询问道。

“不对！即使是 DNA 病毒也很容易变异。我们有一大疑惑，但至今还解答不了：为何实验培养条件下的变异如此之快，数量如此之多？”2103 侃侃而谈，“如果我们能够找出原因，那我们就可以进入第三个阶段，人工控制变异的方向，甚至考虑直接序列重组组成我们需要的东西。”

2272 插嘴道：“据说美国佬就在研究序列重组，他们做了一些人造病毒的实验。”

2103 哈哈大笑：“他们不会成功的。他们和我们一样，还在第二阶段罢了。连作用和遗传的机制还没有完全弄清楚，他们怎么可能比自然界更能创造出伟大的作品。其他的不说，我们到现在还没有弄清楚病毒的进化来源，学界依旧是三个假说三分天下。我记得没错，我们三个老家伙各自支持一派打过赌，输了的两个人要去大街上裸奔。”

2272 接过话头：“也对，美国方面的研究你最有发言权。我有个预感，如果我们真的弄清楚了原因，我们也许能解开那个秘密。”

2103 笑着说：“我很相信您的预感。”

六

标本室阴森寒冷，一切的标本都被编号分类，杂乱中反而显得有些秩序。

科学其实就是从乱中求序的学问。几十年前，大多数科学家还认为通过统计学得出的理化性质不科学，但如今，对依靠统计学的学科的质疑声已经消失了。也许，刘明今天认定的某种观点，到十几年之后也会成为历史的烟云。

刘明好奇地观察了一遍骨头标本堆，然后转向房间里唯一摆放整齐的橱柜。柜子里面全部都是病毒株和分类收藏的远古毒株，两者就按照编号随意地放在里面，丝毫不担心有人盗窃。

刘明发现里面有已经被人类征服过的天花、鼠疫、各型流感以及艾滋病的病毒。这些大名鼎鼎的病毒在各国内部都有严格的保存规定，但在这里，取得它们却是易如反掌。

刘明按照编号找到了目标，某种变异版本的炭疽杆菌以及原始版本、较为常见的炭疽杆菌。

炭疽曾经是让各国心惊肉跳的菌种。因为它具有很多的优点，很有可能在改进后的情况下被人大量生产，发动恐怖袭击。因此，对于炭疽杆菌的研究从来没有停止。它一直作为一种样本菌种被使用在各种实习实践之中。

刘明的任务就是解冻和培养菌株。北极的地下冰层在自然环境下就已经达到了零下五十摄氏度。菌株的解冻是需要非常小心的，一旦过快就很容易灭活。通常解冻就要花去两个小时。当然，以前细菌解冻大概需要两三天，甚至需要细菌繁殖几代之后才能恢复正常。

随着时代的发展，科研也渐渐变成快节奏的工作。

培养细菌相对简单一点，填写一些表单，设置好温度、好氧性等参数，注入由冰冻解封的水配制的培养溶液，然后贴上标签，放好。病毒毒株的培养就复杂得多，很多病毒都会被运出去培养测试。不过目前刘明尚且接触不到。

忙完这些，他再去陪导师观察实验，用电子显微镜观察某种细菌的进食。刘明重新回想学习过的微生物分类生态学的知识，猜测着观察物的种类。当一种细菌被送进来之后，往往需要三个人的联合观察报告才能确定种类。他和导师尚处于考核阶段，任何一次判别都非常重要。

刘明仔细观察了外形，应该是很常见的枯草芽孢杆菌，但是表面膜蛋白关联性磁振频谱却比较怪异。这意味着它可能发生了变异，在此情况下形成的芽孢的外形特征也会发生改变。

“变异品种！”刘明自言自语。

李凯连忙打断他：“安静！”

刘明不再说话，缓缓地写上了结论。他偷偷揭开下面的两页稿纸，写着几乎一模一样的结论。

工作完毕，刘明和李凯可以偷闲。刘明感叹："太累了，穿着这套服装。"

"但至少能活命。"李凯艰难地在套装里面活动脖颈。

刘明不禁替李凯担心。长期下去，李老师的身体肯定吃不消。他说："老师，累了就上去休息吧。"

"不！"李凯很坚决地反对，"上去一次消耗太大。你知道这套盔甲需要几道消毒流程吗？"

"不懂，但十二个小时后就可以再次使用。"刘明补充道，"那下次上去的时候，我给您带些药？"

"好。小刘，他们和我们一样，在走一条弯路。"

刘明眼前一亮："弯路？"

李凯肯定："对！我们当初只是想研究当地残留的古代微生物，借此研究生态演变。他们也一样。严格意义上来说，他们现在并非在研究武器，而是在研究如何控制突变方向。"

刘明看到李凯眼中的欣喜，两人对视，立刻明白了对方的意思。

但刘明想到一个可能性，也许他们只是在寻找一条更加方便的道路。大门的那幅壁画给了刘明太深刻的印象，他不认为里面全都只是追求真理的科学家。袁则平肯定也会监视这里，显然不是很困难的事情。

刘明故意说："但我们没有选择，还是早点找到合适的病原体，我希望能早点完成项目。"

"我也是。小刘，你知道他们研究的瓶颈在哪里吗？"

“不知道。他们也没有说，但我感觉即便产生了很多的突变，其中有益的突变并不多。”

“的确，就像把病毒毒株放在其他生物身上培养，经过数百代产生的变异很可能使原株的毒性下降。所以，靠筛选几乎是在大海捞针！”

刘明点头：“但他们捞到过针，一把能把敌我对穿的针。”

李凯不寒而栗，打了个哆嗦：“那么可怕的病毒我是第一次见到，好在它的环境适应性太差，无法被置于阳光之下。”

“但如果制成针剂，还是有机会要命的。”

“如果别人给你能注射针剂的机会，你早就可以杀死对方。”李凯苦笑了一下，“但那些肯定不是袁则平想要的。”

刘明深吸一口气：“其实倒是挺适合用来自杀。”

李凯仿佛听到了天大的笑话：“哈？那可真是最可怕的自杀方式，除非是疯子。要不然大家都希望自己死得又快又舒服，最好还要体面。”

“那就用来执行死刑。”

“挺不错的提议，不过收尸的人肯定不会认同你。”

两个人又聊了一会儿刚刚工作中的琐事，就在这时，2103 进来了。

2103 和他们一样，也是来休息的。他把一根管子小心翼翼地接到衣服的后面，用于给自己充填氧气。他的眼睛小而精神，从面具之后打量着刘明和李凯。他说：“这位就是刘明吧？你就是 2333？”

刘明点头：“您好，2103。”

2103“嘿嘿”地笑了：“今后就是同事了，有什么不习惯的？”

“还好，任何新事物都需要去学习，我习惯了。”

2103 又接上一根管子，这根管子是用来输水的：“慢慢来，也许你成了老头子还会待在这里。只要搞不清原理，我们就一直在瞎折腾。偶尔抓到耗子，也就是运气。”

“为什么？”刘明问，但他知道李凯也想这么问。

2103 很认真地扫了刘明一眼：“额，年轻人总是保持着旺盛的好奇心。你看看，就说我们吧，整天和病毒、真菌、细菌、支原体衣原体打交道，也没有谁生病吧？”

刘明摇摇头：“没有。”

2103 继续说：“就凭这一套特种服装，根本不需要担心感染，虽然生活上麻烦了点。你们想想看，现在大规模的陆军进攻早就过时了，都是先导弹、炸弹、激光之类的炸几轮，然后飞机、军舰、潜艇轰炸几轮，炸完才派出陆军负责清扫。再想想看，陆军士兵比我们体力更强，穿着比我们灵活度更高的防护服，他们会害怕瘟疫？”

李凯接过话头：“除非我们的病原体会在金属上打洞。那我们针对的是什么人？”

2103的小眼睛炯炯有神：“敌方的后勤，也就是大后方。但即便如此，我们的武器作用仅仅只是扰乱，对于大局的影响很有限。用一种病原体摧毁一个国家，这种事情早就是传说之中的。所以，我们改变了道路。”

刘明和李凯听到后面的话，三双眼睛里面都燃烧着渴望。

2103 说：“我们希望找到影响变异的因素。微生物中间充满了未解之谜，我们的基因工程学家还在努力。我们需要完全掌握炼制剑的方法，无论这柄剑指向的是我们的人民还是敌人！”

“任何剑都是双刃剑。”李凯不无哲理地总结道。

三个人随意聊了一会儿。刘明率先离开，继续去工作。

原来并没有想象中那么阴暗，刘明心想。他们只是要掌握制造剑的方法，而非从无数的武器中挑出一把趁手的剑。就像基因毒剂一样，它本身只是一把剑，被用剑的人把可怕的一面发挥到了极致。造剑的方法和剑都不可怕，可怕的是人。人类的想法实在太多了。

“我无需为此而自责。”刘明默念。他走到简易的实验区，里面有几个研究者正在进行观察。

在高倍的电子显微镜下面，微生物的进食就如同《动物世界》一般的有趣。刘明和那些人一起观看着苏醒的微生物们向有机残渣发起进攻。

有人在写实验记录，那个人的身高提示了他的身份。然而更多的人只是随便看看，刘明觉得看不同的微生物进食也挺消遣的。

一个硕大的真菌扭动着鞭毛，无意义地游泳着，它似乎运气极好地碰到了一块有机残渣，于是它形成了一个食物泡，把残渣包裹着吞噬进来。想必下一步它就会分泌消化酶，把那些东西全部降解为它可以直接利用的物质。

刘明几乎可以感受到它的欢愉。酶很快发挥了作用，食物泡内的残渣被消化殆尽。那些东西都成了它自己的东西。人也是一样，都是掠夺者。

刘明走到他身边。他的笔迹墨水未干：“多糖在数秒内被降解。”

“等等！我看到了什么？”有个研究员突然说。

刘明是周围唯一的闲人，他冲过去一把夺过镜头，睁大眼睛。

他只看到一个摇晃的虚影，还没来得及仔细辨认，旁边那人又一把夺回了镜头。过了好一会儿，他用俄文说：“噢，我看错了。”

七

刘明选择先回到地面，在出大门之前，他被要求全身（穿着防护服的情况下）消毒，并且设置了属于自己的密码。

他回到“电梯”。它将在地下两层的中间位置层停留一下，在那里刘明可以脱去这套服装。那套防护服在十二小时后会被整理好，然后再次出现在装备部。

他在下面待了两天。两天没回去，刘明真有点想念阳光，更想念她。当然，他得到了李凯的钥匙，他必须去帮他拿药。

最新得到的冰块和水标本正在转运，而他也得去签收。

“探北”号出发了，但在下个月还会过来。刘明听说王卫国还留在这里，说明那事情并没有完结。

基地内的人员明显减少了很多，而穿着军服的人多了很多。

“请问，您知道高欣在哪里吗？”

有人为刘明指了下路，顺便提醒他说她现在在值班，去了能看到。

就这么过去？哦不，刘明决定还是先做完自己的事情。他去帮李凯拿了药，然后才走向高欣的值班室。

大门敞开着，她就在里面，和其他几个技术军官一起。刘明只听到此起彼伏的键盘声，大屏幕和小屏幕都在飞快的变化。

刘明没有打扰她，而是安静地看着她的背影。她瘦了，很可能回头就是一张极度憔悴的脸。她的听力受损严重，想必手指关节也不会好到哪里去。

一晃眼几个小时过去了，她几乎累得虚脱，刘明也在外面打盹儿。有技术员叫醒刘明：“该换班了，你不是来等人的吗？”

刘明尴尬地笑笑表示感谢，然后他看到了她。

她没有化妆，黑眼圈很浓重，但在见到刘明的一瞬间，她的眼神如同沙漠中迷途的人看到了水源一般。

他们并排而行，回到一层的居住区。

“累了吗？”刘明首先发话。

高欣揉着眼睛：“嗯，真的好累。”

“你们不走了？”

“不了，有任务。”她很难得地没有蹦蹦跳跳。

刘明嘴角上扬：“我也有。”

高欣有着女孩子特有的狡黠：“是不是该恭喜你呢？”

“是啊，但是我好像开心不起来。”

“为什么？”

“因为我想你啊。”刘明终于按捺不住，他转过来抱住了高欣。

“别闹，有人看得到。”她巧妙地挣脱了他的怀抱，却显然很是高兴的样子。她一蹦一跳地跑出好几步，仿佛一切的疲劳都离她而去：“我要去洗澡！一会儿吃饭的时候见！”

刘明笑了笑，他知道这个一会儿会很久。女孩子总归会有些很麻烦的事情。她们会让男朋友等很久很久，就为了梳妆打扮。而男性则往往比较随意，穿着平常的服装就去见女朋友。当然，如果女性不那么卖力，男性也不会欣赏到那么多的美丽。有些问题从基因方面就被早早地决定了，让人类不知道是该哭，还是该笑。

刘明回到寝室，想起来该换洗衣服了。但他的床上有叠得整整齐齐的一套衣服，而一号位置一副已经没有人居住的样子。二号室友恰好还在，他正在计算机前写报告书。

刘明问："这是你洗的吗？"刘明完全相信二号室友能做出这种事情，尤其他的洁癖又犯了的时候。

"不是。"二号室友言简意赅，"一个女人帮你洗的。"

"哦。"刘明想来想去，也就只有高欣了吧。

他抚摸着那件衬衣，洗的非常仔细，闻起来有点香香的。而且，她还展现了她的任性，她在衣服上添加了不少的图案，大部分都是用针线缝制的，让这几件旧衣服时髦了不少。对，它们很适合穿着去约会！少数纽扣看起来有点臃肿，然而并非十分明显。

好温暖，刘明穿着其中看起来最不错的一件衬衣，身心愉悦。然而，他和她却没有那么多的时间在一起。刘明不知道下一次上来的时候是猴年马月，而她是否会在还是个很严峻的问题。

如果真的有那么一天，我还会愿意待在这里吗？刘明旋即自嘲道，真的有那么一天，我恐怕没机会离开这里。

吃饭时间，刘明早早地来到了食堂。

高欣穿着一件蓬松裙装。裙摆让她看上去更像一个小公主。她化了妆，淡妆完全掩盖住她的黑眼圈，加了不少分。

俄罗斯的舞蹈姑娘又在跳舞，引发男人们的口哨声。她这次找了一个舞伴，舞伴的出现让现场的男人们更加嘈杂。

然而，刘明和高欣却仿佛置身于安静的咖啡厅中。

"你去哪里了？昨天没看到你。"高欣首先说。

“秘密。”刘明不知道上面人怎么说，但是他不能泄密。

高欣眨巴着大眼睛：“噢！是不是要有暗号，对上暗号才能告诉我？”

“是啊！暗号可是很复杂的，用计算机去试也得试上个几百年。”刘明知道她古灵精怪，于是逗她玩儿。

她用手撑住头，可爱地吐了吐舌头：“哼，那我就不猜了。”

“要不你试着猜一次，万一你猜对了呢，要是对了你可就比计算机还厉害。”

“真的吗？”她看到刘明点了头，然后俏皮得像初高中的小姑娘：“长江，长江，我是黄河！”

她一本正经的样子让刘明笑得前仰后合。

高欣嘟着嘴：“你骗我！”

两个人打闹了一会儿，然后就忙于消灭食物。

“高欣，你现在在忙什么？”刘明问。

“检查和加密数据库。”她继续说，“都是些麻烦的活儿，可比监听累多了。”

“我听说王卫国还在基地。”

高欣点头：“对啊，其实他早就可以走了。俄罗斯方面的军队代表已经走了，同时得到了他们需要的技术。我们都说老王喜欢和老袁打太极！”

刘明知道她说的是什么技术，多半就是那个能检测出基因改造的验血技术，不知道会有多少大间谍会被这种方式检验出来。但刘明觉得对这类敌人本来就不应该有任何的仁慈。

“哦，那他会留到什么时候，你也会一起走吗？”

“不知道。他还在等待指示吧，同时改造基地。你不知道，昨天有很多大型器材被运进基地。”

“哦。”刘明大为好奇，“只要不把这里改造成导弹基地就好。”

“可是如果就是呢？”高欣幽幽地看着他。

刘明呆住了：“那怎么行？”

“那怎么不行？只要一直不泄密，地图上这里就是一个民用研究设施。极轨卫星会时不时地路过我们的头顶，但是这里的气候太差了。就算看到了，他们也早就习惯看到你们的工程队到处活动。”

刘明难得看到高欣如此认真，说明她并不在开玩笑。他说：“如果被发现了呢？”

“对方也会花功夫监视我们，时刻会有一发导弹锁定着我们。但我们还会有其他的基地，也算给友军作了掩护。”

两个人再也没有提这个话题。他们吃完饭后在基地里面散步，做恋人才应该做的事情。

刘明给她讲基地里面流传过的笑话，那些都是他们赖以度过无聊岁月的谈资。不过在高欣看来，刘明是一个非常风趣幽默的人。

又起风了。他们又听到了风的嚎叫声，敌人也不会料到，中国人会在如此险恶的地方建立导弹基地，虽然这里可能也只可以发射一发导弹。而在那之后，这里的所有人都将会撤离，只给敌人留下一个曾经存在的躯壳，以及一个假想中的目标。

但那也许已经是好多年之后的事情，也许就连祖国都忘却这群说不上热血的热血青年。无论是为了科研还是为了祖国，他们都将青春挥洒在这片被诸神遗弃的冰层上。

“你什么时候再次消失？”

“等陪完你以后。”刘明打开了李凯房间的大门。房间里面的陈列几乎没变，除了药箱里面少了一盒药。他要在这里做一件有点亵渎的事情，但是李凯导师一定会原谅他。

他目光坚定：“陪我直到我离开。”

而她迷离：“我会等你回来。”

他感受到她炙热的吻，此刻一切东西都不再重要。火热，他身在夏天，虽然是在极寒之地的夏天。他想起了一首很遥远的诗歌，由伟大的古人创作。

我能否将你比作夏天？
你比夏天更美丽温婉。
狂风将五月的蓓蕾凋残，
夏日的勾留何其短暂。
休恋那丽日当空，
转眼会云雾迷蒙。
休叹那百花飘零，
摧折于无常的天命。
唯有你永恒的夏日常新，
你的美貌亦毫发无损。
死神也无缘将你幽禁，
你在我永恒的诗中长存。
只要世间尚有人吟诵我的诗篇，

这诗就将不朽，永葆你的芳颜。

（选自莎士比亚的十四行诗）

他想到了那句诗：Shall I compare thee to a summer's day? Thou art more lovely and more temperate。我会感谢这个夏天，刘明一边想着一边入睡。

他说："谢谢你。"

他又做了一个梦，在梦里他又看到了那个摇晃的虚影。它是什么？它为什么能让一个资深的研究员误判？

它的形状越来越模糊，越来越不可见，直到永恒的黑暗。

八

刘明没有想到，他们的研究这么早就遇到了问题。

研究陷入了泥潭，但实际上很早之前就是这样了。几个主要的研究负责人互相之间观念不同，在确定研究的大方向这个问题上，他们耗费了不少精力。某一次争吵之后，他们之间的关系产生了巨大的裂痕。

而基地唯一拥有能力平息这场争议的人却一直在作壁上观。事实上，袁则平也只能作壁上观，他的知识并不能为他提供判断的依据。而且一旦面临尖端技术的方向选择问题，人类生活中大部分的常识都将无法适用。从这一点来说，袁则平并非一个滥用权力的人，他很节制，他明白外行不该对内行指手画脚。

但有些时候，他的节制却造成了比独断更差的结果。

项目组分裂了，从一个分裂成了两个。两个项目组在项目初期可能不会有很大的争端，但是在最初的研究资料用完之后，他们势必发生争夺。

对刘明来说更加严峻的问题是，他和他的导师在观点上产生了分歧。他和他的导师分别加入了两个项目组，他们相互之间都想证明对方的观点是错的。李凯是个品德很好的导师，他倒是不会因此加怒于刘明，但在一段时间内，他们是对手了。

刘明的这一组认定是他们的实验过程中菌株受到了感染，某种他们未知的生命体或者物质促成了高概率的变异。而李凯的那一组认为是实验中某种自然参数不适合培养物生存，最终导致了高概率的变异。李凯那一组的人认为这种条件是可以被找到且控制的。

实际上，李凯他们的观点可能更适合基地发展武器的观念，但是科学从来不以人的意志为转移。

丝毫不出意外，刘明这一组的领袖是2103。他们的第一次会议是在刻画有“诸神黄昏”的大门之下。

他们都穿着防护服，环坐一圈，丝毫没有革命党人的热情，只有沉静。

2103逐个扫过人们的号牌，然后表示满意：“我认为该来的都来了，不来的也来了。以前，我们的研究还停留在原来的数量级，我认为有必要调用更大放大倍率的电子显微镜。我认为有必要让我们研究的数量级继续减小。我有一个设想，但是需要印证。”

“很抱歉，可能基地没有符合我们需要的器材。”一个人不无悲观的回答。

“上报，我们必须得到。”2103继续说。

刘明举手要求发话：“我觉得可以做一个数据库，我们需要统计数据。”

“有谁会做？”某个人问道。

“我！”有两三个人举起手。

2103 拍了板：“好，你们做好数据分析。我和老袁磨嘴皮子去，他肯定能弄到。”

但是可能无法运送过来，刘明暗暗补充道。基地给了他们与世隔绝的环境和独一无二的生态系统，但也无法满足他们更多的要求。

项目组开始了行动。

大量的化学分析、光谱分析的数据被调用出来。每一次实验的数据都会被存放进计算机，而且会经过两层加密，第一层加密的秘钥完全是随机按日期生成，第二层加密则是混入大量的无用项，并通过对称密码编码技术加密。

主机的风箱发出“嗡嗡”的声音，如同蜂房一般。大规模地调用和解密数据需要大量的计算，这台主机的能力相当于过去的超级计算机，当然能耗比过去的超级计算机要小一点。

负责调出数据的研究员坐在主机显示屏前，看着解析的进度条在以缓慢而可见的速度移动。他胸口上的编号是 2123，是一名已经在这里工作很久的研究员。他回忆起初次来到这里的情景，那时候的主机还没有过时，还是一台走在科学前沿的计算机。

进度条到头，他需要划卡、输入密码、抽血、比对虹膜甚至字迹。这一切的确认步骤都是为了保密需要。基地的上层也有几台主机，只有一台可以连接到这里。但是没有人会注意到的，何况还有很多的安全措施。

他按下了回车键，他所做的一切也都在监控视频之下，这让他总觉得有人在偷看。

2123 看着屏幕上出现的报错信息，惊呆了。

每一处信息都在报错。原本应该会提取出长到没有人去看的实验记录，现在提取出的却是一行行的红字。缺失、错误、错误、缺失……这几个字符循环不断地出现，仿佛神明的判决书。

风箱的声音一下子提高了起来。数据在加密之初被加入了一些类似计算机病毒的小东西，如果有人用错误的方式解密，这些小东西就会进入计算机捣乱。虽然它们并不会把主机弄崩溃，但至少能让主机的运算功率提高到几乎百分之八十。主机全速运转产生的热量刺激到了温度控制系统，风箱加大了功率，就像报警的鸣笛一般。

“发生了什么？”有人注意到了异常。

2123尽了最大的努力，他明白已经发生了什么：“找2103来！速度！”

刘明被人嘱托上去找 2103。2103 正在和袁则平聊器材的问题。刘明明白事情的严重性。

没有人阻拦刘明，他几乎是破门而入。2103就在总书记的办公室内，他终于露出了原貌。袁则平坐在 2103 右手边，他的笑容僵住了。

“刘明，你怎么能没有礼貌？”2103 直接呵斥刘明。他长着一张方正的脸，头发几乎掉光，眉宇间依稀有年轻时的英俊。

刘明不知为何觉得 2103 挺面熟，但来不及注意细节：“出大事了。”

听完描述，袁则平的笑从脸上褪去了。刘明第一次看到他有如此可怕的表情。袁则平的表情已经说明了一切。

2103 立刻说：“再签发两张证明，我和他立刻下去。”

袁则平早就准备好了两张证件，只需要填上名字。

2103 和刘明也不听袁书记的指示。他们一阵狂奔去装备部。刘明和 2103 原本的特种服装依旧在深度消毒，他们需要重新领一套。

刘明不得不承认，2103 的体力很好。他穿上防护服之后一样能够跑起来。

2103 风尘仆仆，他在同事的指引下一路前往主机。刘明看不到他的表情，但显然不会好。

还没到主机，刘明和 2103 已经听到风机的“嗡嗡”声。

“告诉我发生了什么？”2103 扫视在场的人。

2123 从主机面前站起来，面带愁容：“2103，我们的系统被黑了。”

“黑了？”2103 嘴角冷笑，“怎么可能？你不是告诉我，我们的防护几乎完美。”

2123 低下了头：“但我和它一样老了，我们的设置在十几年前的确是几乎完美。”

“数据呢！”2103 在咆哮，并非因为风箱的声音太大。

2123 指着满屏幕的报错：“无法解析。”

2103 暴怒了，一把捉住 2123 的手臂：“我是问你，有没有泄露？”

2123 恐惧地看着对方，他的眼神已经说明了一切。对方连你们的解密方式都改变了，难道能够保证不查看数据？

“混蛋！”2103 放开了手。他已经得到了答案，无需继续威逼。他想掏出烟来抽，但防护服内根本不可能抽烟，这一切的动作都让他显得更加焦躁。他说：“告诉我，可能是什么人做的？怎么做到的？”

“最大的可能性是内部人员，比如说我！但是我不可能这么做！”2123 继续说，“上面的主机也有接口，但从那里调用并不比从这里容易。如果不是我们这里的人干的，那就是上面有人做的，有必要去上面调查。”

2103骂了一句很难听的话，然后指着2123和刘明：“你们两个和我走！”

事态紧急，2103紧急知会了其他项目组，然后由地下部门的安全负责人下达了封锁命令。除了刘明、2103、2123之外，任何人不得进出。

他们三个再次到上面去，向袁则平汇报这件事情。

袁则平正襟危坐，安静地听完了汇报。他点了点头：“你们先去休息会儿，我去找老王。”

不到三十分钟，袁则平回来了。他很僵硬地笑了，一点都不温暖。袁则平说：“是一场误会。王卫国带来的人修改了整个系统，顺手破了我们的安保系统，然后重新编写了一个。”

2103怒目而视：“他怎么可以乱来？起码和我们打一下招呼，我就怕信息泄露了。老袁，你是懂的，里面的内容……”

“闭嘴！”袁则平指了指耳朵，“新的解密规则已经写成程序，就在这里。如果有什么问题再和我说。记好了，今天的事情你们谁也不许再提，就当没发生过。天塌下来有我顶着！”

2103和2123先走了，唯有刘明还没挪动脚步。

袁则平惊讶于刘明的表现：“你还有什么事情？”

刘明苦笑：“我只是想知道后果。”也许没有人去研究那些数据，但秘密绝对已经泄露了。新的解密规则里面也肯定有后门。

两个人的眼睛对视，他们明白对方都是精明人。

“我不知道。”袁则平摆摆手，“别太聪明，也别自以为是。我们中间有内鬼。”

九

接下来几天风平浪静。下面的人也仿佛忘了数据那回事情。新的解密规则被应用之后，数据很快被提取出来。新的数据库正在被建立，而且另一组正在做对比实验，不断地丰富数据。

刘明的主要工作还是观察。他们把电子显微镜的放大倍数调到最大，可以清晰地看到细菌的膜结构。没有人指望通过观察得到什么决定性的信息。他们只是在确认细菌的表面膜蛋白的种类。

中午的时候，第一批的报表被打印出来。几乎所有的研究员都围坐在一起，将表格一张张地看过去。

大部分报表都没有呈现出明显的规律，拟合曲线也显得杂乱无章。

“你们看这几张，病毒变异的概率大于细菌，而细菌变异的概率远大于真菌。”某个研究员说。

“但是本来自然界里面，三者的关系不就如此吗？造成区别的原因是他们的结构差异。”另外一个人反驳道。

“有道理。”第一个人继续说，“从这些报表里面可以看出，变异的概率并不和温度有明显关系。”

“同样和培养液的盐碱度关系也不大。”

“和培养用的营养成分关系也不大。”

接下来，又有不少研究员发话，依次排除了多种可能性。

2103 总结：“结论很明显，我们的观点是对的。只有可能是某种我们未知的生物或者物质产生了干扰。”

“元素分析表也有，我认为需要考虑辐射。”有人说。

元素分析表有很多张，大体上统计了所有培养液中元素的含量。因为培养液由海水配制，里面有几乎所有可以存在的元素，自然也包括了某些放射性的元素。

“对，放射性！”

2103 说：“听说他们最近就在做放射性的试验。”

这一次讨论没得到有用的结论。

刘明独自回到了显微镜前。他透过屏幕，把放大倍数调小了一点。刘明还是更喜欢看它们扭动鞭毛游动的场景。当然草履虫的观赏性会更加高一点。

刘明看到了细菌的胞吞。细菌从来不会遗弃唾手可得的食物。刘明突然想再捉一个类似的细菌，看看把它们放在一起会如何。但刘明知道自己是想多了，细菌和人类不一样，它们恐怕不会有一山不容二虎的观念。

不过如果放一个种类合适的病毒进来，也许结果就不一样了。此刻正是半夜。刘明身在地下感觉不到，但他知道高欣多半在上面值班。她有一半的日子都是晚上值班。

刘明看到一个大分子，光从外貌确认不了成分。他想，北极的冰水真适合用来配制培养液。尤其是那些保存十万年以上的冰块，里面有很多的有机物，而矿物质等多项标准又非常适合微生物生长。

十万年前，很多生物死亡。腐生细菌没能完全分解完生物的尸骸，产生了很多有机残渣。这些东西和那些微生物一起在北极被保存下来，直到有一天人类将它们唤醒。

等等！刘明感觉自己眼花了。他睁大眼睛看着显示屏，刚才那一幕发生得太快了，根本来不及看清。

那个大分子直接进入了细菌内，消失在茫茫的细胞质之中。他急忙放大显示倍数，然而那个大分子并没有被染色过，踪迹根本无法寻找。

它是怎么进去的？刘明感觉自己好像有了一个重大的发现，但他必须谨慎，必须排除一切能够干扰结论的可能性。

这份标本属于我，刘明想。他抽出放置观察标本的载玻片，转移标本进入培养溶液。溶液里面有大量的有机质，为标本提供了很好的繁衍环境。

这几天，他一直守着标本，每过一段时间就观察一次。他看到了子一代、子二代，试图找到其中是否有变异的种类。

努力收到了回报，他真的在里面找到了一个变异的个体。新个体呈现出一些和旧个体不太一样的性状。刘明认真地记录下实验结果，用电子显微镜拍照记录。当然，他知道试验并没有结束。他还需要证明，证明病毒也可以通过同样的方式变异。

刘明废寝忘食地试验，期间“探北”号曾再次造访基地，送来了相对先进一些的显微镜。但刘明没时间去管，他一直在观察着病毒，希望找到历史般的那一刻。

他隐约听到 2103 在说辐射实验的事情，好像辐射实验的结果并不符合预期。这个消息说不上难以理解。适量的辐射剂量可以让变异的速度提高，但具体能到多少就不清楚了。

刘明不需要使用新的显微镜。新的显微镜放大倍数过大，都能用来观看原子核的结构。

时间在一分一秒地走过去。他觉得眼睛酸涩，发现自己好久没有洗过澡，浑身黏糊糊的。

就在这时，他期待已久的时刻到了。那个不知道是什么成分的生物大分子，靠近了某一个病毒，然后它们合为一体。刘明确信那个大分子并非鸡胚里面的成分，肯定是北极冰水里面的东西。

他想尽办法提取出那一个病毒，然后把它进行鸡胚培养。如果它的子代产生了变异，那么就能确信他所想的。

检测结果没有让他失望。新病毒比老病毒多了一些 RNA，同时包裹着的外壳上也多了一种蛋白质。刘明发现 2103 正在好奇地打量着他。刘明觉得如果被他发现了也无所谓，反正这里的学术成果都是不能公布的。

刘明松了一大口气，他可以完成自己的博士论文了。他需要去上面休息一下，已经好久没有好好洗个澡，也应该换一套衣服。

消失了一个多月，刘明回到寝室里，发现衣服整齐地叠放在床上。这是她为我做的，他暗想。他花时间洗了个澡，把长长的胡须剃了，然后换了件衣服。

他去值班室，他要知道她的消息。

比起两个月前，走廊又空旷了不少。他望向窗外，依旧是冰天雪地、银装素裹。

值班室的大门关闭着。刘明泛起了一种不祥的预感。

“咚咚！”

有人隔着门检查了他的身份证明，打开了大门。

“你找谁？”那名年轻的军官打量着刘明。

刘明扫视一圈，没发现她的影子：“我找高欣，她什么时候值班？”

“高欣？我帮你查查。”那人翻着值班表，然后摇头，“抱歉，这里没有这个人。”

“啊？”刘明惊讶不已，“你们不认识她？”

军官很抱歉地解释：“我才来不到一个月，不认识之前的人。哦，你可以等一下汤炜少校，他是很早就来到这里的技术军官，刚刚去上厕所了。”

汤炜上校不一会儿就回来了。他疑惑地看了眼刘明：“你是……？”

“我是这里的博士生刘明，我找高欣上尉。”

汤炜再看了一眼刘明，好像认出他来了：“哦，原来是你。高欣她不在基地。”

“她去了哪里？”刘明追问。

“你居然不知道？”汤炜话说出口就意识到自己不该这么说，连忙改口，“她的爷爷去世了，回去参加葬礼。”

刘明发觉自己的声音在颤抖：“什么时候走的？”

“上一次‘探北’号来的时候，大约一个月前。”汤炜回想了一下。

“那她还会来吗？”

汤炜摆摆手，摆出一个“天知道”的架势。

刘明感觉全身的力气都被抽空了。他没有告别，径直走出了值班室。他还知道一个人可能了解情况，前提那人还在基地。

他去了二楼，找到了王卫国的办公室。

“咚咚咚！”刘明忐忑不安地敲了门。

“请进。”那是王卫国的声音。

刘明心中略微安定了一点："我是来问高欣的。"

"哦。"老王一点都不惊讶，"她回去参加葬礼，估计下次会随着补给船一起回来。你不用太伤心。只是，小刘你这么多天都去干嘛了？"

"没……没干嘛？"刘明没想到老王反将了一军。

王卫国很严肃："请解释一下，你消失了那么久，去做什么？"

刘明说："我一直在实验室做试验！"

"难道你不吃饭？"

"有人给我送饭！"刘明立刻狡辩。

王卫国笑笑："高欣倒是想给你送，她在食堂等了你好几次，从来没有等到，也没找到和你一起的人。基地里面有秘密，对吧？"

刘明硬着头皮说："没有。"

王卫国笑了："我们在整理数据的时候倒是发现了一些奇怪的东西。记录非常全面，实验人员和日期都有。我想你们不能否认！"

"不，那是我们从兄弟研究所得到的，不是我们的。"刘明咬死不承认。就算对方白纸黑字放在他面前，刘明也不会承认。他不能做第一个承认的人。

王卫国知道从他这里得不到什么。他说："刘明，你好自为之。袁则平在走独木桥，如果他搞的东西被认定为有损国家和人民，你们会怎么样？袁则平是个注定失败的野心家，你不能和他搞在一起！"

"无所谓。我只是一名科学工作者。"

王卫国盯着刘明看，想知道他是否真诚："就算一辈子待在这个鬼地方也无所谓？"

"无所谓，我属于这里。"

“可是高欣不属于这里。”王卫国希望看到刘明的动摇，然而他失望了，“你走吧。”

刘明默默低语：“我知道她不属于这里。”

十

刘明完成了博士毕业的论文。这篇论文也许永远不能够发表，但它的价值却永远会被某些人铭记。

2103 和李凯等人都传阅了他的论文。2272 号研究员在看完之后立刻倡议项目组重新合一。2103 显得异常地兴奋，但其他研究者的热情也不相上下。于是，主要的几个研究者都响应了倡议。刘明为他们开了个好头，但后面的工作依旧艰巨。

那种神秘的大分子物质究竟是什么？

比较受专家们青睐的一种推论认为，那种大分子物质是蛋白质与 RNA 或者 DNA 的结合物。好几名专家都提出了各自的假说。

可以确认的是，北极的冰水中含有某种特殊的大分子。它能够自由地进入细菌、病毒甚至真菌，能够对其的遗传产生影响。

在接下来的一个多月里面，有研究者分离出来了变异的基因，他们在基因库里面找到了变异基因的同源基因。这证明，这些变异是有依据可循的。

项目组满怀希望，热火朝天地继续前进。在某一天，有人拍摄到了大分子与细菌结合的过程，这几乎可以说是铁证。

就在项目组进行分离、标记大分子的研究过程时，变故如同它那不受欢迎的表亲——变化，在人们的诅咒声中来临了。

他们先是听到了冰层中传来的震动声，如同玻璃碎裂一般，让人心烦。一阵狂风吹过基地，裹挟的雪差点把基地的第一层埋住。没过多久，袁则平的声音在整个基地内响起："所有人请注意！紧急集合！"

刘明被派遣上去看看发生了什么事情。他以最快的速度赶到中央会议室。

会议室里挤满了人，军人、工程兵、研究员们都各地占据一块地方，谨慎地交换着意见。

袁则平站立在中间，他还在等，等尽可能多的人到齐。估摸着人差不多到了，袁则平开始了讲话："安静！"

所有人停止了窃窃私语。

袁则平宣布："有人往北极中心投了一颗氢弹。"

所有刚知道这件事情的人都发出了惊叹，即便是上一次大战也没有国家动用氢弹。

袁则平指向王卫国："请王卫国大校为我们阐述一下。"

王卫国不拖泥带水："就在今天 14 点 21 分，一颗氢弹被投放在北极点附近。爆炸的实际当量达到六百万吨。爆炸的后果，现在北极冰层已经分裂成大小四十余块，所幸，冲击波没有波及到我们，但是按照趋势，我们所在的冰山将向南漂移，在几个月之内到达白令海峡附近。此外，有个很不幸的消息，我们的基地泄密了，我们的坐标被美军的无人侦察机锁定。我们可能随时被巡航导弹攻击。"

大敌当前，面和心不合的袁则平和王卫国也联合在一起。

人们发出狠毒的咒骂声，大部分都是中文的国骂。

袁则平终止了无意义的宣泄："安静！现在到了基地生死存亡的时刻，'探北'号和'逐风'号正在紧急向我们靠近。我们必须准备撤离。此外，所有人都注意，我们会组成严格的政治审查小组，保证成员的纯洁性。"

政治审查，这是比撤离更加大的新闻。中国和苏联都曾经有过一段整风的历史。如果未能通过审查，即使没被认定为间谍，他们回国后的生活也不会好。

袁则平宣布了初步的章程，被会议以几乎全票通过。没有人再关心：氢弹是哪国投放的，又是因为什么原因。基地上下都陷入了狂热，唯有地下四层的秘密研究者们还不知道。

散会，袁则平注意到了刘明。

"刘明。"

"袁书记，有什么指示？"

袁则平把他拉到身前："你们的材料才是基地最大的财富。让他们把最重要的资料准备好，船一来你们就走，我们有人会在港口照应。地下那些东西基本都沾染过病菌，不能随船带回去，最后一个走的人会用铝热燃烧弹销毁地下部分。你们不用太担心，还有大概二十天可以专心科研，我们的政治审查不会囊括你们，你们不可能参与泄密。明白了吗？"

"明白！"

刘明回到地下四层。他把信息告知了项目组。地下世界的研究者们得知消息后并没有颓废，反而是加班加点地做实验。

刘明在第五天之后就把李凯送了上去。李凯终于因为脖子的问题而卧床不起。虽然他一再坚持要工作，但 2103 和刘明等人都不答应。

没有人再吝啬试验材料，地下四层的任何东西最后都会被燃烧焚毁，什么都不会遗留下来。

它又来了，应该是它们又来了。破冰船巨大的船体在黑夜中渐渐显现，用人类文明的伟大力量强行破开封冻的冰层，露出湛蓝的水面。冰层“咔嚓、咔嚓”的破碎声已经被积雪所吸收，然而震动却沿着冰层传达到了远方，给孤守远方的人们带去了最后的希望。

两艘破冰船一前一后，它们是人们撤离的希望。

李凯躺在病床上，脖子被固定住，高血压和颈椎的旧疾彻底击倒了他。他说：“是‘探北’号和‘逐风’号。‘探北’号，它送我来，如今带我走。”

“都是缘分。”刘明陪在床头。

“它在闪光。”李凯说。他闭上了眼睛，留下了一滴眼泪。

刘明看到了闪光，有人在“探北”号上用望远镜。他安慰老师说：“别太伤心，您已经做到很多了。于公于私，您无愧于心。”

“我们离真理还差一步。”李凯说。

是啊，很多时候人们离真理都只差一步。在关键的岔路口，问题无非是向左或者向右。

刘明沉默了，他肩负有重大的职责。李凯回去之后多半会去一家学校任教，然后退休，而刘明则前途未卜。研究进行到了最后的阶段，已经有研究者宣称自己的假说无限接近于真相。

学者们的乌托邦要结束了。它会在烈火中熔化，然后在自然界永生。他们为军方提供了一些微生物的资料。其中有一种编码简易的病毒可以当作武器使用，一种杀伤力不大但能有效减弱人员战斗力的流感病毒变种。此外还有一些筛选出来的毒株，它们被密封，然后被妥善保管在基地的货物中。一些冰块也被封存带走，它们是工程队上一次的战利品，既是纪念也是希望。然而，刘明并不知道，被破坏的乌托邦中总会有殉葬者。

刘明回到地下，这是他最后一次穿防护服。他编号尾号是 2333。

做好撤离准备的研究员们依次从大门离开。他们中的不少人最后一次抚摸了刻画着“诸神之黄昏”的大门。

他目视那些熟悉的编号一个又一个地离去。

已经没有人从门里面出来。刘明走进大门，他也需要和这里告别。等到上层大部分的人都撤离，他就会启动燃烧弹。

大门之内，再也不是那个繁忙的秘密研究基地，而是一堆残骸。研究员们把无用的纸张扔得到处都是。毒株也没有受到妥善的保管，试管瓶散落在地上，有不少都被踩碎了。散落的毒株依旧被低气温压制着，不过它们即便苏醒也不是防护服的对手。

刘明好像听到了人的声音。他往前走，到了平常解冻毒株的实验室。一个人在里面站着，他点燃了一大叠纸张，然后竟然就着火在抽烟。

他意识到问题的严重性，他急忙拔出一个防毒面罩，试图戴在他的脸上。但那人敏捷的躲开了，秃头锃亮。

2103 表情诡异，似乎是很得意：“你来晚了。”

刘明怒极：“你在干什么？你怎么不穿防护服？这里不能抽烟！”

2103 笑了笑：“人都快死了，有什么事情不可以做？”

刘明在考虑这人是不是疯了：“你还有机会活，全身消毒，跟我上去。”

2103 摸了摸秃头，然后他转过脖子，脖子上面有一个不大不小的针孔。

“天呐，你都做了什么？”刘明不知道该怎么办，“为什么想不开？”

2103“嘿嘿”地笑了：“我想知道的都知道了，不需要继续活着。我注射的东西号称‘见光死’，但是威力毋庸置疑。死在自己发现的东西手上，其实很幸福。”

刘明叹了口气，他也坐了下来：“我不理解你。”

“不。我只想留在这里。我无颜去面对外面的人。更何况我知道了很多……”他突然开始咳嗽，有少许的血咳出。

刘明说：“你知道了什么？”

“我们一直寻找的大分子的秘密。那些大分子和我们想的差不多，它们都是蛋白质和核糖的结合体。但我发现，它们都是活的东西。”

刘明丈二和尚摸不着头脑：“活的？”

“对。它们都是活的东西。从一开始我以为它们和细菌、病毒的接触都是随机的，但后来我发现并非如此。它们有自主的运动，而且和布朗运动一样快。我为了得出这个结果熬了十六天的夜，哈哈”，2103的笑开始减弱，他全身上下出现病态的嫣红。

刘明知道那是什么，第一期的症状已经开始了。他问：“简直难以理解，它们从何处来，依靠什么繁殖？”

“何处？大量有机物的残渣。你想想看，生命还没出现之前，大海里面全部都是因为雷电产生的有机物。它们经过各种堆积，不知道怎么的就形成了细菌，你认为合理吗？”

刘明摇头：“不合理，中间应该有比细菌更原始的生物。”

2103看到手上开始出现小的出血点，居然有种孩童般的兴奋：“是啊，我们人类发现了无数种生命形式，但直到目前为止都在我们的理解范围之内。我们无法串联出一条完整的进化线路，因为缺少了某种中间产物。它是古代细菌和古菌的共同祖先，又是拟病毒、类病毒、病毒的共同祖先。”

“嗯？”

“对，没错。它们只是早期的蛋白质和核糖结合体，但是确实具有生物活性。它们会寻找有机体并与之结合，以求把基因表达下去。无数个它们的聚合形成了最早的病毒，最早的病毒并不需要依赖细胞的代谢才能复制，病毒到细菌中间仍然有一种生物没有被我们发现。我们发现的生物大分子的机制太过于原始，因此能够进入病毒，影响病毒的变异方向。”

“很不错的假说。”

2103 露出欣喜的神情：“不，如果我的推断是对的，那我将成为新世界的亚当！我有试验依据可以证明，可惜我已经把它们删除了。”

刘明无言以对。

“你肯定不相信。你想过为什么只有在这里我们才发现了这种大分子？因为这里埋藏了十万年之前的有机物。未被分解的有机残渣被先冰冻，它们因为气温的回升被激活，部分重组，恢复到先祖的状态。如果我被埋葬在这里，基因将随着冰封被埋藏，直到下一个轮回开始。”

刘明懒得理清思路：“就算你是对的，又何必在此寻死？铝热燃烧弹会把一切都烧毁！”

“因为我无颜去见外面的人。你原来也是这种人吧？但后来你变了！”2103 的目光闪烁，隐隐带着仇恨。

刘明下意识地用手摸向腰间：“你知道什么？”

“不不，别紧张。我没告诉任何人，也不关心你代表哪一方。我们只谈科学。你听说过基因毒剂吧？”

“嗯，何止听说，印象深刻。”

2103 自豪地说：“那东西就是我和另外一个家伙开发出来的。基因毒剂是我一生最大的作品，也是支持理论的实验证据。基因毒剂只是我们偶然间得到的，到今天我才完全明白它的原理。外面那些科学家研究基因毒剂的成瘾性，哼！他们都在瞎忙活！没有任何解法！”

“谢谢你告诉我这些。”

2103 艰难地摇了摇手，似乎是回忆起了往事：“那个家伙战后也回到了中国，不过一直不敢露面，在贫民区过着贫困的生活。听说他最后也是死在基因毒剂的手上，和我一样讽刺。”

“他叫什么？”

2103 嘴巴做出了三个字的嘴形，然后他就说不了话了。他的眼神中有种说不清的情感，他努力地想张开嘴，但还是躺倒在地上，肌肉开始了痉挛。这种痉挛最终将影响到呼吸系统，他会被活活憋死。

刘明可以选择继续延续 2103 的生命，然而他只是呆呆地看着那张说不出话的嘴。

刘明看到了那三个字，他喃喃道：“父亲。”

十一

刘明终于明白自己的父亲是一个什么样的人。他并非市井间的穷人，而是一名落魄的科学家；他发明了令人类震颤的东西，但却最终死于成瘾和贫穷。2103 在死前明白了刘明和那个人的联系。刚刚知道这个消息的两个人同样震惊。不过，其中一个人已经永远地闭上了嘴。事情的真相也将湮没在历史中。

时间到了。

“父亲，原来你也会歉疚，也许只是害怕，而我还没有酿下大错。”刘明在刻画着“诸神之黄昏”的大门外默念，然后启动了铝热燃烧弹的按钮。

诸神，火焰将终结你们的统治，推翻你们看守的大门，一切恶都会被潘多拉的魔盒冰封，让我们把善良置于阳光之下。

刘明不再留恋，转身离开。

黑暗在人类看不到的地方生长，但会被消灭在阳光下。

刘明到达地上的时候，撤离工作已经接近尾声。他拉起自己的行李箱，准备离开这个地方。铝热燃烧弹最终会把地基焚毁，时间紧迫。

他抬起头，正好看到了高欣。夏日的阳光下，她站在前方，身着军服，英姿飒爽。

温度仿佛回到了刘明的体内，他缓缓地走向她，带着阳光般的微笑。

“你回来了！”

高欣扑进他的怀里：“对，我回来了。”

“这里说话。”两个人一闪身，进入曾经属于某位教授的办公室。

高欣迫不及待地解开了刘明的上衣纽扣，把那件上衣脱了下来。基地已经断了暖气供应，刘明感觉有点冷。

“忍耐一下！”高欣甜美的声音是如此地急切。她从自己身上拿出平常使用的监听设备，然后把上衣纽扣对准其上。这个过程并没有持续很久。

高欣把上衣还给刘明，刘明急忙穿上。这一系列动作只在电光火石之间。

高欣问：“我已经来不及听了，告诉我，关键的箱子放在哪里？”

刘明毫不迟疑：“大概在‘逐风’号的特殊舱，有密码锁，密码我不知道。”

高欣皱了下眉头：“可能要采取S计划。”

“什么？”刘明看着她可爱的侧脸。

“Sink，沉没。”高欣此刻毫无温柔的表情，杀伐果断，一点都不犹豫。

刘明点了点头。

高欣继续问：“有几个人知道核心的那些东西？”

“放心，他们都在‘逐风’号上，‘探北’号用来运送一般研究员和领导，以及重型装备。我们那批人的身份都写成是工程师，和工程兵们一起坐‘逐风’号。”

高欣面带喜悦：“很好，任务完成得不错。李凯也在‘逐风’上？”

刘明摇头，显得有点难为情：“他老人家在‘探北’号上，但他不会说出去任何东西。他的劲椎病加重了，需要回国内进行手术。”

“那就好。人类不能掌握超出掌握的东西，一切都应当置于阳光之下。”高欣嫣然一笑。

他们感觉到地面在动，建在冰层中的基地正在下陷。所有人都撤离出了基地，他们不知道还有人留在基地内。

“怎么了？”

“是铝热燃烧弹，地基被烧毁了。”刘明反应过来。

墙面倾颓，刘明一把扑住高欣，在一块顶板和墙壁围成的三角形中喘气：“太……太险了。”

高欣在他怀里抱紧了他：“如果我们今生就被困在这里，你满意吗？”

“满意。”

高欣亲吻刘明：“别瞎说，我们都会回去的。”

刘明感觉基地不再下陷了，才敢从避难处站起来：“嗯，我好奇，你是怎么做到的？”

高欣摸了一下纽扣后某个环状物：“就用它。他们的探测仪针对的窃听器太先进了，根本没想到我会用这么过时的东西。你不是说，最先进的机械不一定好，最合适的才是最好的。它根本不会散发出任何电波，除非我近距离给它一个电子信号。从最初我接触到你的时候，我就把它装在你的衣服上，你也没察觉到。”

刘明摇了摇头，然后认真地问：“那时，你爱我吗？”

高欣再给了他一个吻：“我爱你！虽然最开始接近你是为了科学公社的任务，但我后来真的爱上了你！如果不是给你装了窃听器，我也不会那么了解你！”

得到这样一句话，刘明觉得死了也值了。

他们两个费尽力气爬出了基地的遗骸。为了保暖，两个人穿上了防护服。

“我们怎么回去？”刘明感到头疼。

“往南边走，他们应该还没有出发。”

刘明点头：“那就好，我们必须赶在‘探北’号出发之前登上去。”

“后悔吗？”高欣踩着刘明的脚印，在雪地上漫步。

“不后悔。我不是背叛国家，而是为了人类的崇高理想奋斗。科学技术是一把双刃剑，不能让它被邪恶的人所掌握。为了人类的未来，一切都应当置于阳光之下！”刘明把手伸向后方。他想，我不会后悔，即使我曾经爱过这里，但我现在有更爱的人。

“为了我们的下一代！”高欣和他击掌，“不知道美国的分支机构做得如何，听说当年研究出神经毒剂的十六区还在工作。不过美国分支可能忙于调查那颗氢弹，对付十六区的任务可能会延后。”

“希望他们不会搞砸！”刘明重重地踩在雪里，留下一个坚实的脚印。高欣踩在他走过的每一步里，亦步亦趋。

刘明感觉阳光很刺眼，这是他很久没有体会到的感受。高欣，你是否又想到会有这一天，在你最初为了安装窃听器而接近我的时候。你是在什么时候才爱上了我？是那晚我向你坦白倾诉的时候吗？你更爱我还是更爱公社？只有风声回答刘明的心绪。

这些答案已经不够重要了。

刘明远远地看到了“探北”号的身影。它依旧是如此的挺拔，它的每一步都将是从容不迫的。

刘明的心情复杂，他想写一封信给他远在天国的父亲，然而这封信永远不会被写下，也不会被寄出。

父亲：

您好！

我不知道您是否能听到我的声音。我现在做的一切究竟是对的吗？为了破坏掉威胁人类生命的技术，我反而加入其中学习。我在科研的路上越来越无法自拔。

哦！我懂你，父亲。您是否还在为过去歉疚？而我，帮您赎了一部分的罪。我们的组织旨在摧毁有损人类安全的研究项目，保护人类的未来。我为它服务，现在一艘满载人员的破冰船会因为我的密告而沉没，仅仅因为里面有一箱致命的病原体。

我和其他的研究员曾经无限接近于真理，或许有人已经找到了答案，但那不会是我们生活的全部。我将把一切都置于阳光之下。

父亲，您从来没有对得起母亲，也对不起我。我会做一个比你高尚很多的人，不会被世间的黑暗生存真理所淹没。我不会仅仅因为热情而把精力投注于无益于人类的研究上。你的老同事为我指明了道路，害死你的基因毒剂是解密的钥匙。你已经看不到了。

父亲，我爱上了一个人。她叫高欣，是我的战友，也将会是我的妻子。不知道您是否满意？

父亲，我今天才认识了你。但我，依旧恨你。父亲，我将从你制造的绝望上开出了美丽的花，一切终将被置于阳光之下。

再见！

您的儿子

三十年后，刘明出现在了电视台门口。保镖环卫刘明，防止任何可疑人员接近。然而，可疑人员的数量太多了。一大群的记者直接包围了过来。

一个记者声嘶力竭地喊出问题："刘博士！您是阳光科学的主要倡

导人，请问您和阳光科学公社是什么关系？”

刘明淡淡地回答：“我是它的成员之一。”

另外一名记者抢到了问话的机会：“我听说您的主要成就，您的病毒进化理论是您在黑暗时代的秘密基地时研究而得，请问这是真的吗？”

刘明矢口否认：“不，理论是在我从基地出来之后，和多位基因生物学家共同完善的。秘密基地的研究仅仅是得到了一定的实验依据。任何的研究都应当置于阳光之下。”

刘明不再理会叽叽喳喳的记者们，他有更重要的会议。

在这次会议上，阳光科学公社将得到大部分国家的承认，刘明作为资深的公社成员，将成为公社一方的代表。签字仪式之后，联合国秘书长宣布科学研究将全面进入阳光时代，战后各国争相发展病毒和化学武器的黑暗时代将一去不复返，学界将面对一个更加开放包容的研究体制。

刘明后来在自传中有这样一段话：“那是一段北极往事，当我在北极向她倾诉了心中的疑惑之后。我家内人在认识我之前就是一名公社成员，长期负责监听，导致听力受损。当时，她很认真地倾听了我的话，然后为我指明了一条路。从此，她与我一直相伴，不离不弃。其实，我被感召的原因很简单，因为爱。而公社的出发点是对全人类的爱。这种爱看起来浅薄无知，然而人类如果要学会和同类好好相处，必须学会爱。否则，蛮荒最终将统治我们的世界，文明将一次次地陷入黑暗。当然最终，一切都将被置于阳光之下。”

地 震 云

序 幕

这是我离死亡最近的一刻。只要翻过栏杆，我就能从十楼一跃而下，结束生命。

我跨坐在栏杆上，临近夜晚的风让人神清气爽。只要我松开手，就能在此刻拥抱干脆的死亡，一切苦痛和烦恼都会随风而去。

当然，有位矮胖的大叔跟了上来，想要阻止我。他和我的距离在二十米以上，不可能来得及。

就在这时，大楼突然摇晃了。我感觉在一瞬间，大楼往一个方向倾斜了一下，然后又抖了两下。

“地震了！”我兴奋地喊了起来，双手抓紧了栏杆。竟然是我一直研究不透的地震救了我，大楼恰好往这边倾。我看了眼下面，突然不想死了。

大叔终于跑过来，把我从栏杆上一把抓下，用浓厚的四川口音喊道："要不得！要不得！"

我看着他的脸，终于想起来刚刚路上见过他。那时候，我刚刚得知学校开除我学籍的消息，还和导师狠狠吵了一架。我的吼声几乎半条马路的同学都能听见。

我甚至比很多不得不变成硕士毕业的博士还要惨，因为我连硕士文凭都没有。我究竟为了什么而读博呢？我蹉跎了人生最重要的几年，却只得到了一个答案——证明我不是科研的材料，为了迎接干脆的死亡。我失去了生的信仰。

也许就是那时他注意到我，尾随了一路，然后试图阻止我自杀。

"你是搞地震的？"他把一张名片塞到我手里，说道，"我叫卢牛，卢俊义的卢，喊我老卢就要得。"

就在这时，紧急广播响了，要求快速疏散。原来我想错了，刚刚发生的并不是地震，而是地基因为瞬时沉降突然失稳，因为鞭梢效应，楼顶感觉特别明显。这在喀斯特地貌远比地震常见。因为地下水系的侵蚀，基层早就千疮百孔了。

而我捧着名片，心绪万千。

一

我无比厌恶星期一，并相信大多数人有同感。

清晨的第一束阳光穿透层层阻碍，照射到脸上，把我从沉睡中拽醒。

解决掉早饭和家里各类杂务，我看了下老旧的挂钟，才八点钟。要不是工作性质特殊，我也不可能如此悠闲。

又强迫症一般地把卧室收拾一番后，我换好了鞋，出门前回头看一眼家。偌大的房间还很空旷，就像我无聊的人生一般。或许我该考虑买点家具，或者干脆引进一位女主人。

呵呵，哪有这么简单？一考虑到后一件事情，我就更加觉得日子活到狗身上去了。身边都是一群神经病不说，出去介绍自己的工作也是一件超级尴尬的事情。外加上我一个外地人，在本地没亲没故没房没车，那可真是太凄凉了。

刚出门，我习惯性地拿出手机，页面上显示出一句“加油，夏帆！”算是自我鼓励。反正在等到公交车之前和之后，我都有大量时间阅读网络小说。就在这时，我发现了一件非常不幸的事情，手机上显示现在已经八点四十三分。

我才想起来，几天前挂钟慢了不少时间，但我却因为懒而忘了调回来。这破钟我早该让它退休，每过一个多月就会慢大约半小时。

这不是要坏事吗？我赶紧冲向街道，拦住一辆出租车，说要去富林山庄。

司机的表情瞬间尊敬了很多。因为富林山庄是一个高档别墅区，一栋别墅起码要一千万，在这座小城市可谓天价。但他又扫了眼我的着装，又放松了下来。因为我的地摊打扮看上去不像那么有钱的人，反倒像是跑腿的。

街景快速向后飞去。我急得不停看表。司机也没打算和我聊天，反正一路都很顺。

距离九点还差一分钟，我成功赶到山庄门口，和保安打个招呼。以前递根烟的工作没白费，保安立刻认出了我，放出租车进去。出租车司机按照吩咐把车停在一栋欧式别墅面前。我把早就准备好的车费扔给他，然后蹿向别墅。

华贵的别墅门口停放着几辆廉价破旧的电瓶车和自行车，和别墅高大上的形象完全不搭调，就好像猴子戴上王冠一样滑稽。这不用说，肯定是我同事们的了。我看了下手机，只迟到两分钟，还不算严重。

我心怀忐忑地打开门，仿佛就像要进入另外一个世界一般。

“帆哥，你来啦！”热情欢迎我的是我在这里唯一能顺畅交流的人。他叫许冶钢，看起来很干瘦，皮肤因为某种特殊的皮肤病而显得粗糙。嘴唇似乎因为干燥而皲裂，但我们都知道那只是皮肤病的某种表现。

和我那平凡的名字一样，他的名字也相当通俗。“冶钢啊！”我热情地和他击掌，环顾四周，“今天老板没来？”

“刚刚打电话说了，他上午有生意要谈，组会推到下午。”他另一只手上拿着一本书，标题是《地震云》，由日本前福冈市市长键田忠三郎所著。

这本书是实验室的保有量最大的书籍，起码有五个人都有这本书，与之配套的还有《地震云事迹考》《地震云与量子力学纠缠原理数学解析》《地震云原理》《地震云与地震预测》等让人哭笑不得的书籍。据说，其中有一本恰好是老板和人合写的。

当然，我知道老板的办公桌上有一本一九八一年陕西科学技术出版社出版的《地震云》，放到今天都能当作文物了。说实话，主流学术界都认为地震云是伪科学，但老板还一直虔信着。

我松了一口气，瘫坐在华贵的沙发上：“早知道我就不用赶了，还是打车过来的。”

“打车票你拿了不，咱们老板可以报销的。”冶钢提醒我道，然后手里摇晃着六七张打车票。

我觉得像只有一两张还好解释，拿出这么多让老板怎么想。我说：“你都去了哪里，这么多？”

他把打车票放在我面前，让我看到了上面的金额，就没有一张少于一百块的。按照本地的物价推算，他起码打车走了几十里。

我问他：“你是去拜访‘老师’了吗？”

“是啊。”他的笑容很纯净，“本来这边就有一些大师我想拜访，反正能报销，也就没省钱。今天还要谈采购的问题，你打算要买什么？”

说实话，我觉得住在这里的人已经够棒的了——有钱人才能住到的豪华别墅房，一应俱全的办公娱乐设备，厚实的书架，外加很殷实的饮食，说出去足够让大部分标榜工作环境的新兴创业公司汗颜。换成一般人到这里，第一反应肯定是拍照片发朋友圈。我其实想不出还缺什么。

他神秘兮兮地凑近我，亮出手机屏幕，上面是一个游戏本。

“这……”我欲言又止。

我才想起来几天前他说想玩某款游戏的最高配置。我只能明说：“你让老板接受你买一个游戏本？你要用游戏本做研究？”

“不啊，我只是想用来打游戏。”想不到他竟然毫不掩饰。

这群人脑回路就和正常人不一样，我突然想起来。他们有时都懒得掩饰，就算老板再偏爱这群人，也不可能总是满足如同儿戏一般的要求。

“打游戏也是研究的一部分。”他拍了拍我的肩膀，以一副过来人的口气教导我，“你不能拘束自己的思想，这里和其他地方不一样。那些研究所院校的破规矩，我们不需要遵守。”

是啊，那些规矩确实行不通，因为有一个脑回路神奇的老板和一群有趣的研究者。他们当中的最高学历者就是我，而我仅仅只是读过一所一般大学的博士，还没能拿到学位就和导师闹掰了。

我都不愿意回想那段人生中最昏暗的日子，只是希望多年之后我不会评价现在是才出虎穴，又进狼窝。

“你还没到时，有你的同学打电话过来。”他说道，把我从沉思中拉了回来。

“是谁？”

“自称是校友联络员，想更新一下你的通讯录。”

“哦，我懂了。”我想到了那位可敬的班长，过去这么多年一直兢兢业业地做着看不到收益的校友联络员。可惜我并不想告诉他我的现状。

这里不正常到说出去就是笑话。虽然我实际上享受着比一般实验室好得多的收入，但总觉得抬不起头，无论是一般群众还是在大学同学面前。我畏惧和他们聊天。

但是，他直接从微信联系我不就行了，为什么要从实验室找我呢？我只能想到一种可能性。

总之，我成为了一个夹缝人。

二

老板将在晚饭时到来，和我们共进晚餐。

兼职杂务的研究员铺上了红地毯，他们把适合西式家庭聚餐的长桌摆好，餐具一一放好。

在我看来，他们的准备就好像是照猫画虎。两个研究者因为刀叉的摆放方向起了争议，一个说刀叉一定是要摆在盘子左右两边，另外一个说刀叉应该平行横放在盘子前面。

他们谁都说服不了对方。一个是从电视上看到的，还有一个是偶尔浏览到朋友发的朋友圈。

我一听他们的话头都大了，但假装没事人似的默不作声。

过了一会儿，情况更加复杂了。因为许冶钢也加入了讨论，他说不一定要遵照西方礼仪啊，咱们在中国，应该按照儒家文化来搞。

结果，他的话振聋发聩，就像在一堆干草中间点起了一把火，让众人如梦初醒。有人开始说要按照他的魔法仪式来设计；另一个人反驳说不行，应该用他的占卜确定怎么摆放；还有人说应该用量子力学，随便扔一下。最后一个人更离奇，他说我们应该不上餐具，用神智吃。

你有本事不吃饭，用神智试试看？我在内心几乎咆哮出声。

对于唯一能和我交流的许冶钢会卷入讨论，我丝毫不奇怪。早在刚来这里时，他就已经天天把我摧残得不成人形。想象一下，就算我随便伸个懒腰、做个手势，都会有人给我讲述儒道释知识。

这群人很难达成共识的。我只能大声喊了一句：“停！别吵！别吵！听我说！”结果他们反倒吵得更激烈了。这印证了一个常识——吵架全靠声音大，语速快。

我跑上楼，从办公桌上拿出扩音喇叭。这是我上次采购时买的，当初的购买理由就是为了这一刻。

我说道："都别吵，自己摆自己的不就完了吗？"

"对啊！"众人恍悟。于是，接下来又是一顿群魔乱舞。有人说自己不需要叉子，有人说要用两把刀，有人说来罐牙签……

总之，这边的争议我已经无心去干涉了，他们该怎么样就怎么样吧。

等到他们安分下来，餐桌已经成了一块特殊的艺术品。那些不知道按照何种规则放置的餐具就像天桥上常见的办证小广告，杂乱无章而缺乏美感。只有我的桌子上很正常地摆放着餐具，反倒显得鹤立鸡群。

我本来就不一样，我接受过博士教育，代表着他们一直想挑战但也想寻求认可的科学界。

我对面恰好是那位声称要用神智吃饭的人。他确实没要刀叉，但是要了牙签。我心想一会儿有你急的时候。

马达轰鸣，魔音灌耳，让每个人不由得一颤。老板的 SUV 贯彻了他一贯的暴力美学——大、能烧油、声音有劲儿。

他从后排座位上下来，然后和驾驶员一起打开后备箱，从后备箱里搬出一袋灰不溜秋的水泥。他大吼一句："搞啥子哦，个瓜娃子弄么岑（真沉）。"

老板从来都不会说普通话，浓郁的四川话十四不分。我到现在还记得第一次见面时他的自我介绍。他把一张名片塞到我手里，中气十足地说道："我叫卢牛，卢俊义的卢，喊我老卢就要得。"要不是看到名片上写着卢牛，听他口音，我还以为有人姓奴。

几个研究员眼疾手快，赶快冲上去帮老板。他们从后备箱里扛出四五袋水泥，就那么直接放在别墅的地上。因为水泥稍微有点漏，每个人都稍微吃了点灰。我倒是更心疼老卢的车，明明是好几百万的车，却被他用来运水泥，糟践得很。

老卢很高兴地拍拍手，浑圆的小肚子在矮小身材的映衬下异常突出，几乎要撑爆衬衫。他把领带随手一拉一拖，颇有霸气地往桌上一坐。看着堪称百花齐放的餐桌行为艺术，老卢先笑了，饶有兴致："你们这是搞啥子？"

"我们在按自己的理论摆餐具。"不知道谁回答道。

老卢扫视了一圈，最后又多看了我一眼，也不知道是赞扬还是批评。他笑了笑，还是表达了赞同："硬是要得！"

他转向我对面的那家伙："张老五，你这是搞啥子牛鬼蛇神哦？"

张老五摆出一副骄傲的样子："神智统一，只要我们能专注修炼神智，就能看到宇宙终极。我最近参悟神智修炼，发现功力没有增进，才明白是因为吃饭方法不对。"

在众人疑问的眼神中，张老五继续说："我们平常经常用勺子吃饭，这勺子是铁做的，铁是金，是能够导神的东西。那些电啊之类的，都是神。所以我要练神智，怎么能用这些餐具呢？"

大家伙儿的表情值得玩味，而我只能强忍住笑。这家伙在我面前说他研究清楚神智大一统理论之后要拿诺贝尔奖，到时候大家都上颁奖台，一起乐呵乐呵。

老卢点头表示认可，但是下一个问题可就很实在："测地震要得嘛？"

面对如此现实的问题，张老五的脸色又红又白："能。等到我把神智锻炼到极致，我就能认出地震云。"

地震云，我闻言在心里冷笑。早说了，日本和西方学界都认为地震云是伪科学。中国的民间科学爱好者却对此深信不疑，围绕着地震云发展出了无数荒诞的理论。我虽然跟着鼓掌，但是内心不屑。

老卢带头鼓掌，这意味着认可了张老五的汇报。于是剩下来的人也按顺序汇报，场面好不热闹。

有说用数学证明了量子力学的新公式的，也有说就快解出困扰人类多年的数学问题的，还有各种神棍统一论。但只要老卢问他们能不能预测地震，这群家伙大部分都会扯到地震云。

有个人提出了独树一帜的方法，他说所有人都忽略了地下水在地震中的作用，他觉得以后人们应该在地下直接挖空一层，上面浇筑上C150 水泥，然后空层里面全部充上水，到时候地震就没事了。

我没忍住，笑了出来。因为就算是实验里面，配置标号为 C120 的水泥就基本达到水泥的理论极限了，他竟然还能搞出 C150 的水泥。

许冶钢的报告比较独树一帜。他说："我拜访了附近的好几位大师。我现在一直想不清几个小问题。罗浮山隐居的正心大师说可能要收我为徒，要我按照礼仪做拜师礼。"

哎……我只能长叹。许冶钢是个单纯善良的人，他根本没意识到自己可能被所谓的大师骗了。据说他到现在都只租住在一间廉价小房子里，还是在靠近汽车站那片最混乱的地方。他说这是在乱中清修的要求，每月也没能攒下钱。

说着说着，轮到我汇报了。我说："我在为模型写算法程序，代码采用 Fortran 语言，不过进展比较缓慢。我发现在迭代到达一千三百次时，整个模型会崩溃，所以从语言上找漏洞。最后发现，我在执行雅克比迭代法时，忘了对取值做限制……"

我自顾自地说到一半时，才发现他们其实对我说的东西一无所知。除了稍微知道一点的许冶钢外，其他人估计连 Fortran 是啥都不知道。他们没经过任何的计算方法训练，也不会知道迭代方法、计算精度等问题。在他们的观念中，计算就是一种输入公式和数值，然后结果就会出来的方便工具。

我知道我要采购啥了，大概需要一台投影仪。虽然我知道，事实上和这群人讲科学道理基本是对牛弹琴。

在说完之后，我突然发现，我好像低估他们了。虽然他们并不明白含义，但是对计算产生了巨大的兴趣。

张老五就说，要让我帮他写个神智大一统计算模型。那些想证明数学定理的，问我可不可以写模型帮他们证明推导的正确。

也就许冶钢对我说的东西不感兴趣，默默地对盘子里的蔬菜挥动刀叉。我又一次发现，只有他的盘子里面没有肉食，甚至没有葱、姜、蒜。大概他和我说过，不能吃肉食，就算是所谓的“五荤五腥”也不行。

我只好急忙解释道模型有多么难建立，算法多么难写，然后告诉他们这运算就是暴力破解，对证明数学推理其实没一点帮助。

老卢两眼直愣愣地盯着我，他直接站了起来，双手撑着桌子：“好久能搞完？”

“一个月吧。”我不太确定地说道。

“好，可以！”他大力鼓掌，其他人也跟着拍。我一阵恍惚，这情景似曾相识过，只不过得到他们的赞同我其实并不开心。我开始后悔为什么没说远一点，反正这件事情肯定做不成功。我要的只是在这里混点工资罢了。

晚宴在汇报中慢慢进行到报账和采购申请环节。其实，边吃边汇报比早晨例会好得多，起码我可以专注着吃东西，不用听那些乱七八糟的民科理论。

申报环节到了，我才发现我的想象力根本跟不上他们的脚步。五花八门的东西被提出来，有皮鞭、小说书、弓箭、瓷器、手办、木质饭碗，还有可以让人在里面旋转的大圆环、拥有放射性的陨石、非转基因五谷作物的种子……

而我只好说要买投影仪，以后大家汇报可以放 PPT 出来，要不然光嘴上说听不懂，大学里面都是这样弄的。

老卢一听觉得有道理，但大家都对我使眼色。我清楚他们中的很多人其实计算机水平仅限于开机装游戏，或者将他们想说的东西做成 PPT 也会无比尴尬。

就在这时，老卢发话了："那就算咯，把大学那套照搬过来也没个啥子用。"

最贵的采购申请就是许冶钢的游戏本了。我觉得老板多半会把他痛骂一顿。

没想到老板听完之后只是说了一句："买嘛！"

我瞬间觉得天旋地转，原来这都行？实在太荒诞了。我不禁怀疑老卢是怎么做出这么大的产业的。他养着的这群废物白吃白喝，乱买东西，还拿工资！

我甚至都忘了，其实我和他们一样，也是在骗着工资。我愤愤不平的目光和老卢的眼神无意间正好对视。

那一瞬间他就盯着我看，并没有王霸之气之类玄乎的玩意儿，但看得我心里一慌。我才意识到自己真正愤怒的原因并非正义感。

晚宴之后，老卢让几个人留下来，他单独聊天。很不幸，被留下的几个人里面就有我。

他的办公室在别墅的顶端。按他的说法，那地方就是尖尖的位置，只能他占着。办公室里堆砌着很多有用没用的书，堪称民科专著大全。而老板的桌上恰好放着一本一九八一年版的《地震云》，因为他经常翻，整本书都已经破破烂烂了。

“你个瓜娃子啊，莫给你买个投影，不开心咯？”他说道。

我想果然他误会了。我回答道：“不是。我其实是为实验室着想。”

“你说！”他声如洪钟，仿佛就像掌握生杀大权的古代君王。

我想到许冶钢，他想买的游戏本可能因为我的一番话被取消，有些不好意思。但其实我事后只要坦白，他可能不会生气。因为这人一直觉得朋友之间有问题也可以说，正如孔子曰“益者三友，损者三友。友直，友谅，友多闻，益矣。”。

我说道：“因为我们毕竟是实验室，研究东西的地方。采购也应该和研究相关不是？其他还好，但游戏本很明显是用来玩游戏的。许冶钢研究的是儒道释……”

我顿了顿，还是没想到更好的用词，先解释道：“我和许冶钢关系不错。但这么做，不太合适。”

老卢听罢哈哈大笑：“你个瓜娃子，这管你锤子事？老子有钱！我和你说，你要马儿跑，就要马儿吃草，你不给它吃草，要它咋个跑？你懂个啥？比起你们，外面那些狗日的吃的东西要多得多咧！”

我只好点点头，毕竟老板社会经验丰富。他随便训斥我的这几句，我觉得还挺有道理。就像今早门卫没拦我，不也是因为我给这匹“马”递过烟吗?

他眼看解决了问题，又和我说:“你说的那东西，做个 PPT，下次来公司讲给我听。但我和你说，你也别把大学坏的那套带进来，他们懂个锤子嘛。”

我看着他，张大了嘴。如果他是要让我在员工面前讲，那还是算了吧，实在是太羞耻了。

“不用多好。”他望着我，但好像越过了我，“只要能搞出来，能预测地震。可以分股权！钱不是问题。”

“我要数据。”我提出了一个很困难但也实际的问题。

“啥子数据，要好多?”

我思考了一下，深深吸了一口气:“全国各地地震局的监测数据，从二〇〇〇年一直到现在。最好还能联网查实时更新的，要不然我们怎么预测?”

“要得。”他想了想，站起来踱步，“你好好搞，我给你弄数据，要好多有好多!”

得到老板承诺的我走出办公室，然后在拐角处发现一直在等待的许治钢。但我还是被他吓到了，因为他正拿着一本佛经，打坐在地上，念念有词。换成其他地方，估计正常人都会被吓得报警了，还以为是碰到了邪教分子呢。

他和我打了个招呼，然后走进老板的办公室。

我笑了笑，拿起背包，走出别墅。

三

之后老卢一直没提数据的事情，我猜他也不见得多在乎，反正只要他不提，我也乐得清闲。时间越来越久，而我的耐心也逐渐被消磨掉。我开始学会胡言乱语，或者说一些不痛不痒的话。大家对我的态度也逐渐转变，那群疯子大概把我看成从神坛坠落的天才。唯有许冶钢会用儒道释三家的思想宽慰我，他说我需要先静心。

就在一次组会后，老卢突然找我说去喝酒。他第一次和我喝酒，而且还是我们俩单独去。

我们就着火锅喝白酒，三杯酒下肚，话就说开了。

他眯着眼看着我："整个实验室只有你最老实。"

我很不理解，因为一直觉得只有我和实验室格格不入，也因为一直对研究的东西非常不屑。我一开始只以为他酒后胡言。

他的眼睛闪着光，仿佛要把我看个通透。那一瞬间我分明觉得，他没醉。他说："只有你不信我那一套，你觉得我不晓得哇？这些人都在搞啥子？全是马屁虫。"

"那你为啥还要养着实验室。"

"人总要有点梦想嘛，老子又不是莫得钱！养好驽马，才好养千里马！"他又给自己倒上半杯，一饮而尽，"你说我这人生还能追求点儿啥？你说你想搞科学，我就给你弄条件。咱们慢慢弄，早晚能搞好。"

我装作很理解的样子，深深地点点头。

不久之后，我发现更多有趣的事。有次我在街上撞见和家人待在一起的张老五，他言谈举止都很正常。当他妻子提到换工作时，张老五说道：“不不。老板就是个有钱的笨蛋，大家都在骗他。光演戏说胡话就能拿钱，天上掉下来的好事。”

换成以前，我说不定会冲动地冲上去，伸张正义，但其实我和他一样。五十步笑百步有什么意思？再说生活中，为了钱而扮演某种角色的人还少吗？但起码演得要像吧，我陷入了深思。

四

同样无聊的一天，一个电话打了过来，原来是我妈的。我松了一大口气，幸好不是我父亲。

然而接听的一瞬间，我发现自己还是太年轻了。父亲的声音生冷：“你还在绵阳？”

“嗯……”

“吃得习惯吗？那里人喜欢吃辣。”

我说：“还好。这里有自己的食堂和厨师，上班时吃的东西大部分不辣。”

父亲“噢”了一声，仿佛发现了什么：“那你说，你们实验室有多少人来着？”

我都可以想象出父亲在那边抓耳挠腮的样子，每次他一认真思考总喜欢用手指抠耳洞。我回答道：“十几个人吧。”

父亲又“噢”了一声：“那你大学那边，有没有和老师道歉？”

“现在去也没用了，学籍已经消了。”

“连个硕士也没弄到？”

这是我最不想提起的问题，我点点头：“嗯。”

那边一阵尴尬的沉默，父亲长长地叹了一口气，恨铁不成钢之意无需言表：“那你怎么进的实验室？我没听说过哪里的实验室还愿意招本科生。”

我每次都选择避而不谈实验室。我相信如果真说出来，严厉的父亲肯定会暴跳如雷，然后狠狠地骂我一通：读博读得好好的，好好的大学，你搞成什么鬼样子，然后来到祖国大西南，和一群伪科学混在一起，简直丢知识分子的脸。然后他肯定会把问题继续引申，引申到我将来买房娶老婆的问题。

最后的结论肯定是这样的。他肯定会长叹一口气，说要不然你就回老家吧，这么多年摸爬滚打，也攒了不少人脉，弄个小职位还是可以的。只要我入了行，有他教导，过几年自己再考考证，以后一样能赚到钱。然后我可以差不多买个房，娶个差不多的老婆，给他们差不多生个一男一女，过着差不多的人生。

我熬了那么多年，中小学十二年，好不容易熬出头了，他却还想把我绑回家。我刚刚读到大三，父亲就整天和我说工作的事情，还整天要我跟着去送礼跑关系。要不是为了躲避回家，我也不会考研和直博。就我那学校，有多少人愿意留校读博的？

果不其然，父亲长叹了一口气：“你肯定不在搞啥正常事，要不然早和你妈妈说了。快告诉我，是不是在弄传销？十几个人一个厨子，哪里的实验室能有这么高配置？”

“不是不是，不是传销……”

他打断我的辩解：“那是搞邪教吗？或者制毒贩毒？你小子别给我打马虎眼，老子我现在就在绵阳，我倒要看看你在搞什么鬼！”

天呐！原来他不声不响地摸过来了。我也终于知道，为什么校友联络员会从实验室找我，因为他其实只是探子。果然姜还是老的辣啊！但他倒说对了一点，这里倒真和搞邪教的有点相似。

我一想到父亲威严的咆哮怒吼，感觉腿肚子都有点软。这种从幼年时期遗留下来的恐惧再次苏醒了，紧紧攥住了心脏。

我不想回去。我甚至都忘了，卢牛还站在旁边。他拍了拍我的肩膀："莫事，我来帮你。你是帮我打工的，我老卢不管怎莫要得？"

他立马推我坐上马力十足的座驾，拉风地穿过别墅区，直奔购物中心。他说："你个瓜娃子，怂个锤子，又不是做坏事。去挑件合身的！"

不愧是老狐狸！老卢带我进了一家西服店，我都不敢看里面价签上零的位数，不知道是四位还是五位。俗话说，人靠衣装。

我挑了一件最正常的黑色西服，老卢却说这不行，要骚气点，于是选了一件稍微休闲点的西服。淡黄色的西服外套，浅蓝色衬衫外加一条花色领带，我穿上去之后整体气质都变了。我似乎不再是那个连硕士都没混到的倒霉蛋，而是一个风度翩翩、谈吐潇洒的商业精英，就算站在一群大老板中间，也显得分外显眼。

这么贵的西服，老卢只是扔出一张卡，完全不在意究竟花了多少。

然后老卢给助理打电话，让他过来接我，顺便去接我父亲。老卢自己则要去赶着出席某个活动，为了最新的项目和各方面接触。

半个小时后，我接到了风尘仆仆的父亲。他冷峻地审视我，外加旁边那名分外专业的商务助理。时间一分一秒地过去，然后父亲的气势突然崩溃了。他也见过不少人，西服的质量基本上一眼能看出来。

而旁边那名助理领着父亲和我，参观了公司的办公楼，介绍了公司历史，然后还特地介绍我说是私立研究室的特聘研究员，享受着比同行高百分之五十的专家待遇。

这下子，父亲终于放心了，他用小手指扣着耳洞，反倒有些办错事的局促。我和他挥别助理，打车回租住的房子。在路过某大酒店时，我竟然看到了老板的身影。卢牛走路都摇摇晃晃了，但还是一脸谄媚地和旁边的人说着什么，追着人家一直欢送到车上。我的心里突然一暖，紧紧地握住了拳头。

父亲的危机被老板解除了。得知我混得似乎不错的父亲只是询问我到底什么时候找女朋友，顺便提醒我公司前台那几个小姑娘挺好的，弄得我哭笑不得。

然后他乘着一大早的火车，又匆匆地离开了这座城市。昨晚从父亲的背包里，我发现了剪刀、水果刀和锤头。大概他害怕我真陷进了什么奇怪的地方，无法明说也无法回来，打算万一拼了老命也要救我。这些东西还都是他在火车站附近买的。

但事实上，我只是继续欺骗了他。迟早我的谎言被戳破，私立实验室的真相也会被揭穿，他的儿子如同以前一样，什么长进都没有，依旧是一个废物。只不过，恰好一个脑子不正常的土老板把这个废物捡了回去，土老板不知为何非要和废物没研究透的地震过不去。

五

我没想到，大约半个月后，老卢竟然真的为我要来了数据。

他甚至把那些旧的数据都下载下来，装了二十几个移动硬盘。他细心地让人编上号，然后把整箱子硬盘搬到我面前。

其实到很久之后，我才知道老卢究竟为了这些数据付出了多少。他的眼神闪烁着孩童一般的兴奋光芒："要得了不？"

我用计算机接上一个硬盘，被里面层层叠叠的表格和折线图给闪花了眼，和当年我在学校里得到的数据量完全不在一个档次上。稍微认真看了一会儿我才知道，土老板卢牛根本不知道我要什么数据，不光地震局的监测数据，甚至地下水位变化、地质沉降等数据全部一股脑儿买回来了。

这些数据远远超过我可能需要的。就单纯处理这些原始数据，办公计算机的运算能力都显得捉襟见肘。我说："够了。"

我心情很沉重地收下老卢的大礼。说实话，我早就完全不相信自己做的这件事情了。也许曾经几个月前的我还能在导师面前坚持自己的看法，对完全虚度了博士的前几年时间完全无悔。但现在，我觉得我当时真是撞见鬼了。

我从来没喜欢过博士期间的课题。导师总是一句话："你做的方向不能超过我们组的大方向。"他总是否定我把课题引向地震预测的努力，希望我别做"没经费，没希望"的事情。我奋进全力投入过他的研究，但时间久了却发现里面依旧是一堆糊涂账。于是，我再次琢磨怎么搞地震预测，却发现自己的能力实在不足。久而久之，我已经不知道自己该做啥了，逃组会、打游戏、不接老师电话，只得沉醉在自己的世界。

恰好导师也是特别直的那种人，一句"就凭现在的你，怎么挑战世界级难题"就把我呛得觉得人生受到了侮辱。但现在我多希望能早点被他那么呛一句，要不然也不会狼狈到和一群民科混在一块儿，每周还煞有介事地做所谓的汇报。

好吧，本质上我其实和这群民科并没有什么区别。只不过他们中的一些还做着黄粱大梦，而我却过早地醒来了。科研不是我这种人可以做的。

我假装认真地查看这些数据，然后思考该如何在剩下的半个月里面搞出个差不多的算法，附上晦涩难懂的图表，随便交差。我大不了说没算准，以后再改嘛。

但是，让我处理这些数据还是很开玩笑。且不说计算速度要求，最大的问题在于数据量实在太大，细化到任何一个小地方都有远超想象的数据量。

更何况，我对模型一点信心都没有，这套自娱自乐的东西早就在一年前被证明无效了。地震预测的最大难点其实是对地下结构的无知。人类获得的一切信息都是间接测量得到的。而如果向地下打钻井，苏联花了三十年也就只能打到一万三千米，相当于地球半径的零头。

众多指标中，而唯一和地震很相关的是氡含量，但是这玩意儿的相关性非常邪乎。所以很多模型看上去不错，但其实只是建立在一系列不靠谱的联想之上。

不知不觉，我发现对老卢的感情似乎更深厚了。我也分不清楚究竟是为什么，他给了我那么多，而我只是在混吃等死。而老卢却越发耐心。

时间一久，我反倒静下来了。我重新拾起模型和代码，开始慢慢演算。这些熟悉的东西曾经代表了梦想，一旦认真接手就停不下来。往事和回忆阵阵袭来，对比老卢和导师的做法，我很感激。

他也许帮不了我，但我总觉得他不会抛弃我。

六

一年过去了，突然我收到一份结婚请帖，是本科室友大华发来的。众所周知，这小子混得风生水起，不光毕业后考到了中科院，还成功创了业。

大华的创业项目和天气相关，因为天气预报其实并非想象中严谨，很多时候图出来了，判断还是需要依靠人，不稳定的精度也很让人头疼。而且天气是典型的带能量转化的多相流，随便任何一种多相流的模拟，只要一加上能量变化就会异常复杂。

但他的项目不一样，直接把实时的气候云图等信息调出，和以前曾经出现的实时情况对比，把因果直接相关联，能够快速准确地判断出几十分钟乃至一两天后的天气。

作为各种相关天气数据的提供商，大华的创业项目被资本注入热炒，经过 C 轮之后估值相当可观。

婚礼那天，我交了礼金，和其他大学同学把酒狂欢。身为校友联络员的老班长一直在说大华的创业到底多么厉害，比在小地方的破工作高到不知道哪里去。

半酣时，新郎官带着新娘一起来敬酒。我看着他春风满面的样子，别提多羡慕。敬完酒后，他携着新娘飘然而去，就好像他离我们越来越远一样。

如果没有酒精，那个夜晚我肯定睡不着。我朦胧间突然想到一个问题，其实地震预测这种没谱的事情和天气是多么像啊。天气可以看云看星星，地震可以看地震云。

哈哈哈！我什么时候也开始相信地震云了呢，一个谎言就算被一百个人反复说，也只不过是谎言。

我跑到厕所里，恶狠狠地抠向嗓子眼。伴随着一阵恶心，我吐出了花花绿绿的食糜以及刚刚喝下的酒。我拿出手机，打了几个字，以防再喝多了会忘记。

从那天以后，我满脑子都在想大华的系统能否用在地震预测上。刚好这时，许冶钢一不小心把一本旧书弄破了，好多书页散落在地上。我看到了那本书，恰好是某位民科的著作《地震云与量子力学纠缠理论数学浅析》。我帮他捡书页，捡起的第一张是一张所谓的地震云形成图。

那是地震云形成的热量学说，认为是地震发生前的巨大热量上升，导致了地震云。图的作者甚至还画了地下水系的热量传导和相变示意图，虽然用脚趾头我都知道这不科学。但这张图却突然提醒了我一件事情，我以前建模型时从来都没有考虑过地下水系，就像很多人谈地震只想到岩石和岩浆一样。

预测地震并不是从源头去还原地震。不管是我还是科学界，可能大家在很早之前就走进了误区。我不知道这算天祇还是灵感。

记得在读博士的第二年，我差点信了基督教。当时我去参加了几次礼拜，然后听一名虔信者讲述经历，说他在一个假期里遇到十几次神祇。就在我聚精会神，想知道神祇是多么厉害时，真相却让人大跌眼镜。

他说："那个假期我遇到很多事，每次麻烦来时，我随手翻开圣经，都能看到上帝的教导。这就是神祇，我什么都不需要，只需要相信上帝，然后事情都顺利解决了。”

我心想这多半是扯吧，本来圣经的话语有很多解读。但不知道是不是天将降大任的话听多了，我竟然有点相信。不管神存不存在，天不绝我。它赋予了我使命，就好像杀死安格玛巫王的不是勇猛强壮的男人，而是本应和战斗无缘的女人。

我拿出做过笔记的那叠论文，上面全部都是天气预报算法的研究，然后打开谷歌学术，搜索更多天气理论和地震的论文。搜索的结果让我很开心，清一色的防震减灾的文章，几乎无人注意到两个领域的关联性。

两个月之后，我借故去大华的创业公司探望。我背着背包，里面全部都是写满笔记的论文。我曾经试图研究过他的方法，但显然那不是我能做到的。我尝试窥探天才的领域未果，现在做一名小偷。

公司位于北京五道口，附近就是清华、北大。豪华的大厦金碧辉煌，远远不是西南小城市能够想象的。

那里的人都很积极向上。想起来我在上大学时，有位校友和我说过，毕业后就该去大地方找工作，这样才能保持竞争力。如果你去小地方，只会慢慢地废掉。他大概说得没错，只是我不知道他在哪里高就。有些人我一辈子也就见得到几面，能维持十年以上的情谊又能有多少。

当我找到大华时，他刚刚结束一场谈判。因为对一些条款的激烈讨论，他满头是汗。

大华变了，他成为了一个商界精英，而我只不过是一个穿着西装的小丑。

短暂的寒暄之后，我说出了一直隐藏的秘密："其实我在小地方上班。"

"啊……"大华捂住了嘴，"其实能赚到钱也行。放弃读博有点可惜了，我现在还挺想弄个博士学位。前一段时间找融资的时候，我就发现博士头衔有多么重要。"

"但是你做出了成果啊！"

他苦笑："也不算非常厉害，以前早就有人做过。但我们这里也有几个南京信息工程大学毕业的博士，那个学校的气象学非常厉害。他们都是搞气象信息学的，和几个国外的博士合作弄了算法。只不过现在计算机更快了，要不然都是扯淡。"他示意我继续说。

"其实我对你们的算法感兴趣。我老板其实是个民科，他对科研一无所知。而预测地震，博士时我已经尝试了好几年，国内外不知道尝试了几十年，没有人成功过。"

"也不是没有人成功过。"他玩味地说着，跃跃欲试。

我知道他的话中之意。地震其实确实被准确预测到过，而且这唯一的一次恰好发生在中国。二十世纪七十年代，辽宁海城 7.3 级大地震，但损失人数却很少。然而这次经典案例却无法再次被复制，只能说是一个凑巧的个例。恰好当时是军队管理城市，首长在接到可能发生大地震的报告后犹豫再三，本着人命观天、宁可信其有的观点下了决策，避免了大量的伤亡。

我咧了咧嘴："我不认为有可能，两者的联系实在是太微小了，没有依据，只是我的一厢情愿。"

"大数据时代，一切都有可能。"

“对对，一切都有可能。但我现在只想试试看你们的算法能否用在这上面，就算不成功，我也能给老板交差。”

他摇了摇头：“就只是为了糊弄他，来问我要算法？你和那些靠项目骗经费的人有什么区别？”

“也只有你能帮我了。”我弱弱地哀求道。

“哼，你知道这算法有多重要吗？我们的核心团队一次又一次改进，我是亲眼看着成功率从百分之六十提高到百分之九十三的。怎么可能借给你？”

“我不需要你现在版本的源码，只需要很早的，成功率只有百分之六十的那个。我只是觉得有点愧对老板，就算只是帮他做一个科研梦，我也要继续演下去。”说着说着，我竟然鼻子一酸，留下了眼泪。我哽咽了：“你不知道他对我有多好！当我和导师闹掰的时候，是他把我给捡了回去……”

“行了，擦擦。太难看了。”大华递给我一张纸巾，他挪到窗户边，点上一根烟，“我可以和团队商量一下，你别太期待结果，保密协议是肯定要签的。就凭本科时你和我打的游戏，喝的那些酒，我也应该帮。但是我需要提醒你，算法的运算并没有那么简单。你要把天气预测用到地震预测的新领域上，其实工作量很大的。”

“嗯？”

“首先你必须做成图形数据，你知道图形数据并行运算会比较快一点。”

“理解。”

他继续说：“然后就是运算量了，你觉得你们那里有足够的运算能力吗？如果你的老板愿意出钱，我们可以出租数据计算的服务。当然看在我们是熟人的面子上，我会给优惠价。”他刷刷在本子上写下一个数字。

真不愧是商人。我感觉价格还算挺合理。

七

上天开始眷顾我了。那群技术人员经过大华的游说，给出了最早期的版本。当然我想肯定现在版本的和原始版本区别很大，要不然他们绝对不会给出来。

而这种算法我稍微研究一下就发现，貌似原有数据还不够，于是再次找老卢帮忙要数据。老卢面有难色，但还是爽快地应承下来。我听说他上次为了找数据，动用了不少钱去公关。

过了几天，他给我转发了一条信息。那条信息上有一个网址，然后是一个用户名和一串如同路由器原始密码般复杂的密码。

老卢特定跑来别墅，把一张名片递给我说：“这位是陆副研究员，有问题找他。他说这是国家地震科学数据共享中心新搞的数据库，随时随地有网就可以用。要得不？”

“要得。”我感激地点头。

其实，天气预报算法的原理也没想象的那么难，大概就是用神经网络算法进行数据剥离，然后重组运算对比。

当然，我只是在演戏，只是做一件自我满足的事情。光琢磨如何把那些数据表单做成图片的程序写法，我就花了整整五个月。然后，我再尝试运行他们交给我的算法，几乎每运行几分钟就要纠错。

我一度觉得找回了自己。我又像大学时期那样，在实验室埋头干自己的工作，外面的魑魅魍魉完全影响不了我。可是明明这件事情一点都不靠谱，为什么我会那么专心呢?

就连许冶钢都没说啥，他总是看着我微笑，只是恍惚间我突然觉得他充满神性。他拥有大部分人所不拥有的美德，但同时是个低能的人，无法适应社会的需求。如果他办个邪教，反倒是条好出路。

终于有一天，我成功地闯过了层层 bug，进行了第一次模拟运算。因为精力有限，我只是对四川附近进行了模拟，看看会不会得到什么结果。然而结果却让人大失所望。即便是模拟本来就出现过的地震都不成功，更别提预测新的地震了。

这样的结果连我自己都骗不过去。我发了一些邮件去询问，但大多石沉大海。国内也没有多少人在做同样的事情，地震预测依旧是玄学领域。研究陷入了困顿，我感觉自己想得太简单了。

八

正在发愁的时候，老卢让我出差，他花钱在某次国际学术会议上买到了赞助位，换取我出席甚至做汇报。我也不好打消老卢的积极性，恰好研究遇到“瓶颈”，也想去看看同行们的高见。

我现在关心的只有在北京召开的学术会议。而初次到大城市的我，却发现自己低估了拥堵。眼看可能要迟到了，我夹着公文包冲向地铁站，挤上地铁，到远一点的站台下车，再打车去会场。

结果恰好到了交接班的时间，好多车明明没有人也不停，外加上这里本来就偏。就在我拿手机打算约车时，一辆已经有人的出租车出现在我面前。

违规经营的司机探出脑袋："小哥，要车不？先送他，再送你。"

我想要是顺路也行啊。正在说地址时，我扫一眼后排，然后公文包从手上径直摔落。坐在后排的正是和我闹掰的导师，他同样看着我，脸上又红又白。

我拉开门，坐在后座。我们认识，也并排坐着，但却像陌生人一般无言。过了好一会儿，他先说话了。

"你也参加会议啊。"他表情复杂。

我却深深地低下了头。我鼓起勇气，双手紧张地抓紧公文包："老师，我……我想搞科研。"

"你能参加会议，说明已经做出点东西了。"他愣了一下，然后说道。

"那是花钱买来的位置，我不可能用不科学的方法去认识世界。老师，我想认真做科研。"

他叹了口气："你啊。"

我知道他已经同意了，心里一阵温暖。

会议开始，我才发现又想简单了。演讲都是用英文，虽然大会场有质量不高的同声传译，但分会场什么都没有。英语听力水平原本就不好的我感觉就和听天书一样。幸好导师在，他听懂了之后把一些原理翻译给我听，要不然我就只能呼呼大睡了。

而真正给我启发的正好是一次小演讲。那时接近吃饭的时间，分会场里人很少。讲话的是一名日本博士后，但显然还很年轻，不是很出名。他主讲的内容是地震对地下水系的影响，光这方面的研究他就发了三篇文章。

经过导师的翻译，我才明白他研究的方法正是通过人造波，在地震前后，地下水系会因为地震作用发生明显的变化，而波形也会产生较大的变化。事后我查了他的论文，发现他甚至研究过地震时地下水系对地震波形的影响。

我查找论文，发现其实早就有人发现地震前地下流体会异常。汶川地震后，甘肃地震局的工作人员就发文称发现地震前流体出现中期和短期异常，表现形式为水温、水氡、水位和流量等，也曾经有相关人员兢兢业业地对地下流体进行几十年研究。然而他们却无法提出可用的预测方案，关注点也总在看似关联性最强的水氡上。这就好像挑西瓜不看西瓜，却先抽西瓜汁化验一样。

这给了我很大的启发，既然用预测天气的模式来预测地震，那就不能按照地震研究的传统思路，更不能不管什么数据一股脑儿加进去。地下水系有一些影响，这说明两者的体系是有可能相关联的，天气预测的核心就是多相流系统，而地下水系实际上也是一种多相流。我之前虽然关注了地下流体，但在实际运算中加入了太多影响运算的参数。

说做就做，我单独筛选出地下水系的数据，和一些波形数据重新建模，然后输入到代码中。这次调整 bug 快得多，结果很快就要出来了。我选择了在四川的几次信息翔实的地震，模拟结果似乎挺好。时间、震中和震级，虽然有一些误差，但在我看来已经是非常大的进步了。

兴奋异常的我立刻开始进行即时预测。即时数据传进来，然后远程运算结果不断传回来，不到一分钟，屏幕上有一个时间点突然被放大了。我点开时间点，看相关的数据，然后计算里氏等级和可能出现的烈度。里氏 6.3 级，震中仍然在汶川县内，这已经足够产生人员伤亡。地震将在二十天后发生。

我笑了，依旧不相信自己。我觉得这结果离现在太近了，让谎言如此快就能被揭穿。但我抑制住隐瞒的心理，还是拨通了老板的电话。

“老卢，我成功运行了，但算出来的结果——二十天之后，汶川发生 6.3 级地震。”我加了一句解释，“虽然算出来了，但和事实能否对应还不一定。”

那边半天没说话。

“汶川啊……”老卢的声音有些疲惫，意兴阑珊，“我等会来实验室。”

九

在老卢面前，我再一次运行程序。依据新数据计算的结果还是一样，汶川会地震，在二十天之后。

老卢瘫坐在靠椅上，仿佛被抽干了力气。他毕生追求的东西就在眼前，但他很不开心。

我看得出来，他压抑了很久。那双精明能干的眼睛布满血丝，闪着嗜血之徒般的凶狠光芒。

“天老爷你咋个就和汶川过不去嘛！”他指着头顶的天花板，狠狠地骂道。

骂完之后，他把目光投射到我身上：“走，我们喝酒。”

老卢也没啥追求，他喜欢光鲜华贵的装潢，美丽动人的陪酒小姐，外加上不知道真假且贵的洋酒。

这一晚注定迷乱，对于我，对于他，意义也仅仅是在此。不过一会儿，我就和陪酒小姐深情对唱，而他则左拥右抱。桌上的酒也在围攻下越来越少。

由于喝得太猛，很快我就去厕所吐了第一次，然后第二次。但老卢没满足，他常年在商场战斗的本领体现出来，即使喝了这么多，依然看上去什么事情都没有。

他解释道："有些人憨得很，你敬他三杯，他就泯一口，你能咋个办？喝撒！"

等到桌子上的酒喝光，老卢挥手让其他人出去。她们会意地离开了，整个 VIP 包厢只剩我和老卢，空旷异常。

不过一分钟，服务员拿来一个瓶子，那瓶酒只喝过一口。我看了眼牌子，笑了，竟然是大瓶装的康师傅矿泉水，合着服务员欺负我们真醉了么。

"这是水。"

"这是酒！"

"可这是水啊！"我不知不觉提高了音调。

"老子说是酒，它就是酒！"他也犟了起来，唾沫星子喷了我一脸。

他笑着说："这瓶子跟着老子十几年了，你看，说不定还有生产日期。"

我要是能看清才见鬼了，现在看着老卢都觉得他要分身。

他自顾自地说起来："老子那年在汶川打工。这水可金贵着咧，我抱着它被人从地下挖出来。那天太突然，老子看着超市，突然就开始抖咧。一开始我从爬梯上摔下来，天就黑了。我还以为哪个龟儿子关了灯。"

说起那件事情，老卢就像打开眼泪匣子一般，边哭边说，然后开始哽咽。其实后面他说的我也没听清楚，反正无非是他失去了几个亲人，还有当时的女朋友。

“我说，狗日的天老爷，震哪里不好嘛！”他掩面痛哭。

哭了一小会儿，他抓住我的衣襟，把我按在沙发上：“我和你说，我那叫一个恨。恨天恨地恨人，但老子不服输，我就是不服。中国都现代化了，狗日的地震还能上天不？只是我文化低，还能咋样？专家都说没办法，该震的还是震。我能咋样？所以我需要你，我是你的伯乐，你是千里马！哈哈哈！”

他又哭又笑，状若疯癫。

一个真实的老卢终于在我面前完全构架出来。他确实是一名民科，但却并不那么惹人厌恶。只是主流科学界也解决不了这个问题，他想通过其他方式做出来。所以他才会收留那些同样穷困潦倒的民科，因为他们最初的梦想是一样的，无论是否真的能实现本心。

而我是他的意外收获。如果不是那次恰到好处的学院行，他不会见证我和老师撕破脸皮的骂战，也就不可能和我的生命有任何交集。

只是他不知道，我只是给了他一个虚妄的希望。我自己都不相信的东西，也就只能骗骗他了。而且我接触了那么多民科，更知道如何欺骗一个民间科学工作者。那实在太简单了！

我在谴责自己。不知道是不是因为酒喝多的原因，我差点就把真相说出来，关于不靠谱的模型，随意借用的源码，租借的运算服务，一切都只是骗局。我依旧在辜负他的信任，依旧不敢提醒他，他一直以来投入金钱和精力的事业完全是海市蜃楼。

我想把这场戏演好，但却没想过深信戏的人会怎么做？老卢信任我，他会当真以为要地震吧？他会怎么做？

我不敢想象下去，酒劲儿上脑，决策时间很短。坦白还是不坦白？

想到这里，我拿起他珍藏的宝贝矿泉水，喝了一大口。这是一口二〇〇八年的康师傅，光从年份上来说比大部分八二年的拉菲要真得多。不过，我已经尝不出味道了。当年能有几个人有老卢这么幸运，他们被埋在地下，恨不得从泥土里榨出汁来。我怎么能欺骗这样一个人的感情呢？

老卢说这是酒，那这还真就是酒。万物唯心其实很快乐的，你想什么就是什么。难道不是吗？看看许冶钢，我想不到有更适合让他快乐的信仰了。只有那些纯粹的唯物主义者才那么痛苦不堪，在残酷频仍的世界上寻求真理。

懦弱让我回避，做出了默认的选择。我彻底醉了，那些话也说不出口了。人生就是这样，很多话一次不说出口，一辈子都会遗憾的。

我不知道自己是怎么回家的了。

十

二十天转眼就过。老卢做了很多努力，他利用自己的影响力告诉政府我的研究成果。结果官员去咨询了地震局，听说了老卢的民科背景，外加我这个幕后研究者的丑料。官员好声好气地说：“我们不能光听一家之言，要找专家团评估。”

老卢气得直骂娘，恨不得把八辈子说过的骂人话都说出来。他不知道怎么没听住劝，打电话让公司的人都跟着去站桩闹事。公司员工们稀稀拉拉地排着队，跟着慷慨激昂的老卢喊口号。只能说群演找的实在不够称职，旁人一看就知道是怎么回事。

过了一会儿，城市新闻的记者赶到了现场；再过了一会儿，警察出动了。这座城市也就那么大，消息随着新闻的播出传遍全城。为了让新闻更有趣味性，记者甚至添油加醋地把老卢的主张描绘了一遍，充满了讽刺的味道，连带着我们也成了笑柄。

听说那天最后闹得很不愉快，老卢回来的时候是被警察礼送回来的。他刚回到别墅就操起一根铁棍，狠狠地对着几百万的车砸了下去，还一边“亲切”问候着别人的亲戚。

于是，他的努力彻底失败了。我倒觉得这是好事，要是政府信了我这超级不靠谱、千万分之一的可能性才实现的事情，那岂不是很尴尬?

我的生活倒也惬意，该吃吃该玩玩。不知道是不是因为我做出了成果，还是因为心灰意冷而消沉，老卢也没在意我翘班。我在进行最后的狂欢。如果最后没有地震，老卢会怎么看待让他闹出大笑话的我呢?

就在这时，我的父亲给我打了电话。真是哪壶不开提哪壶！他第一句就是关心老卢：“你们那老卢上电视了。”

“我知道。”我都不知道自己是什么表情了。夜光灯下，霓虹灯花花绿绿。在这座完全不属于我的城市，我又蹉跎了很多年。下一站在哪里？人生会怎么样？我什么都不知道。

“我听说那东西是你做的？”

哎，我爸爸太关心我了，他说不定就连新闻都看绵阳台。此前，我只知道他关注了好几个本市的微信公众号，每天转几条类似天气变化，或者哪里东西不能吃的消息。我能说什么好呢?

父亲见我没回答，知道是默认了。他说:“你该回来了。你老板像个疯子。”

“我再考虑一下。”我开始拖字诀。

“再考虑? 对象找了吗? ”

“没有。”

“房子有买吗? ”

“没有! ”

“事业有着落吗? 你倒是出息了啊，学会合起伙儿来骗老子。上次去那公司，我还以为你做着什么不得了的事情。你说这新闻要是传到七大姑八大姨那里，我们家是多大的笑柄啊! ”他也爆发了，倾泻话语像连珠炮一样。

我的事业没着落! 其实这么多年下来，父亲的套路我早就熟悉了，无非是先提问，然后找关键点击破。我沉默了半分钟:“老爸，我知道你爱我。但你知道什么叫自由吗? ”语闭，我挂断了电话，把他的电话号码加进了黑名单。

起码到审判结束吧，让那千万分之一的侥幸也彻底破灭吧。

结果，这千万分之一的可能性还真让我们撞上了。两三天前，有村民报告了一些异象，监测数据也有一些异常。政府终于引起重视，提高了警报等级。结果当天真的地震，震中位于汶川县境内，初步计算大约 6.4 级。

我对比了结果，其实严格来说，我只预测对了时间，里氏震级和震中和实际偏差很大。

政府官员焦头烂额救灾时突然想起了老卢，外加上前段时间他的笑话大半个城市都知道了。他们一对比他说的和实际发生的，发现挺准的嘛！这一消息经过媒体捅出来，一下子乘着地震的消息传遍祖国南北。

虽然学术界也有人发声，提醒说可能只是巧合，但这些声音在媒体面前不堪一击。

我和老卢瞬间都成了公众人物，只不过他是春风满面，我却是满面愁容，惶惶不可终日。几年前，生物学界某知名人物也一度蹿红学术界，被说成是诺贝尔级别的成果，但后来呢？

而我做的这东西，我自己都不相信，结果它居然成功了，真他娘地遇到狗屎运了。什么时候民科也能拯救世界了？那未来满地“诺贝尔哥”到处乱跑，真正的科学又能有几个人相信呢？

最让我不快的还是同事们。好多人说大家都是一个实验室的，应该共同署名一下嘛。尤其张老五，他吼得最凶了，要我把他们的著作介绍到主流科研圈。唯独许冶钢这人不悲不喜，依旧在拐角颂念经文，还保持吃斋。

“发论文吧，我帮您写，挂我二作三作都可以。”之前接触过的陆副研究员给我发来邮件，甚至表示愿意给我金钱和特聘的机会。

我表示再考虑考虑。

大华从北京飞来，他说技术团队听说了这件事情，拿出了以前的保密协议。他说现在要赶快一起申请专利保护，这项技术握在手上，别说猪了，就是大象都能被钱吹飞起来。

我不记得算法能不能申请专利，反正这东西本来就是他们的。我说等我和老卢商量一下，毕竟他是资助我的人，也算有权利。

媒体的邀约更是不计其数，大学的邀请也很多……我只能说，他们难道都忘了几年之前的那件事吗？这时候捧起我，就算是再轻的鸿毛，也会被摔在地上的。

不过，比起名利，我最头疼的却是眼前。屏幕上的数据显示，大约一个月后，凉山会地震，里氏震级大约 5.7 级。

当算出这条数据的时候，我想已经有不止我一个人知道了吧。

果然晚上六点时，我的电话都快被打爆了。央视节目也进行了专家访谈，专家的态度非常暧昧，体现了唯物辩证法的原则，和希拉里回答竞选问题差不多。

政府当机立断，宁可信其有，不可信其无，立刻开始制定撤离疏散方案。但是，急不可耐的凉山当地居民抢先一步开始了撤离，听说那天市内到处都在堵车。大家都想自己走，但却谁都走不掉，真是太讽刺了。

而我只能祈祷，希望它再次成功，要不然我就成了大笑话。我甚至都想好了，如果这次再成功，我需要主动发声，澄清它其实没那么准确。

面对记者们的围攻，我只得暂时离开租住地，搬进了办公的别墅。老卢把他的办公室和大床都让给我，大有一种恨不得把别墅送给我的感觉。

而我却只是考虑着该怎么跟老卢坦白，以及告诉大众真相，戳破我无意间创造出来的神话故事。

十一

就在我郁郁寡欢的时候，一个男人走进了别墅，找到了我。他看起来很老，戴着黑框眼镜，但却有种不怒自威的气势。

我为他倒了一杯茶，反正别墅里不缺高价茶叶。他打量我的工作环境，扫了一眼书籍，眼神里隐约闪烁出不屑。他递出一张名片："我叫萧正名，是新科学促进会的会长。你不用太奇怪，这不是官方组织。"

他肯定还有其他的身份，但唯独却用非官方身份和我说话，可见非常谨慎。我看了眼名片，突然明白他是做什么的了。他是一名科学掮客，专门利用对于体制的熟悉进行项目通过和经费骗取。虽然我不喜欢这类人，但他的出现简直就是福音。

我和他握了手："我是夏帆，请问找我有什么事情？"

"你成功地预报了地震，知道这件事情意义有多大吗？"

"知道。"我怎么可能不知道，我倒是宁愿它意义小一点。SCI[①] 里从不缺乏不可重复的成果，但只要没引起轰动，大部分人也就睁一只眼闭一只眼。只有那些惊世骇俗的成果才会被放在放大镜下看。

萧正名用眼神暗示我的周围："很难想象您是在这样的环境中做出如此高的成果，我听说过一些不太好的传闻，这里是民科聚集地。"

"嗯。"

他靠近了我一步，我们之间只有两米不到的距离："我来就是告诉

---

① SCI：《科学引文索引》（Science Citation Index，简称 SCI）。

你，你的才华不能被埋没了。国家缺乏的就是你这样的人才，促进会里面很多会员都觉得，应该在成都建一个地震研究的国家科学中心。到时候，国内一线的地震学研究者会来就职，不管国家、省里还是科学系统都会给拨款，还能拥有很高的招人权限。”

“那和我有什么关系？”

“你起码是中心副指挥，你想想吧，到时候全国的地震学专家都在你手下干活儿。过个一年，你就能评上长江学者，再过两三年就有可能特聘成为院士。当然成果本身的意义还要重大，这可是诺贝尔级别的！再过几年，你还能跻身政界。对了，我听说你还是单身？”

我惊讶得说不出话来。长江学者，院士，这些词语离我太遥远了。这些都是中国科学工作者们一辈子的梦想，不知道有多少人卡在副教授升不上去。而他后一句话，问我有没有对象，其中暗含的意思就更多了。想象一下，那些原本我连想都不敢想的姑娘，现在竟然也可以考虑。

但我的纠结又不合时宜地出来。夏帆啊夏帆，你只不过是个博士肄业生，所做的东西也不过是用来骗人的，何德何能接受如此大礼呢？

不对啊，我做出成果了啊。他不是一般的掮客，提供给我的是一条洗白的通天大道。当我的成果被国家认可，一两次预测失败的小失误又何足挂齿呢？

我紧绷的面部终于松懈了，和萧先生进行了亲切友好的会谈。

就在我打算找老卢说这件事情的时候，他却先一步来找我。

他猩红着眼睛，仿佛一夜没睡。这个壮硕的中年人好像老了很多，声音都变哑了：“很多人要喊我们公开技术。”

“哈？公开，别扯淡了，最多咱们卖给政府，然后政府该干嘛干嘛。”我一时间忘了立场，可能是最近太膨胀了。现在摆在面前的机遇那么多，为什么要让利呢？

他那表情像要把我吃掉：“你个狗日的仙人板板，我做这个，只是要搞懂地震。你不是只做了四川省的嘛，公开出去，让别人做中国的、亚洲的甚至世界的。我们辛苦了好久，不就是为了今天？”

我以前怎么没看出来老板这么有共产主义的觉悟，绝对是酒喝多脑子烧了吧。但转念一想，其实他要公开我还真没法阻止。问题是，我们真的能公开吗？

我张着嘴，不知道该说还是不说。我低下头看向其他方向，但没能促使我下定决心。

就在我迟疑的时候，他已经回头了，风风火火地准备下楼。他的SUV就在外面等着他，接他奔赴下一个战场。

“不行！”我喊了出来。

“为啥子？你个瓜娃子有啥话说？”

总算到了这一天了，我终于可以坦白了：“我对模型其实一点信心都没有。我本来只是想配合你演戏，其实现在模型已经变了，核心算法是一家天气信息公司算天气的。那玩意儿不是我能写出来的，他们最近在找我一起申请专利。你越过他们……”为了佐证我的话，我找出一份保密协议。

他被我的话震惊了，整张脸都扭曲了。他紧紧攥着拳头，可能几秒后就会和我的皮肤亲密接触。

他大声地骂出来，用的是中国人的国骂。他一拳挥空，迫使我后退，如同饿虎扑食一般把我按在角落，眼光像要杀人：“你偷人家的？”

“嗯……”我也没退缩，要不然也不会和导师闹掰。我挺直了腰杆，反倒有种死猪不怕开水烫的味道。

“我早说过，在咱们研究室，诚实是第一位，别把学术圈那怪东西搞进来。你个瓜娃子！”他恶狠狠道，双拳砸向我身后的墙壁，直到拳头上都出了血。

而我挑衅地看着他，终于从一个被捡回来的废物成为了一个真正的混蛋。我的翅膀硬了，上帝为我关上了一扇窗，却打开了一扇大门。

冲突爆发完，我估计实验室不再有容身之处。我收拾好东西，随手订了酒店房间。在去宾馆的路上，我骂骂咧咧地删除好友和退群。

张老五，永别了，您好好地演戏吧！

许冶钢？还是别删，我对他还挺有好感。老卢？我的心颤抖了一下，这感觉太奇特了，明明撕破了脸皮，为什么我却不忍心下手？他对我一直很好，我现在能这样，起码一半以上要归功于他。他为我做过的努力，提供给我的工资，把我从黑暗中拯救出来，喝酒后的自白……那些画面，一幕幕，我永生难忘。

但我最终还是按了删除键，这时我刚好走出山庄，保安小哥朝我友善地挥手。我也挥挥手，两行热泪不由得从脸颊上滑落。

开弓没有回头箭，我一直都明白的。

接下来几天，我一直过得很安详。父亲再次给我打了电话，人生几十年来，我头一次反客为主。

“爸爸，要不要来成都住？马上成都要有个国家科学中心，我起码是副指挥。”

父亲找理由推脱："那边太辣，我吃不惯的。"

"没事，中心肯定自己有厨师。到时候，我给您老人家安排个清闲的职务，中午你想吃啥就吃啥。"

"哈哈哈！"父亲爽朗地笑了。过了一小会儿，我就看到他在亲戚群里吹牛，言语间全都是对我的自豪。

就在我喝了点小酒，安静地睡着时，房间门却被人敲响了。

我起来看向门洞，发现来的竟然是大华。深更半夜，他不太可能是计划好现在来，反倒像是因为临时有事紧急坐飞机过来了。我想起来似乎给他发过定位。

他都没有寒暄："你们为什么公开了源码？"

"啊？"我先是惊讶了一下。

大华和老卢一样像是肉食动物，眼睛里满是凶残的光芒："你们为什么公开了？我们要申请专利呢，我们要垄断这项技术，你难道忘了，我们手上的协议能让你们身败名裂。我认为我也有权向你们索赔。当初我借给你源码，只是让你研究演个戏，可你们倒好！"他恶狠狠地盯着我，如同择人而噬的猛兽。

"我告诉他事实，也说了不能公布。但现在情况是，他选择自己公布了。"

"他是猪脑子吗？这东西给谁都比公开要好！"

我尴尬地笑了笑："他是一个民科，本来就不是正常脑子。但问题是，你觉得我那东西真的那么准，一个月后凉山没地震怎么办？你们公司的声誉，那么多宏伟的商业计划，该怎么办？"

"呵呵。"他毫不含蓄地表达了自己的意见。在重大利益面前，那个在京城指点江山、淡定地掌握千军万马的他已经不存在了。现在，我看到的大华和那些抢红眼的市井小民又有何差异?

我从他的手机上看到了录播。老卢骄傲地站在发言台上，用蹩脚的四川普通话发布了公布源码的消息。甚至过程中，他都没有为自己或者自己的公司打个广告。

在那一刻，他闪烁的光辉已经不是商人的，而是一个真正高尚的人。知识多少因为教育不一样，研究方法是否科学因为训练而不一样，但是人品高下却是个人的事情。我早该预料到的，老卢一生的追求都在这里，就算大华的公司把老卢告得倾家荡产，他也不会后悔的。

源码已经到处都是了，肯定消息发出去的第一瞬间就有无数的人下载了。而大华却连阻止的机会都没有，同时他公司的机密也被公之于众了，虽然大众目前为止还没意识到。

我将面临什么？一场官司？一场审判？哈哈哈！这狗日的老天，干嘛好死不死地非在那天真地震？我只是陪着民科做一个认真做科研的美梦，从来没有想过它可能阴差阳错的实现啊！

但现在，我无所谓了，按照萧正名给我的消息，后面那些事情几乎都要板上钉钉了。我马上就能脱离现在的生活，走上人生巅峰。

我叫来保安，把纠缠不休的大华轰走，我们四年的室友情谊结束了。

我拿出萧正名的号码，拨了过去。

十二

“我想知道，国家科学中心多久能建好？什么时候能上任？”

“看来你同意了，我觉得也没可能拒绝。”他笑了笑：“这么心急？审批要走流程，就算是特批也需要时间。不过这倒不是最花时间的事情，你想想看，国家科学中心总归要占一片地方吧？就算没有新建办公区，起码也得有临时办公区和招牌。这事情是国家的事情，你怎么能指望上面的领导人和你在一个地方随随便便地剪彩。年轻人啊，多耐心一点。”

我稍微失望了一下：“那我现在能做什么？我从实验室出来了。”

他沉吟片刻：“这样子，我给你个机灵的人。最近你其他事情都不用做，专门参加学术会议，出席各类活动，也算是为中心壮大声势。”

我同意了，心中又紧张又激动。

第二天，他指派的人就来了。那人首先自报家门，还送上一份履历。我看着他的履历，985毕业，国外留学，然后是工作经历。对比他的履历，我的履历简直就是一坨屎。

他毕恭毕敬地告诉我，从今后主要的事情都由他来先打理，我只需要同意不同意就可以了。

我还没为他的专业精神鼓掌呢，他就拿出笔记本，上面记录了今天可以参加的活动。

“在北京临时召开的地震学会，现在坐飞机刚好赶得上。我已经事先联系过，请问去吗？”

果然厉害啊，这办事效率就算老卢和他比起来都差一大截。我心满意足地同意了，然后就看他三下五除二地帮我收拾好行李，拎包出发。

我从来都没有坐过飞机。这么多年来，我本着省钱的原则，一直都坐火车，还总是硬座。但现在，我坐在头等舱，看着形象气质俱佳的空姐走来走去。

助理询问我："我没问过您的喜好，根据我获得的资料推断，您可能更喜欢 Grasshopper，是一款口味偏甜的含奶鸡尾酒。至于餐点，我建议您来一份高级套餐，餐点口味适中。"

"行！按你说的办。"我笑着说道，有种农村人进城的新鲜感。

吃着这些以前完全接触不到的东西，我仿佛来到了一个新的世界，仿佛世界都围绕着我旋转。老卢给我买的西服此刻穿在身上也愈发地合身。我已经是一个成功人士了！

到达会场的时候，会议差不多要开始了。会议的参与者们都听说了我要来的消息，齐刷刷地打量我，眼神复杂。他们当中一些我还认识，有很多人的论文都看过，其中还有我导师的导师的导师。

长条形的会议桌和别墅的餐桌有些相似，最前面的是会议组织者的位置。从他两边往后，很明显地，人越来越年轻。

第一次出现在如此高端学术会议的我，却没发现有我的位置。然后，我的助理拉着我，直接来到了会议组织者的左手边。

天呐！我犹豫了，谁都知道学术界论资排辈很常见，我刚来怎么能坐上如此尊贵的位置。

就在我迟疑时，会议组织者打了圆场："让大家欢迎为地震学做出重大贡献的夏帆先生！"

大家伙儿猛烈鼓掌。我看着那些比我大得多的研究者鼓掌的样子，脚下都有点飘飘然，只得故作谦虚地鞠躬："谢谢大家！我只是做了一些微不足道的小工作。"

"话不能这么说！您是贵客，坐这里当之无愧。"组织人继续补充道。

然后，我大大咧咧地坐下来，还和旁边的老专家相视一笑。会议气氛轻松愉快，他们要我稍微说一下原理。我就从算法入手，反正很多老专家都是一知半解，而就算我说错了，年轻的新专家也不敢指正。这是一种心照不宣的气氛，我讲得轻松，大家听得也轻松。

快要说完时，我还特地开了个玩笑："真正的地震云其实在地下。"

老专家说："我搞了一辈子的地下流体，没想到答案居然这么近。"

大家纷纷表示，中国有我这样勇于创新的人才实在是天佑中华。然后会议进入了高潮，主要就是大家说一下地震学研究的展望。

我旁边那位老专家站起来，气都有点喘："人家一直说，我们中国地震学落后日本好多年。现在这是错的了，我们领先，领先了起码十年。同志们，我们现在的任务就是大力支持，有了夏帆这样的好同志带头，我国的地震学能成为领先世界的一流学科。"

"对啊对啊！"大家纷纷附和道。

这群人展望了一圈，展望来展望去，主要内容还是围绕着经费。我算是看懂这群人了，合着恭维我全是怕将来卡经费。

他们最后居然让我总结。我深吸了一口气："我一定不辜负前辈们的教导，为建设世界一流地震学学科而努力。"

开完会后，他们主动带我去吃饭。不少年轻学者找我攀谈，自我介绍。我是第一次体会到"别人敬酒，你只需要泯一小口"的滋味。

看到总统套房，我甚至都已经不激动了，反正都是公费招待。

助理给我送上一杯晚饮，然后和我商量明天有可能有哪些安排，其中哪些是不可以推脱的。

我的日程就像艺人一样紧凑，可能上午还在清华参与沙龙，下午就到中国科学院大学作学术报告和专家沙龙。母校也邀请我回去，要授予我名誉教授。我看了下日程，紧皱眉头，只能表示再推迟一下。

我已经全然忘了几天之后的地震结果，全心全意地醉心于营造一个新的形象。现在我就连讲话稿都有人帮忙准备，完全不必费心。在大众面前，我侃侃而谈，多次强调这次预测的准确性达到世界先列。科学圈内，我多次放话，超英赶美。

在家乡，小学为我挂上了画像。父亲现在接受采访都必须要记者先给误工费。邻居街坊更贼，一看到有扛着相机的人来，就主动凑上去爆料。

各种荣誉头衔接踵而至，多到助理都不愿意汇报。多年以前红火的《冰与火之歌》里，龙母丹妮莉丝每次都有一大推拉风的头衔，而我现在有过之无不及。

顺便，我一直烦恼的终身大事也有新进展。助理特地为我包装了一套新形象，冷峻的发型更加突出了深沉睿智。在一些宴会上，我见到了很多窈窕淑女。

她们扭动着腰肢，不少人甚至长得比我高。她们丝毫不介意我低俗的目光，反倒会挑衅似的还击。这些姑娘大多出身优越，教育经历出众，和她们聊天相当愉悦。要不是助理每次过来提醒我，我早就沉沦温柔乡了。

就在这时，萧正名告诉我：“审批已经过了，再过几天消息就放出来啦！而且，现在已经给你审批下来不少东西，包括国务院特殊津贴，还有……”

那再好不过了。只要有国家科学中心副指挥的身份，我还能有什么好惧怕的呢?

就在我忘乎所以的时候，助理告诉我，央视打算去凉山高调直播。那一天只要一旦凉山真的发生地震，全国的主流媒体都会被切换成央视的直播。世界都会知道我取得了多高的成就。

我打开任何一个软件或者网站，全部都是这样的预告。

等等！我突然意识到，我早就忘了这颗定时炸弹，而且国家科学中心成立的公布时间晚于地震预测的这一天。这意味着，一切都还有变数。我一下子如同掉进了冰窟窿，久违的恐惧感重新回归了。

故作成功的伪装被我扯碎了。我不顾助理的阻拦，狂奔出去，我不想当一个大骗子。

我打出租车去了电视台。幸好电视台有人正好下班，恰好认出我。于是，一场临时直播开始了。面对着镜头，我战战兢兢，远不像前几天那么镇定。

我一直都在打颤，仿佛只是一个承认犯罪的罪犯。我几次三番打断自己的话语，用最拙劣的方式纠正错误，就像我现在走上电视台坦白一样。

我终于说出了最关键的话语:“我觉得，预测成功完全是一个意外。现在我看来，最初尝试……尝试……就是用它，搞在……搞在民科研究上，只是一场……场很认真的游戏。”

我急得都快哭出来了，声音也成了哭腔:“它不能那么当真的……”

……

然后我被编导拉下了台……这段申明在网上和电视上都只是昙花一现，都没来得及引起大众的注意就消失了。

现在还没到出结果的那一天，我还是学术英雄，是即将上任的科学中心副指挥，卢牛还是大度支持民间科学发展的开明投资者。我终于明白了，当成为英雄的那一刻，我的形象已经不再属于我。

所有人都觉得我是救世主，他们相信我。但他们信错人了，我不是救世主，我只不过是个博士肄业的民科小跟班！失魂落魄的我，漫无目的地坐出租车到处游荡。这场审判即将降临，而我竟然浪费了那么多时间，追逐一个幻梦。

夏帆啊夏帆，不作不会死啊！助理狂打我的电话，但我不敢接。我只想找一个尽可能远的地方——躲起来。

再次被找到时，我在网吧包间里面通宵打游戏。我惊悚地发现助理已经挡在了门口，他身后还有好几个人。

这是要逮捕我吗？我心中一惊。

他温和地说："夏帆先生，您最近压力太大了。每天都应酬是很累的，很多人在突然成名后也很难调整好心理状态，容易崩溃。我请了好几位心理咨询师，您跟我回去，我们可以帮您慢慢排解压力。"

"那几个人是心理咨询师？"我不相信。

"不是。"

我的心凉了下来："那我要是不回去呢？"

助理笑了笑，那种凉薄的笑就像刀刃一般刺入我的骨髓："这可不太好，夏帆先生，您明天还有很多的邀约需要决定，我只能公事公办。"

于是，我只好被架了回去。

这几天我依旧参加一些活动，但兴奋劲已经退却。看到别人抛来的橄榄枝，我从心底里十分厌恶。而邮箱依旧爆满，各种研究者找我联合署名，而且随便我一作还是二作。短短几天，他们把我的研究和自己的相结合，写了各种解释预测合理性的论文。

但我连回复的心情都没有。

审判终于到来了。这一天，助理推掉了其他邀约，拉着我在化妆间等待。据我所知，央视的直升机正在凉山市上空飞来飞去，各种先进的拍摄设备尽一切可能性保证图像能传达出来。

演播人员在外面奔走，应对一切可能出现的情况。

而我只能苦笑。我在心里祈祷，无论什么神都行，请保佑我。时间一分一秒过去了，外面的声音也逐渐平息，但我却越来越沉不住气。我打开手机，刷刷新闻，看看有没有新消息。

没有。

时间一分一秒过去，这一天也马上过去。

时间跨过了零点，还是没有地震。

就在我和其他人的耐心都快被消耗殆尽时，一条惊世骇俗的消息来了——凉山没有发生地震，但是相邻的攀枝花市却发生了地震。震中比事先预测的位置偏离了一百多公里，而且震级也不是预测的 5.7 级，而是 6.8 级。

由于盲信，很多凉山居民都逃到了攀枝花市，再加上政府对我的相信，也没有做足够的应对。原本用于保护人民安全的预测反倒因为错误造成了更大的损失，让人啼笑皆非。

直播也终止了。偏离了一百多公里，时间也没对得上，央视事先更没准备到那边拍摄；二来损失比事先预计要大，这不再是值得向国际夸耀的事情。

上天回应了我的祈祷，但却用最恶毒的方式嘲笑了我。我如坠冰窟，地震本是天灾，但我把它变成人祸。不过几分钟，萧正名告诉我，中心的事情，上面说还要再考虑，然后让助理暂时先回去报到。

这是很委婉的说法，我已经被放弃了。助理麻利地收拾好东西，头也不回，带着我的幻梦，翩然离开了。

尾 声

我再次来到了熟悉的汽车站，打开手机，给许冶钢打去电话。现在是半夜一点，他应该已经睡了，但我如同一条败犬，在乎不了那么多。我都不知道为什么会回到这里，摸摸口袋，只有不到1000元。

一直到现在我才发现，原来许冶钢这小子才是最聪明的人。他接我来到租住的小房间，听他读经，给我推荐了《论语》和《说文解字》。《说文解字》厚得像砌墙用的空心砖，而《论语》则带上了四五个版本的注释。这些都是中华古代文明的精华，但我却只是听过名字，一点都没有读过。

真是贴心呢，冶钢。

我打开论语的注释，竟然还发现写好的笔记。他将穷经皓首，但也许世人永远不会知道他。反倒是我，被一道妖风吹上了天，然后在达到南天门之前摔了下来。

我承认，我的精神正在崩溃，我在寻找寄托。这时候，谁来都一样，三者融合的儒道释，抑或其他宗教。

我宁愿这几十天的经历都只是黄粱美梦。但它发生了，真真实实地发生了。从宇宙的角度看，任何事情都是有概率的吧。只不过一切都将回归平静。

我没有受到处罚，只是不再有飞黄腾达的机会，反倒是整个社会都沉寂了下来。新的报道围绕着救灾开始，和我没有任何关系。邮箱不再爆满，那些和我互换联系方式的女性把我从通讯录里删除。我的父亲闭上了嘴，整天躲在家里，闷闷不乐。

大家都不想再提起我，虽然我的预报还是有一定准确性的。我相信在几百里外的那个城市里，此刻有无数的人在暗暗唾骂我。

科学界偶尔还有声音支持我，认为这只是个小错，能把预报时间和地点做到这种程度已经很不错了。但这些声音很快泯然众人。过了一会儿，那些声音又开始变化了，有人专门研究了我的代码和原理，认为预测只是运气好。

大众媒体们发挥了更多的余热，他们找到了一起和我相关的诉讼案。按照原告公司 CEO 某华的说法，我的形象更加不光彩，成为一个窃取他人劳动成果的小偷。

许冶钢突然停了。他看着我，粗糙的皮肤在昏黄的灯光下分外显眼："夏帆，你心不静，是听不进去的。"

"那我要怎样？"我朝他吼了出来，积聚的怒火瞬间爆发出来，"我日你个仙人板板！"我也不顾这是在他家，对着地上的书堆就是一脚。某本书被我踢坏了，散落的书页随处飘散。然后我还觉得没解气，对着脸盆和饭碗又是几脚。

天呐，我把事情搞得一团糟糕。除了回自己家，这里已经是我唯一能来的地方了。

而许冶钢只是冷静地提醒我："这是障，你必须去破障。"

呵呵，我的障，我去哪里破？我抱着头，蹲了下来，快三十年的人生在脑海中快放，但我还是找不到问题所在。究竟从哪里开始？我早该在很多年前跳楼身亡，苟活到今天也只不过是一只游魂。

他轻轻地抱住慌乱无措的我，虚弱的身体瘦得触目惊心，但却充满温暖的感觉。好熟悉的感觉，我曾经拥有过不少温暖，但却一一背叛了。他轻声说："你该回实验室。"

"开弓没有回头箭。"我咬牙低吟。除了父母，多年以来认识的人都差不多和我分道扬镳了。

"但你不是回头箭，你已经不一样了。预立则先破，他会接纳你的。"

会吗？被我背叛过的老卢，这个直爽正直的四川汉子，还会接纳我吗？我看着窗户玻璃，里面倒映出我——丧家之犬，比好几年前还要狼狈。

但许冶钢不管我的踌躇，他拨通老卢的电话，把他从深夜唤醒。那辆几百万的车开到了站前，在安静的夜晚下异常突兀。

在这个充满雾气的夜晚，我再次见到了老卢，他还穿着睡衣，只穿了拖鞋。他冲过来，看到了马路边的我，哈哈大笑。

"你个瓜娃子！"他用手拍拍我的肩膀，"喊我老卢就要得！走，我们吃酒！"

"老卢！"我喊出来，声音在寂静的街道上回响。

几天之后，我急躁地冲出房门，看手机。"夏帆，加油！"界面再次欢迎我。刚刚就有一种熟悉的感觉在催促我，果然我又忘了给挂钟调时间。

我拦到出租车，去往别墅区。

“我回来了！”新世界的大门缓缓打开，其他人都早我一步，正忙着各自的事情。他们甚至都没有惊讶我回来，只是温和地欢迎我。

这应该是老卢打过招呼了吧，他害怕我心理有负担。我坐回了自己的位置，和许冶钢亲密击掌。这时老卢也赶来了，晨会就要开始了。

我点开笔记本上的 PPT，但转念一想，老卢这边也用不着。但我又想错了，老卢让人拿来了一部投影仪，并且放下一块幕布。

我笑得很开心。

一切都是原来的样子。这群家伙说着不着边际的理论，唯独我讲一堆他们都不懂的东西。

当然也有变化的事情，老卢找到我，说要签个协议，大概就是说给我做项目，然后按照合同的数额提供资金。当然项目内容依旧是老卢和我共同的梦想。

我笑得更开心了，因为他依旧选择信任我，用合同方式，但实际上给了我更大的支配权。

我恰好还有线索，关于为什么预测会不准的问题，只是一直都没来得及思考。我重启了研究，每天在数据和论文里面猛扑。我又做了好几次预测，当然有的比较成功，有的偏差很大。我甚至都找到了规律，越是以前地震少的地方，预测就越不准，甚至可能出现完全误判的情况。而预测的时间也很固定，从十八天到六十三天不等，差不多是中期流体异常的可能范围。

这里面的规律似乎很明显，但直觉告诉我没那么简单。

我没有对外宣布结果，只是安静地做一次又一次的改进，看着预测系统在一步步提高精度。中间有很多人找过我，但是我都一一回绝了。

那些纸醉金迷都和我无关，我现在只是想做科研而已。

除了科研之外，我经常看看儒家的书籍，倒也自得其乐。老卢整天给我张罗对象。要是碰到一个差不太多的，我也就认了。我想接受这差不多的人生。

某天，有人来到实验室。

她稚嫩的脸上还有青春痘，背着大背包，显得身材愈发娇小。她从包里拿出一叠论文，其中有一两篇是我的。

她穿越大半个中国找到我，只为了和我热烈讨论地震研究的问题。从言谈中得知，她教育背景很不错。当我问及她对目前问题的看法时，她突然说："您虽然成功考虑了地下水系系统，但是没有考虑矿物的作用，地下水系和矿物两个系统应该是互相耦合的啊！如果说地下水是地下的云，那矿物就是地下的山脉。"

真是一语点醒梦中人！我立刻拿出纸笔，写写画画，但转瞬间意识到把她晾在一边是不对的："对了，你叫什么？"

"我叫滕叶子。"她眨巴着大眼睛，大大方方地看着我。

我放下了笔，口干舌燥。我望向这位热情洋溢的女孩儿，就好像看到了一片新的、充满希望的地震云。

解　冻

他觉得自己一定是生病了。

但有的人连续病了几十年，也就不觉得是病。他印象里老姜才出事故的时候，天天哭天喊地地说手废了干不了活儿，要去做伤残鉴定。现在老姜扫地、搬东西，外加修理设备，麻利得很，但还是上蹿下跳地要给他撮合对象。不管是啥毛病，习惯了都没问题。

孤单也是一种病，不过习惯习惯就得了。他看着胸口新换的铭牌，都用上纳米芯片了，光溜的外表和舒适的造型平添了高端的气息。然而那张证件照还是一如既往地难看，下面用宋体字标着界定他人生的东西——章梓轩副研究员。

副研究员，就是他在中心干了二十年得来的东西，但也许过一段时间上面的副字就将被拿掉。但这对他的人生来说，似乎一点意义都没有。反正，他一个人也花不了什么钱，没结婚、没孩子也没有经济压力。

可能很多同事一开始还会各种张罗着给他找对象，但等到听闻几次惨烈的失败之后，再也没有人提起这件事儿了。在他们的心目中，章梓轩也从年轻有为的新人逐渐变成了口味刁钻、性格怪异的同事，再后来变成了似乎很有钱的钻石王老五，最后变成了疑似无性恋的单身中年人。

当然，这么多年过去了，也就只有一个人没有放弃他，那个人就是老姜。

老姜其实不是个文化人，只不过多干了几年活，对一些仪器略通，能进中心干杂务也是托不知道哪个亲戚的福分，反正他一直没告诉过章梓轩。但这不影响他们俩交朋友，两个人喝起酒来，或者玩起来也是一头的劲儿。

老姜总是在喝酒喝到一半时半开玩笑地对章梓轩说："知道为啥我最初和你交朋友？中心那么多人，凭啥我就觉得跟你能玩到一起呢？"

每当这时候，不管章梓轩是故意装作不知道还是觉得厌烦了想要换个话题，老姜都会伸出手，放在他的肩膀上："老章，你别说。当初就因为我觉得你对我媳妇儿有意思，她还说看得出来你是个深情的人。你说这情况，我怎么能放心呢？那肯定是敌进我退，敌退我追，敌驻我扰，敌疲我打。只要她和我不在一起的时候，我就总和你一起玩，不就能放心了吗？"

"省省吧，我只是觉得她有点像一个人，其实也就只是眼睛像。你媳妇儿和你是绝配，哪里有我什么机会？从她刚进中心，你们俩就奸情火热了吧！"他也是借着酒，随意发挥，说点不温不火的胡话。

老姜"嘿嘿嘿"地笑着："那当然。"

不过，有的时候老姜喝多了，也会撒酒疯。有一次，他把酒杯排在桌子上，恨铁不成钢地瞪着他："老章！你就不是那种对女人无动于衷的人，虽说你吧，平常对女性冷冰冰的，相亲的时候说话不注意也忒不是东西，但你看女人时眼神的波动还是有的，那是骗不了我的。快说，你到底是哪道坎过不去？是心里住了个人呢？还是器官有问题？真有问题也不怕，那谁不就在那家医院，我同学，男科一条龙，肯定给你好好治！"

不过，每当出现这种情况，章梓轩就记不得后面发生了什么，因为他和老姜的酒量是半斤八两。老姜不行了，多半他也断了片。反正他肯定是没有说出来为什么。

每天下午，章梓轩进行例行检查。由于中心在十年前进行了一次升级改造，现在进入核心放置区域已经不需要穿厚重的防护服。

他随身带着各种测量工具，还有记录工具。在日复一日看不到头的工作中，这是最烦琐却是最轻松的一部分了。

她，很美。

从第一眼看到她开始，他就深深地迷上了她。无色的液氮在循环系统中缓慢地流动，锡箔模样的薄膜紧紧地贴在人体上，显露出姣好的身材曲线，让这副身躯拥有蒙娜丽莎一般的迷之美感。玻璃由于某些原因被特意做成蓝色，忧郁的颜色给她加上了一层神秘的色彩。

十一号，她就像薛定谔的猫。虽然从外表上和猫没有关联，但她的状态确实和那只可怜的猫一样，不生不死。

他从二十六岁开始就一直看着那具冰冻的躯体，在年轻的岁月里，有种感情让他决定留下来。他日复一日，年复一年地维持冷冻中心的研究工作，放弃了更好的机会。经过二十年的洗礼，他从青年人变成中年人，终于明白那种感情。

章梓轩拿出光谱测量仪，对准冰冻的人体。在薄膜的周围，有某种絮状结晶。这种结晶已经出现有几年了。当时结晶最先被他的前辈发现，让所有人都兴奋了好一阵子。这种结晶究竟是什么？中心的所有人都很感兴趣，但是他们并没有方法取出来进行验证，只能通过频谱不断地比对研究，然而到目前为止没有任何一个人宣布研究的结果。

而他的专业方向更多倾向于身体机理，对于色谱色相分析倒不是很擅长。

“老章，还没测好吗？”

仿佛小孩子做坏事被撞破，章梓轩被身后的声音吓了一大跳，手一滑。测量仪只好和地面进行了亲密接触，发出一声脆响。

“啊……”他发出一声惊呼，急忙捡起测量仪，查看损伤。按理说，高精度的仪器一般都比较脆弱。

“没事吧，老章。感觉每次叫你，你都要惊讶好半天。我有那么吓人吗？”那人一把夺过仪器，往身上一扫，然后看着结果说，“没问题。”

章梓轩露出一个微笑：“没……没……你总是突然出现。刘瑛，你说没问题我就放心了。”

刘瑛是中心近几年为数不多的新人。因为国家乃至国际上对人体冷冻的关注度下降，中心的福利待遇和研究经费早就在下降了。在这种情况下，大多数年轻研究者都不太看好中心，即便招聘来的也是混日子的，唯独她干劲十足。

他很早就在怀疑她的用意，也许她和某个被冻的人有亲缘关系？但他从不去问，因为她不仅兢兢业业，而且在仪器设备方面有着很独特的本领。他发现自己的目光也总是落在她的身上，一旦一个男人对一个女人产生了好奇……

咳咳，章梓轩用咳嗽打断了遐思，说：“有什么事吗？”

她说：“忙完了赶快去开会，老大好像有好消息要宣布。”

“是吗？”中年人十分怀疑。怀疑是有道理的，因为最近几年中心宣布的最大好消息无非就是明年的奖金暂时不会下降。

她俏皮地一蹦一跳，走在他前面：“绝对是特大的好消息。”

中心的大会议室紧挨着体育馆。足够容纳一千人的大会议室，足够胜任任何类型的学术会议。但是，例外也不是没有。据说当年中心才建立的时候，各种国际组织外加政府官员还有学术界人士济济一堂。因为人数太多，前来听汇报的记者只能选择坐在地上。那一次建成汇报会甚至差点引起踩踏。

事后，中心的主任直抱怨说建小了，申请资金要求扩增。上头一听说这事儿，立马就批准了。但中心的大会议室又不能拆除重建，于是设计者想到一个好主意。把顶层的圆弧顶进一步加固，然后在墙上等地方加上悬挂的阳台式座位，仿佛音乐会当中的高级雅座。

而如今，空旷的大会议室很难再现当初的繁华。稀稀拉拉的研究者们和技术工人甚至厨师、杂务工、宿舍管理员一起并肩坐在前排。中心可能是国内少见的、成功实现职业零歧视的科研单位。

刘瑛去和姑娘们凑一块儿，而章梓轩和老姜他们坐一块儿。

老姜对着他说：“我说那姑娘不错吧！你要不试一试？我看你最近也总是看她，是不是有意思？”

“她，有点像。”

老姜拍了拍他："像什么？人家姑娘水灵着呢，你梦想中的老姑娘早就面黄肌瘦了，能一样吗？再说你想要人家还不一定喜欢你。要不要我帮你去说道说道，我老姜的嘴，宇宙第一。我家娘们儿总说不担保、不做媒，可我这心思就是闲不下来。"

"得得，老姜你悠着点，嫂子在看你呢，看主任一会儿要说什么。"他已经看到孙主任了。

孙主任一瘸一拐地走上讲台，先天性的腿疾伴随他一生。他总觉得主任是特意没去人工再造，就是因为病久了，习惯了。

主任是一名典型的学者，但是绝对不是好领导。如果排除这些一贯印象，章梓轩对他可就没有其他了解了，因为他太过沉默寡言，而且在新成立的另一家国家中心有职务，除了开会之外很少和人交流，就算学术方面的交流也大多通过网络邮件。

孙主任拿出一叠薄薄的演讲稿，表现得像一名腐儒，但说话却是异常简洁："今天，我说一件事。"

下面的人猛烈鼓掌，为主任开会的简洁叫好。

主任示意大家安静："今年涨工资，加奖金。"

孙主任刚说完这句话，就感觉下面的气氛隐隐然有些不对，竟然连掌声都没有。他从厚实的仿古玻璃眼睛中扫视众人，发现众人的表情千奇百怪。

"头儿，我没有听错吧？涨工资还是奖金？"敢直接当面叫头儿的肯定是老员工，声音来自章梓轩旁边的老姜。

主任说："涨工资。从本月开始，搞技术的每月加八百，其他工种加五百，绩效怎么加另算。如果成绩好，那么奖金也会浮动上调。"

会场爆发了一阵欢呼声，无论男女老少，几乎兴奋得互相拥抱。幸福来得太突然了，老员工们差点以为不会有这一天来到。

章梓轩忽然想到一个月前才调走的某人，他要是得知这个消息会不会后悔呢？大概不会的吧，即便一时涨了工资也不能说明什么，反倒有点像是大家伙临走之前分家产的感觉。想到这里，他坐回了座位，停止了无意义的欢庆。

俗话说，事出怪异必有妖。

主任尴尬地咳嗽一声，阻止众人欢呼的感人场景：“中心里面有几个冰冻超过三十年的标本？”

标本？这个说法让章梓轩略微不满。他想也不想：“就一个。”

主任继续问：“小章，那超过二十年的呢？”

二十年？他搜索了一下记忆，发现自己也回答不上来。

就在他尴尬得直挠头的时候，刘瑛替他解了围。她说：“一共七个，四男三女。其中一男一女被冰冻时还处于少儿期，有两男一女冰冻时已经达到老年期，剩下来的一男一女还处在青壮年。”

有人趁机查了一下数据库，发现她说得完全没错。就连一向面无表情的孙主任都表情大变，满是欣赏之意。如果不是知道主任的为人，大家伙都快怀疑他事先和刘瑛串通好的，故意要提携她呢。

可是俗话说，人怕出名猪怕壮。章梓轩在佩服之余也为刘瑛捏了一把汗。孙主任说：“带我去看看这些标本，所有技术员和我一起去，其他人可以散会了。刘瑛，你带路。”他特地把标本读成重音。

大家稀稀拉拉地跟着主任，一边讨论揣测大出风头的刘瑛将来会如何发展。大家走马观花，仿佛是进花园游览一般。不过，实际上他们对这里都太熟悉了，完全没有新鲜感。

刘瑛一边为主任解说各个冷冻人的生平。

主任最先在五号旁停了下来，从骨骼上就可以看出，那是一个男性。

刘瑛说："五号，李存翰。他在发现癌细胞扩散后，不得不选择了冷冻。在他的人生中，最主要的贡献是为爱心基金捐款三百万元，当然，这些钱也主要是他父亲的。"

"所以，他实际上是个富二代。"主任眯起了眼睛，眼中有精光闪过，"刘瑛，一周内去民政部调查一下，他是否还有亲戚在世，如果在世，情况如何。"

她连连称是。

而章梓轩本能地感觉到了一丝不舒服，说不清道不来的不舒服。

最后，所有人都站到了最后一个标本面前。那是所有标本里面最美的，即便是被冷冻，她的体态依旧完美地保存了下来。章梓轩再次看到了她，同时听到同事的闲言碎语，总有种她的休息被打扰到的荒谬感。

孙主任再次问话，而刘瑛回答。

她说："十一号季潇湘，女，被冻时二十五周岁，青年艺术家。她是自愿参与冷冻计划的。她在申请中写道，冷冻，仿佛凝结了时光，保留住美。被束缚住的女性身躯，仿佛在爱情和现实中挣扎的女性。总之，她觉得冷冻也可以是一种行为艺术。"她的声音就像一盘冷水，把章梓轩从遐想中唤醒。

一个健康的女性，参与冷冻研究计划，即便是在国外也是无法想象的。在场的人大部分都知道，当初中心同意接收她也是冒着很大的风险和争议。有很多后来看起来很荒唐的事情，在当时却显得正常得多。

孙主任十分满意地点了点头，喃喃道："有争议的人啊……你去查查她的家庭情况。"

刘瑛却没有答应，而是直接回答了："她应该没有直系亲属了，应该。虽然有一些旁系亲属，但已经移居国外。"

"这样啊。"主任很满意，自顾自地点了点头，"很合适。"

章梓轩仿佛感到了一股寒流，究竟什么很合适呢？刘瑛又是怎么能对她如此了解呢？而且唯独是她？

众人回到会议室。主任的话如同晴天霹雳，掀开了整个中心的和平安宁："我们要解冻标本。"

一时激起千层浪。老资历的研究者们第一反应就是："千万不能啊，技术还不成熟！"

孙主任面色淡然，仿佛早就料到了他们会这么想："以现在的状况，难道我们在几十年后就能有技术解冻他们吗？"

众人无言。

主任用目光扫视众人："我当主任不合适，就是瞎子都看得出。我不多废话，这是中心的大机会，但也是挑战。上面的人在整理材料时突然想起了我们，如果这两年做不出成绩，那中心可就真完了。"

"怎么做出成绩呢？"某人追问。

主任扫视我们："解冻，起码必须解冻一个人。"

所有人无法理解解冻为什么是大机会，除了刘瑛。只有她一脸淡然，看不出表情。

主任点头，仿佛给大家打气："对，解冻。而且，我们有一到两个很好的目标。"

天呐！章梓轩感觉心脏“怦——怦——”地猛跳，他忽然明白主任的用意了。那一到两个很好的目标，肯定包括他的女神——十一号。

主任补充说：“青壮年，身体会比较好恢复一点。我们中心研究了几十年，理论上可行的方案也是有的。”

怎么可能有那种东西？章梓轩口中干涩，有种想说话却说不出的感觉。

主任不在意其他人的眼神，继续说：“我特地做了几轮模拟，肯定没问题的。”

所有人盯着主任看，这一盯让他的老脸突然刷的红了。他急忙补充：“肯定能行。”

终于有人跟着附和，坐在前排的老黄说：“嗯嗯，应该能行，你们说是不是？”

章梓轩终于忍不住了：“什么叫应该能行？主任，请把你做的模拟，方法、数据、过程给我们。我们需要几天时间，会同医学专家检查一下才能确认。”

“老章你别不懂事，主任在这方面可是权威专家，他懂的难道能比你少？”老黄阴阳怪气地说着。

章梓轩横了老黄一眼，没有理他：“主任，我不是怀疑您，但老实说，我看到过的任何方案都没有切实的依据。我很好奇，请您解答我的疑惑。”

主任的脸由红到青，由青到白：“老章，今天你的状态不对啊，刚刚问你话，你都没答出来。现在和我扯什么切实的依据，如果需要依据，解冻一个不就有实验依据了吗？”

“可是……如果选择的方法不对，解冻出错，里面的人就永远都活不过来了啊！我们怎么能这么对待他们呢？”

主任冷冷地说：“我说过了，它们都是标本。”

“标本？”章梓轩突然有点站不住，他缓缓地往后退，“不……不……不是标本。他们还是活人！”

老黄一把架住他，说出了大实话：“老章，你今天是中邪了吗？它们从来都只是标本啊。从签订协议的那一刻，他们的生命早就不属于自己了。他们就是下了个赌注，但是我们从来没保证过，一定能让他们活过来啊！”

章梓轩一屁股坐在地上，狼狈不堪。他转向最后一个可以指望的人：“刘瑛，你认为技术上解冻有可能成功吗？”

刘瑛很肯定地点头：“有可能。”

他的心凉了半截，但还是继续询问：“你认为他们到底是人还是标本？”

她和他对视，他看到了那种近乎残忍的决绝。从一开始他就看错了她，刘瑛是一个比想象中还要现实得多的人。

她说：“你非要我说，我认为还是更像标本一点，他们冰冻的原因千奇百怪，但大部分都是无法活下去，于是打了一个赌，指望去未来享受生命的快乐。如果说这些冰冷的东西有生命，我会感到不舒服的。”

章梓轩被彻底击溃了，他跌坐在位置上，仿佛站不起来，眼神迷离。此刻，他的意见如何已经不重要了。在这个小集体里面，他本来就只有随波逐流的份儿。不会有任何人阻拦主任的决定。

饭桌上，章梓轩板着脸，一言不发。这顿饭吃得很是沉闷，就好像红汤火锅没放辣椒。到后来，他也忍不住了，举起酒杯和老姜就是喝。

这顿酒喝得很久，两个人都超常发挥了。

老姜愁眉苦脸：“老章，我看到照片了。你这一说，我老婆和十一号还真有点像。原来你心里藏着的人是她？”

“她？你这代语指代不明。”

“你就甭跟我咬文嚼字，带鱼不带鱼的，我还咸鱼呢。要我说，你和那季潇湘肯定有问题。她都被冻了这么多年，哥们儿你够长情的啊！我是真心服你！”老姜打了个响指，示意服务员再来瓶二锅头。

章梓轩把酒杯中的残酒一饮而尽：“来，再倒。老姜，你知道我最不爽你哪一点？你就是话太多，少说一点能死啊！”

于是，两个人又默默地喝了两轮。

然后两个人都不说话，也不动作，仿佛水烧开前的宁静。

“她是我发小。”章梓轩想再喝一口，却发现连杯子都拿不稳了，“她的父母走得早，他们走后，我父母经常照顾她。”

“难怪了……”

他粗暴地打断了老姜的话：“你他妈别说话，听我给你说。我也不知道她为什么会那样？我出国之前，一切都还好好的。她说会等着我回来，而且一直都会是最好看的样子。为什么事情会这样？为什么？你能告诉我为什么吗？为什么那些白痴能批准她加入冷冻计划呢？”

老姜看着他手舞足蹈：“我不知道，但是老章，你和她的做法难道不一样吗？她冻了自己的身体，你冷冻了你的感情，难道能有什么区别吗？这么看来，我反倒支持孙主任的决定了，看起来草率，但他是在救你！”

“救我？你在逗我吗？他那是杀人！现在技术不成熟，不成熟好吗？”语毕，他几乎要扑到老姜身上。不过饭店是不会放任两个醉鬼撒酒疯的，自动机器人将两个人架住，用专车送他们回住处。

一觉醒来，章梓轩觉得自己快要死了。脑袋很疼，完全无法集中精力。究竟有什么办法呢？他爬了起来，收拾秽物。

就在这时，老姜来了一个电话：“昨晚我想到好主意了！”

“你昨晚除了白话吹牛皮，还能想到过什么狗屁主意！”他想都没想就呛了回去。

“真的是好主意。”

他竖起了耳朵，期待老姜的主意。

中心决定解冻了，不过第一个样本却不是她。

章梓轩看着蓝色玻璃后的她，情不自禁地伸出了手。即便是现在，她的姿态依旧如此地美丽，也许比冰冻之前还要美丽。他不明白为什么单单对这个女人着魔，多年未婚的真相实际上就是如此简单。

如果父母知道真相，他们一定会崩溃的吧？

他的手在玻璃上留下了油脂的痕迹，只需要轻轻涂抹两下，就像是画了一只蝴蝶。他希望，困在蛹里面的不是死去的毛毛虫，而是一只展翅欲飞的蝴蝶。

“她很美。”

“嗯。”他下意识地回复，转瞬间发现了自己的失态，“刘瑛？”

刘瑛那张小巧的瓜子脸上露出了两个酒窝，发型也从飘飘长发换成了短发刘海，显得更加娇小可爱：“是我。她比我漂亮吗？”

章梓轩很艰难地点了点头，心念一时慌乱。在并不长的人生中，他还是第一次遇到这样的提问。他越发觉得她是个充满魔力的人，轻轻一句撩拨就能让人面红耳赤。

她轻轻低下了头，斜刘海挡住了她的眼睛："是啊，我爸说过，她比艺术品还要艺术。"

"你爸？"他顺势问过去，以为她可能想要倾诉。

"我爸也见过她。"她背过身，"我知道你很不喜欢主任的决定，但他有苦衷。"

他沉默了，心里隐隐然在抵触。他看向玻璃后面的她，仿佛在征求她的意见：终年被困在这里的你，又有什么期盼呢？他喃喃道，"刘瑛，你对她究竟了解多少呢？"

刘瑛没有回答他，只是呆呆地望着十一号。

他悄悄地把手伸过去，握住了刘瑛的手，而她竟然也没拒绝。气氛变得奇怪起来。

章梓轩知道自己在脸红，但他该说出来："刘瑛……我觉得你会答应的。"

"什么？"刘瑛转过头，好奇地打量着他，眼眸中一丝妩媚在流转。

"我们可以偷一些先解冻。"他如是说。

"偷？"刘瑛一把甩开他的手，"你在想什么？"

"你来得不够久，基地有一些动物'标本'。"章梓轩看向基地的深处，说起标本二字总让他不舒服，"很多人恐怕都忘了它们。如果非要解冻不可，我们可以偷一些出来，试验一下。"

她长长地叹了一口气，仿佛无可奈何："你知道它们在哪里吗？"

"知道，但需要你的帮助。我们需要孙主任的印章和账户密码。你能拿到吗？"

她点了点头："我知道了，我会帮你的。"说完这些，她直接走了出去。

章梓轩长出了一口气。

一天之后，老姜带着假命令来到存放库。存放库的人甚至查了二十年前的资料才知道那些东西的存在。他们根本就没验证命令的真假性，反正一般人也不可能知道这些东西。几乎所有的动物纲类都有代表动物。它们原本是被当作参照研究物保存的，而此刻却是他们的希望。

至于实验地区，老姜帮忙启动了基地地下多年未用的小无菌实验室。而为了掩人耳目，刘瑛和章梓轩先后病假，却在晚上偷偷留在基地里。

这可苦了老姜，因为他得装作自愿加班，要不然没机会给两个人带食物。他嘟囔着要求事成之后要请他好好吃饭。

章梓轩第一次体会到无需确保成功率的轻松感。他一口气在几只白鼠身上一一实验了主流方案。他发现其实最大的问题是刚解冻时的大出血，这样即便解冻成功了，被解冻者也必将死亡。

虽然确实没有一只白鼠真的能活着解冻，但总比死得面目全非好得多。他抹了抹汗，在计算机上写下方案的改进意见。他相信中心会得到更多的支持，只要保持表面体征和脏器的完好，中心肯定能得到足够强大的医学力量的支持。

他想再进行几次实验，再把意见完善后交给孙主任，只是没想到孙主任很快发现了他的所作所为。

孙主任看着他用坏的标本，面色如常："我看到了，你的意见。"

章梓轩惊讶地看着主任，然后转向刘瑛，看到她还是无所谓的样子。他瞬间明白了："是你说的？"

孙主任摇摇手："你别怪她。你觉得这事情可能瞒得住我吗？你们用的命令就是真命令，老姜我也事先打过招呼，我同意你们做这些。

如果解冻失败得太难看，别说你的十一号，我们中心也没有好果子吃。我们是同一条船上的两只蚂蚱。”

章梓轩点了点头，但是还是有些不快：“但我和你不一样，主任。这次结束之后，我想调走。”

孙主任笑了，眉毛和皱纹都笑开了：“好啊，我也不会拦你。你为中心付出了半生，大家都了解。你想去哪里，告诉我，我能帮你争取更好的待遇……”

章梓轩摇了摇头：“不，还是让我自己找吧。”

孙主任一瘸一拐地走过来，在他旁边坐下了：“我理解你的感受。十一号，我以前见过她。季潇湘，这么美的名字，没人忘得了。我见到过无数来选志愿者的，无非都是些病入膏肓的半死不活的家伙，唯独她那么美。如果不是因为你现在的表现，我不会想到她和你有那层关系。她原来是由你父母养大，而等你离开中国深造之后，她就只是孤单一个人。而那个年代，一个人在大城市生活挺不容易的。她也有过一场噩梦一般的婚姻，恐怕也有永生难忘的挚爱。”

是啊，从那之后，她就是孤单一个人。她总是说她过得很好，但其实内心很难过吧。现在她在一个更加冰冷的地方，而章梓轩却只能在外面看着。这一冻就是几十年，把他也一起冻住了。

而这一切本可以避免，如果当初他没有追逐所谓的前途，没有出国……他抱住了脑袋，一直压抑的感情喷发而出。眼泪止不住地往外流，大脑却是一片空白，好像丧失了一切功能，只留下了徒然的悲伤。

他本该照顾这个女人，为什么在关键时刻他要出国呢？

潇湘，我尽力了。他在心中喃喃着。

总归，第一次解冻的日子还是到来了。

李存翰，男性，冷冻时间约二十八年，被冻时二十七岁。他的履历很糟糕，很不适合宣传，其家属考虑到继承的复杂法律问题，也默认了他可能活不过来的现状，所以被当作第一次解冻的标本，虽然章梓轩不认可这个叫法。

解冻比冷冻还要复杂。中心当年采用的是当时理论上最好的冷冻方式，在对患者冷冻时用能够代替大部分水机能的冷冻液注入身体内，置于纯净的冷冻液中，在几个小时内完成水分的置换，然后从外部加入抗氧化药，再通过渐冻的方式达到理论最佳温度——零下一百九十六摄氏度。为了防止氧化药的伤害，他们制作了一种特殊的膜用以罩住人体，选择性地放行物质。

至于这种特殊的物质，被称为三碳可变酸。它的特殊性在于，随着温度变化，碳链的空间排列和扭向会发生大幅的变化，但总体密度变化不大，对水和盐的溶解能力依旧。这种物质的唯一缺点就是，当解冻时，无法保证完全除去，重新被水取代的过程会很痛苦。

解冻实验开始，章梓轩看着循环系统被临时关闭。机械臂从停止流动的液氮中取出一个小箱子，然后把小箱子放到解冻场中。第一步是加热到零下六十摄氏度。这个过程比较轻松，整体上没有争议。

到达零下六十摄氏度后，外层的可变酸溶液中插入了三面隔离膜，把整体分成八块，开始分块排出可变酸，并加入某种中间溶剂。经过稀释，基本上每个区块都成为了中间溶剂。

此刻，新一轮的置换开始了。因为温度变化，膜系统的通透性发生了改变，两面都允许可变酸通过。于是，在浓度梯度的作用下，可变酸渗出人体，进入溶剂中。只要外部不断地重复排除混合有可变酸的中间溶剂，就能持续清除人体内的可变酸。这个过程比较之下花费较多的时间。大概需要六个小时。在六个小时中，人体处在一种半脱水的干瘪状态。同时，开始缓慢加热，每十个摄氏度为一个加热梯度，等到加热结束时，人体温度达到零下十摄氏度。

最关键的过程开始了，下一步就是加入富氧水溶液，剥离隔离膜的同时继续加热。所有人都看到了那张干枯发青的脸，仿佛从古墓中出土的尸体一般。仿佛最恐怖的恐怖片中描绘的一样，部分表皮随着膜被一起剥下，露出下面的骨血。

霎时间整个工作池泛出粉红的色泽，水溶液从伤口处掠夺走无数的血细胞。幸好，事先研究所讨论到了这种情况。孙主任一声令下，工作者开始手动操作机械臂，为他裹上一层人造皮肤。

但是，只要是用人操作的地方，就总会发生意外。章梓轩看着刘瑛颤颤巍巍地操纵操作台，本能地感觉到了一丝危险。

第一次尝试，用力过大，薄膜被机械臂扯碎，第二次，薄膜未能完全贴合。两次尝试已经花去了十分钟。在场的所有人都捏了一把冷汗，如果第三次还不成功，那么会如何呢？

加上人体吸收水分，干瘪的人体的体积开始变大。原本的预设操作开始失效。刘瑛喘着粗气，传感器显示，她的心率快得不正常，明显不适合继续工作。

“换我来吧！”章梓轩打破了平静，仿佛在水中丢下了一块石头。

孙主任点了点头。

章梓轩迅速换下刘瑛，冷静地操作。此刻，面前那具勉强看出人形的标本就是他的希望。出人意料地，他直接上来强推，完全不考虑彻底贴合，直接薄膜覆盖。多余的水分很快被人体吸收，贴合反而变得紧密。

总之，血是止住了。下面的流程就简单得多，再加上医生的护理，输水、输氧，最后进行心肺复苏。解冻完的躯体不论外部还是内部，都是千疮百孔，但已经过去了三十年的时间，人类技术的进步勉强追得上时间造成的破坏。

在胸肺按压式呼吸机和心脏搏动器的作用下，标本恢复了呼吸和供血，从此刻开始，生命仿佛重新回到了这具躯体。但是，他却仿佛睡着了一般，没有醒过来。

“诊断结果是什么？”章梓轩凝视着十一号。她依旧安静地待在玻璃后面，丝毫感觉不到危险的临近。

“脑死亡。我现在认为，最大的威胁其实是血脑屏障。”刘瑛站在他旁边，刚想伸出手，又不知为何缩了回去。

血脑屏障是大脑部分特有的保护机制，但轮到冰冻解冻的时候，恐怕就不是一件好事情了。所有的细胞在破损后都能复原，唯独一些神经细胞不行。中心甚至尝试给其脑腔内注射人工催促分化的神经干细胞，但依旧未能成功唤醒五号。除了脑电图之外所有的指标都正常，意识却已经一去不复返。

五号已经失去了灵魂。

没有任何人为他感到悲伤，章梓轩如是想，其实就连他也毫不在乎。他在乎的只有十一号——那个包裹在薄膜中的冷冻女人。

“所以，我们必须要在一个月后解冻她吗？”

女人的眼睛里闪烁着晶莹的光芒：“是的，必须。如果不抓住这一次机会，我们中心都没办法维持下去。孙主任都和我说了，必须借助契机吸引公众注意力。”

“是啊，是啊。他都和你说了。”有种叫作嫉妒的感情在他心中徘徊，“那些被冷冻的人的权益谁来保证。”

“从来就没有过保证！他们这些无路可走之人抛弃了旧时代，想去新时代，哪里有那么容易？”

对啊，从来就没有过保证。老章甚至都咨询过律师，但毫无疑问，任何律师都无法搞定这场诉讼。当初那些人冷冻时签订的协议也是明明白白。他知道他自己明白，但总是接受不了。人类跨跃一代人甚至几代人的研究，难道真的就只是骗局吗？

“抱歉，我刚刚有些情绪。错不在你，这次解冻用的是我的改进方案，要怪就怪我……”他自责道，仿佛这样就能好受点。

锡箔状薄膜的周围，神秘的絮状结晶在静静闪耀。他突然想到了埋藏在心里的疑问，专注于解冻的他们，都忽略了这个细节。

他突然问刘瑛：“实验中的废液分析有没有进行？”在用动物标本实验时，由于实验条件不够，他无法进行分析，但此刻却应该可以了。他发现很可能少考虑了很重要的东西。

“没有，东西还保存着。”

“赶快，去检测这种晶体，很可能是常温下无法存在的物质。”章梓轩兴奋地搓了搓手掌。

幸好出于谨慎，实验后他们对于实验中的废液都进行了分温度贮存。在第一个废液池中，他们竟然真的找到了特殊的晶体。不过温度给检测带来了很大的麻烦，通过协商之后，中科院派来一个团队进行测定。

就在此时，孙主任带来了一群媒体记者，在中心又是拍照又是摄影。干了十多年的领导，主任第一次有了领导般光彩夺目的样子。各大媒体纷纷在醒目的位置放出消息，声称我国人体冷冻的世纪实验即将开始，业内人称成功率高达百分之六十。即将解冻的十一号也受到了广泛关注，媒体人称“冰霜女孩”“冻体女神”或者“后现代主义艺术家”。

外界宣传得沸沸扬扬，中心也再次成为市场的宠儿。好几家财团都来谈赞助的问题，孙主任为此还好好苦恼了一番。

章梓轩和刘瑛再次站在了十一号面前，明天就是他们告别她的日子。老章的手上拿着一份报告，事实上结果应该很明显了。那是一种特殊的混合物，三碳可变酸和氨基酸的聚合体，反应机理非常不明确，因为常温或者一般低温下都没有反应。但是事实证明，在极低的温度下，反应进行得异常缓慢，以致在二十多年后才能观察到现象。

但观察到现象就已经太晚了。

他的心和报告的用语一样地冰冷。他看着十一号，眼泪无声地流了下来。季潇湘不可能再活过来，她的灵魂将带着这个名字和那些过往一同死在三十年前。无论明天的解冻过程如何顺利，该离开的还是得离开。

那种晶体也在她的身体中造成了千疮百孔的伤害，尤其是大脑。不过这并不意味着整个中心的失败，因为根据研究，如果时间不够久，那些晶体所造成的伤害是可以弥补治愈的。

可是，刘瑛为什么也在这里，也是一脸悲伤？他回过头，看向这位勤奋的同僚，发现她一样是噙着泪花。无需多言，他抱住了她，这个行动仿佛与生俱来一般，此刻是如此的顺畅、自然。

她的身体带着凉气，在他的怀中慢慢融化，最后两个人贴在了一起。

第二天，对十一号的解冻正式开始。在中心大门外面，无数媒体记者守候着，仿佛发现腐尸的秃鹫。

流程很顺利地进行着。锡箔状的薄膜被机械臂扯下，露出她那千疮百孔的身体。

章梓轩看得愣住了，这还是他这么多年来第一次看到她冰冻的全貌。这个他迷恋了数十年的女人，他的发小，也是他爱慕的人，正在走向灭亡。即便是变得干瘪残损，她依旧是那么的美丽。只不过那层神秘感被现实无情地扯碎了。

依旧是刘瑛负责膜的贴合，她的表情异常诡异，似哭似笑。等到膜贴合完成，她终于如释重负，号啕大哭起来。工作人员立刻拉走了她，害怕情绪感染到其他人。

经过一天一夜，解冻工作完成了。除了刘瑛和章梓轩，中心所有人都挂着笑容，仿佛打了一个大胜仗一般。

接下来的护理工作将交给最好的护理团队，报道工作交给最专业的科普片制作团队。

几个月后，被人们密切关注的季潇湘还是没能苏醒。但是，她的遗容看起来比刚解冻时好得多了。在现代医学技术的帮助下，她的脸洁净无瑕，吹弹可破，甚至比生前还要美丽。

即便是到了最后，她依旧是如此的美。章梓轩穿着普通的黑色西服，在葬礼上毫不起眼。

“我爱你。”他一生只对她认真说过一次。

葬礼结束。美丽的季潇湘将会化成骨灰，然后随着空天飞机的升空，被撒向平流层上空。这是配得上她的葬礼。

她没能证明可能，但却证明了某种不可能，拯救了濒于破产的中心，也拯救了那些依旧冻着的人们。他们将会从沉睡中醒来，在一切都变得太晚之前。

就在这时，他看到一个熟悉的身影。他说：“刘瑛？”

“嗯。”刘瑛完全没有哭的样子，看起来很好。

章梓轩顿了顿，因为他突然发现刘瑛和她相像度越发的高了，从身高一直到样貌和发型。这个发现让他心跳不止，虽然他可能早就想到了：“你和她究竟是什么关系？”

她抬起头：“季潇湘在二十二岁时曾经冷冻了一颗卵子，那就是我。我的父亲是她的爱慕者，按照她的遗嘱使用了那颗卵子。我基因上的母亲，她说过希望在你面前能保持最美的容貌。”

原来如此，年份也能对上，一切都说得通了。没有生育过儿女的季潇湘通过其他方式留下了后代，也许她当初仅仅是打算冻一颗健康卵子，等到年纪大了生孩子用。

他的眼神带上了一丝温情：“可你为什么要坚持解冻？”

她微微颔首：“因为我想见她，爸爸总说我和她很像很像。他总说她很犟很傻，有一个忘不了的人，有过一段不太开心的婚姻。我只是想见见她，但从见到她的第一眼，我就明白了。”

“明白了什么？”

她盯着章梓轩，仿佛要看穿他：“你真的理解了她吗？有的人从沉睡开始就没想过要醒来，她只是觉得这是最好的安睡形式。半死不死，就像薛定谔的猫一样。你以为仅仅是行为艺术就能解释她被冷冻的原因吗？”她还有一句话没说出来，怕那句话伤害太大。

当她失去了你，人生就已经没有光明了。

他仔细品味这句话的含义，然而心里还是乱乱的。有些话刚想说却又被生生地咽了回去。即便是观看了几十年，他却从来没有理解过季潇湘。而她真正冷冻的原因，又到底是什么呢？

女人还真是复杂呢。

“那些原因你不会想知道的。”刘瑛解下了佩戴的纸花，“我想让她解脱，拘束她灵魂和身体的，不该是这可憎的世俗。她应该有个华丽的死亡。”

章梓轩若有所悟，悲伤也逐渐从脸上褪去。潇湘她从小就喜欢热闹的地方，再过一会儿她将飞上高空，那边没有人陪她，是很寂寞的啊。他想起来，貌似曾经有某个文明，葬礼时并不满是悲戚，而是欢声笑语、敲锣打鼓。那样的话，潇湘会更开心一点吧！

如果她真的在地下开心了，那他也应该开心点。他也该解冻了。

他突然微笑，被冻住的心也随之解冻了：“谢谢。哦，对了，我已经确定要离开中心了。”

“去哪里？”她也是一笑，带着狡黠，“我们重新开始吧！”

章梓轩拿出一张铭牌，在手上晃了晃。他们之间的冰带也解冻了。

她也开心得又哭又笑，一下子扑在他的怀中，手心攥着一张长相差不多的铭牌。

老　　师

“欢迎来到紫宝石星！”驾驶员切换到自动驾驶模式，然后和我打了招呼。

除了这句话之外，我们全程没有说任何一句话。虽然我可能会有兴趣去了解一下二等行星居民的生活日常，但他谦恭得近乎卑微。隔着厚厚的护目镜，我都能感觉到那种如临大敌的气息，也许二等行星的法律规定中有某种条款吧！

一路无话，紫宝石星近在眼前，而它是一颗三等行星，在我们眼中是贫穷和落后的代表。二等行星的居民也总会拿三等行星开玩笑，毕竟三等行星的居民只能接受更加不完整的缺字。

在离开的时候，我看到他拿出了一本正常文字书写的小说书。我想他们不会对完整文字所书写的书有任何兴趣的，因为完整文字的书都很枯燥无味。

所有的主教都前来迎接我。他们排成一排，穿着古典的学位服，整齐划一，和我一身T恤、牛仔裤和小拖鞋的打扮格格不入。

我来到这里是有某种使命的，虽然我事先了解到，几乎所有主教都不在乎它。

一

主教全权负责教区的教化任务，其权力凌驾于任何三等行星公民权至上。

——《三等星教育法》序章第一条

“我得到的命令是去紫宝石星的中央教区报道。”我的申辩有些无力。

大主教那张比我宽上两倍的脸做出一个幸灾乐祸的表情：“命令上只是说你来这里报道，但最终去哪里还是要看当地需求。但这个磨脚镇教区不一般，里面有一些异动的苗头，而且好久没人去宣传教化了。”

话说到这份上，我无法反驳，只得启程。毕竟，这是我的第一份工作，虽然在我那威严的老爸看来，三等行星的教职简直和流放差不多。

磨脚镇，距离最近的城市车程要一天，在稍微老一点的地图上根本不会存在这个幽灵城镇。更让人难以忍受的是，磨脚镇的路竟然还是泥土路。远远地看上去，一片破破矮矮的房子在小路边上苟延残喘，镇民家的烟囱飘出灰白色的烟气。生活垃圾被随手扔在路边，腐臭的味道就像长了角一般往我鼻孔里钻。

送我的车一到磨脚镇的地界，车速立马降了下来。前几天下过雨，土路相当难走，时不时感觉路要往旁边塌下去。开车的人小心翼翼地开着，防止车子抛锚。

早知道，我当初直接让飞行器送我到这里好了，但这样擅用职权却是被禁止的。作为一名主教，我最主要的任务就是让当地居民心满意足地享受低科技水平的生活。

磨脚镇的教堂果然没辜负我的想象。它看上去已经被抛弃好几十年了。好多窗户都没有了玻璃，一些必要的生活设施也相当缺乏。和中心教区教堂的奢华完全不一样，这里根本就是被抛弃的地方，难怪没有其他的主教来。

幸好，我事先派随从知会了镇长。镇长派了一个小队的人来帮我修整教堂。他派的人连整齐地站成一排都做不到，穿着破破烂烂的衣服，吸着味道很重的烟草。我实在很怀疑这些人的水平，但现在也没有更好的选择。我只能寄希望于这些三等行星的居民对我的敬畏。

幸好，他们干得还不错。我看到他们在小镇里面穿梭，不断拿过来有用的材料。几个家伙用塑料布暂时堵住了楼顶的渗漏，顺便用一根长木对房梁进行了加固。木匠把床和椅子修补了一下，保证差不多能用。玻璃工为教堂换了几面窗户，再也不用担心凉风漏进来了。

就在我说还要为我的卧室加上磨花玻璃时，那位工人告诉我说："镇上没有磨花玻璃，就算一般的玻璃也已经被我们拆光了。如果您需要，我就等到放晴再去帮您找，可以吗？"

我这才注意到，虽然他们认真地清理了，但安装上来的玻璃竟然有点旧，也就是说，他们竟然是把其他住所的旧玻璃拆下来装了过来。我一个人留在卧室里，第一次感觉到了三等行星公民的辛酸。

这时，我突然看到一个熟悉的身影。他和我一样穿着华贵的服装，只不过颜色有些差别。我并不知道他也跟着我来到这里。

“帕格！”我兴奋地和他打招呼。

“李斯特！”

“你怎么也来到磨脚镇？”

“我是你的学生，当然要跟着你来。”

我笑了笑，摸了摸他的脑袋：“这里条件很恶劣，我觉得你还是回星舰上比较好。”

“但他们会尽一切满足您的需求，就像玻璃，我想他们可能把整个小镇的玻璃窗都拆了。”帕格指着窗户，眼神里带着兴奋。他从来都不是一个乖孩子。

我不喜欢这样的眼神：“帕格，我并不希望自己成为一个可怕的人。”

“像你父亲那样？”

“对，像他那样。”一想到父亲，我忍不住瑟瑟发抖，“如果他在这里，估计会把这些可怜的镇民都训练成战士。”

帕格走到我身后，用双手帮我捶背：“但是他始终没能把你培养成战士。”

“我只想做一名老师。”我肯定地说，“原本我可以简单地进入大学教书，没有必要出来支教实习。”

“你怀疑是他从中作梗？”

我想了想父亲那张冷峻严肃的脸，他有什么事情做不出来呢？我挥挥手，示意不用捶背了。我一下子躺在床上：“这一定是他办的。他从来都不喜欢我，一直觉得我会给他丢脸。”

“我真后悔当年怎么没把你射在墙上。”他模仿着我爸的语气，恨铁不成钢般地说道。

他把我逗乐了，父亲的严肃口吻放在他那张稚嫩柔和的脸上，反差效果让人忍俊不禁。

“我上次教到哪里了？”

他皱着眉头想了好一会儿：“二重积分。”

我敲打他的脑袋：“你省省吧，早就已经教过你三重积分了，你要觉得幸运，三等行星的居民根本学不到这么多。拿出你的笔记本，让我看看你记到哪里了。”

他翻开笔记本，上面密密麻麻地写满了字。我很满意他的笔记，基本上把所讲的都记下来了。我最终要教给他的比这些多得多，但他还小。这是一个好的开始。

我会成为一个好老师的。

二

禁止教授三等星居民完整的文字。

——《三等星教育法》正则第一条

现在我在磨脚镇安下了家。在雨停之后，我才知道镇里的人究竟对我有多尊敬。那天，镇长家的豪宅为了教堂牺牲了几面窗户和一根房梁。

多亏镇长的贡献，我的生活总算好了起来。每天早上，侍从会从几公里外的奶场为我送来新鲜的牛奶。只要我一句话，教堂的厨子就会杀圈养的牲畜，为我改善生活。

我教着帕格经典代数，等了好几天才等到外面把书运进来。我翻看那些书本，全部都是用缺字写成的。缺字最大的特点就是无法表达复杂的公式。

大部分的三等行星居民根本不知道自己学的不是完整的文字。我在来这里之前，负责指导我实习的管理员严肃地警告我，严禁教授三等星居民完整的文字，甚至二等行星通行的正常文字也不行。

文字是可怕的咒语。

人类总是害怕咒语的力量。尤其那些在星舰上面飞行着的高层们，他们时刻担心哪个地面人类突破了咒语的限制，想起来曾经的事情。

而我的任务很简单，教给他们阉割过的文字，再教给他们阉割过的知识。反正以他们的技术水平，也不可能验证得了相对论或者星际旅行的完美公式。这比创造一个愚蠢的宗教去欺骗人要好得多。我教的都是正确的，有谁能反对得了正确呢?

一个不大的教室，我面前全部都是孩子。他们年龄不同，大多穿着白色的衣服，但此刻都在我这里学习入门的知识。这只能怪这个小镇以前没有过其他主教。

我再次看到了帕格,他没有安静地在祈祷室等我。他坐在最后一排，安静地看着我。这样的画面似曾相识。

我朝他挥挥手，开心地笑了，然后在黑板上写下几个字符，让他们跟着我后面读。我看到帕格也在跟着我读，真是太可爱了。

不知道为什么，课堂比我想象中的要好管得多。孩子们看着我的眼神也很和善，完全不像管理员所说的那样狂野无序。他说这话时告诉我，如果无法维持秩序，就算做一点过火的事情也没有关系。在三等行星上，你不光是老师，还是可怕的宗教势力代表。

授课很快结束了，虽然我很怀疑他们能记住多少。下课之后，所有的孩子都开始说笑打闹，毕竟孩童的天性如此，不喜欢压抑。他们不敢走出这间教室，更不敢朝我投掷东西，抑或恶作剧。

唯有帕格依旧在看着笔记，没有融入他们。我想帕格毕竟懂得多，他不会觉得和他们有什么共同语言。

这时，我突然发现还有一个孩子，孤孤单单地缩在角落里，看着手记。

说不定是被同龄孩子欺负了。看到他，我不知怎么的就想过去，不由自主地走了过去。正在打闹的孩子们给我让开了道路，他们好奇地张望着。这是我需要的效果，当年曾经有另外一名老师用相似的方法拯救过我。所以，我想当一名老师。

帕格也凑了过去，我们一同望向手记，相比较于同龄的孩子，他记得很完整。

“全都听懂了？”

“是的，主教。”他回答道，丝毫不胆怯。

我笑了笑：“那我考考你，这几个基本字母怎么读？”

他顺畅地读出来了，真让我怀疑是不是第一次学。我摸了摸他的头：“你叫什么？住哪里？”

“我叫小六，因为在家排行老六。我住在小山屯。”

真是接地气的名字，我想。我继续询问：“为什么没有去玩？”

“我在思考，这几个基本字母，有规律。按照道理说，我觉得应该有这样一个字母。”他在笔记边上画了出来，那是正常文字中才会出现的字符，但缺字里面没有。

我和帕格面面相觑，根本没有人在欺负这个孩子。我不知道我现在是什么样的表情。好在我事先得到过消息，偶尔一些居民能根据规律推断出一些他们不该掌握的东西。我笑了笑：“但他不存在，那如果我要是继续延伸下去，我能创造无数的字符，后来的符号你恐怕一页纸都画不下。”

他挠挠头，继续问道：“主教，我听说您是从天上下来的？”

“是的。”

“那您还能回到天上去吗？”他更加好奇了，甚至把身子凑了过来。

“能，但这一切都是恩赐。”我特意强调了“恩赐”二字。

希望的肥皂泡破裂了。但直觉告诉我，他还没有放弃。

他问道：“天上的风光很好吗？”

我摸了摸他的头说：“很好。”

帕格看着我的动作，仿佛要说什么，但却最终没有开口。就在这时，镇长突然闯进来了，他告诉我：“你让我找的人，已经有消息了。我听说他们今天在镇外的小山屯聚集。”

我在思考怎么回答，发现帕格朝我挤眉弄眼。

我说道：“帕格？”

帕格努努嘴，看着小六。我顺着他的目光，发现小六表情不太自然。

镇长的样子很迷惑："帕格是什么？主教大人，那是不是一句特别的文字？是不是上面的人特有的用语？"

"帕格只是个名字而已。你竟然听说过那种文字？"我冷笑一声，什么时候三等行星的居民能听说到这么多。

他恍然大悟："哦！原来是个名字啊……不不，我怎么可能听说呢！需要我派人带您去吗？"镇长怕继续下去会惹恼我，急忙转变话题。

而我却转过身问小六："你认识吗？"

他点点头："那里就是我家。"

镇长脸色更加不好看了，虽然我不知道他在担心什么。后面的事情就简单多了，小六领路，我们去往小山屯，然后加入了一场小型集会。我终于明白为什么上面要把我分配到这里，原来那些异动分子全都集中到了这个偏远城镇，真所谓农村包围城市。但真要说他们有什么威胁，我只能说还差得远呢。

夜深人静，我一个人在卧室。我拿出笔记本，在上面写推导过程。从古典数学的公式一直推导到完美公式，这是我一直在做的事情。到现在为止，我还在相对论的公式停留。

帕格再次走进了我的卧室，他告诉我说："我干脆住你这里好了。"

"你没有位置住吗？"

帕格摊摊手："没有好的地方，我跟过来只不过是要你教我东西。还有，我肚子饿了。"

我摇铃铛召唤侍从，我告诉他们："帕格饿了，你们快弄点食物过来。"侍从们显然有些迷惑。

帕格说："我们一起吃吧。"

我立刻补充道："拿两套餐具。"

侍从们听到这句话后急忙退下，不过一会儿他们就拿来了餐点和两套餐具，其中有面条、黄油和小面包。

我和帕格好好吃了一顿。吃饭时，我突然想起来镇长的误会："他竟然把你的名字当成完整文字了。"

"是吧，但这不好笑。"帕格补充道。

三

所有主教直接向行星管理委员会负责，及时应召和述职。

——《三等星教育法》正则第四条

工作了几个月，我感觉渐入佳境，也开始接受教不会大多数人这一现实。事实证明，有一个孩子非常聪明，他叫小六，家里排行第六，拥有一双和帕格一样善良的大眼睛。我第一次见到有人学习东西这么快，而且还总是问我一些奇奇怪怪的问题，不断触及高等文字的边缘。

不知道是不是错觉，越来越多我周围的人开始喜欢用"帕格"这个词语。虽然我也搞不清楚，他们究竟以为这个词是什么意思，也许是因为崇拜吧！

帕格说过，这不好笑。的确，就连磨脚镇的镇长都知道还存在着一种更加高级的文字，究竟是曾经哪个主教一不小心漏出了消息呢？

三等行星的居民们，对咒语很好奇吧！

但我不用担心，就算这群土包子真的知道了点什么，要闹出乱子也得好几百年之后。那时候我已经不在紫宝石星了。

我的生活平静了不少，直到接到行星管理委员会的通知，他们要召开一次会议。

我乘着汽车前往中心教区，然后从中心教堂搭乘升空飞机。飞到位于近地轨道的管理委员会。

刚到达紫宝石星时，我也没有和他们打过招呼。他们的存在感如此稀薄以至我经常忘了教育法第四条究竟写了什么。

同行者包括了其他主教，他们的数量比我想的要大得多。我也见到了一些不太讨人喜欢的人，比如石岩镇的勒格主教。自从在某次远程通信时听说他的特殊爱好之后，我对这个人特别关注了一下。

他看上去得有一百公斤，脑满肠肥，双眼乌青。听说石岩镇附近有山泉，盛产酒，估计这家伙没少酗酒。当然根据我听到的消息看来，勒格主教似乎还不是最丧心病狂的，可以理解为什么大部分人会鄙视主教的工作。

"你们听说过磨脚镇的主教吗？"

"听说过，上头要有大动作吧！"

"什么大动作？三等行星还能怎么样？倒是你，有什么新乐子不？"

……

他们的讨论声聒噪刺耳，让我无法忍受。我终于明白教育法里面一些条目是怎么使用的了。

好在，我还有帕格。他坐在我旁边，看着我安静地推导公式。昨天我已经教他了傅里叶变换，今天该找个时间考考他。等过了一小会儿，我突然发现帕格不知道何时已经跑了出去。

这时，一名看起来年迈的主教坐到我旁边："嗨，李斯特。"他的着装很考究，在正常的主教服装之外还加了代表族系的外饰。这些外饰显示出他曾经也隶属过舰队。

我朝他回了个礼，然后提醒道："这是帕格的位置。"

"恕我冒昧，帕格是谁？刚刚这里还没人坐。"他问道。

"是我的学生。"

"那他大概不能和我们继续走，这是很正经的会议，我们不可能带着三等行星的住民去。"他提醒道。

我摇摇头："不不，帕格是一等行星的公民，他和我一起来的紫宝石星。"

"哦？"他继续提问，"你是他的监护人吗？"

"不是，我只是一名老师。"

"那就很奇怪了。"他摇了摇头，"换个话题吧，来这里工作如何？"

"轻松到过头。"我笑着，"至于所谓的异见者，只是一群什么都不懂的家伙吧，上面难道认为他们是威胁？"

他表达了赞同："我听说过他们，听说很多跑去了你的辖区。根据我线人的消息，他们似乎对你评价很高。"

"什么评价？"我很好奇。

"他们叫你宽容者，因为大部分主教对他们很不客气。"

我们都笑了，从他揶揄的表情来看，他也不认为这些人真的是威胁。

"你父亲和我通信过。"他突然说。

我知道我的脸色变得很难看，这家伙很可能和我父亲认识："他……说了什么？"

"大骂了你一顿，一贯难听的话。"

父亲果然如此做了，反正他从来都不喜欢我。我辜负了他的期待，当不了战士，只是一个软弱的普通人。但父亲不可能只是和这位老头子发一通牢骚，必然说了什么重要的事情。"他还说了什么吗？"

"意志薄弱之人自有其臆想。"他很郑重地说道。

那一瞬间我差点以为父亲来到了面前。我问道："我该怎么称呼您，还有您和父亲究竟什么关系……"

"我叫亚美尼斯，是观潮市的主教。我曾经有幸当过您父亲的指导老师。"他仿佛想到了很遥远的过去，"现在我还在流放期。"

我低头表示恭敬："失敬。亚美尼斯主教，请问我父亲那句话是什么意思？"

"我想你很快会明白的。有时间的时候，我会拜访您的教区，到时候让我见见帕格，好不好？"

"好，我想没有什么问题，他平常就和我住在一起。"说完这个，我又想起来被委员会召集的事情，"请问一般委员会会因为什么事情召集我们呢？"

"能有什么事情？比方说上面发了特产下来，请所有的主教尝尝味道，又或者有些主教在地面上做得太过头了，委员会把他们召过来敲打一下。反正，如果真的有什么重要的事情，委员会也不会和我们商量，直接告诉我们命令就是了。"

很快飞机升空，和委员会的空间船对接。我们鱼贯而入，依次寻找各自的座位。

委员会的管理者的声音在整个空间船回荡着:“上面有命令下来,所有矿藏开采加速两倍。”

所有的主教都没有什么反应，因为这件事情和他们没什么关系。地面上就算有很有用的矿产，也全部都是委员会负责自动化开采。

管理者继续说:“本行星的资源预计还有三年开采。所以大家准备好，可能要撤离。”

“啊?”几乎所有人都发出了惊呼。当然其中不包括我，我早就知道了。

四

三等行星无关帝国的核心利益。

——《帝国大宪章》第三条

帝国对三等行星居民最大的仁慈在于，他们从来不会赶尽杀绝。

沉迷于行星和陆地，这是那些古老的共和国所共有的特质，而帝国不会犯这样的错误。帝国的核心行星很少，倒不如说那些舰队才是帝国的核心。二等行星大多是兵工厂，一旦废弃就会将表层全面摧毁一下。

而三等行星，不论是帝国还是我，态度都很奇怪。

我们并不厌恶三等行星的住民。他们和我们的基因差距不到百万分之一。我们也不相信离开了我们之后，他们的科技就能突飞猛进,然后产生威胁。

我们宽容地给这些战败者的后代一个活下去的地方，仅此而已。

现在，委员会的命令是绝对的。这是一个好消息，意味着我需要待在这里的时间比预计的又缩短了。唯一的问题是，我的父亲是否在其中扮演了什么角色。我不相信一切这么巧合。

帕格在我面前进行着公式推导，最近他进展很快。

我指出他犯的错误，那恰好也是我喜欢犯的——在一些关键步骤中容易把正负号弄错。这让我想起来了我的老师。

他穿着白色的服装，圣洁得如同沐浴着圣光。他告诉我，我做得很棒。也教会了我很多知识。在那个舰队军官子女遍地的学校里，只有他认同我的性格。他当中给予了我保护，在我最懦弱绝望的时刻。

他说："你并非是懦弱。"

我的父亲却总是教导我，如果有人欺负我，就应该狠狠地打回去。但我从来没有那么做过。父亲每次听说我又被欺负后，反过头来却要对我发火，简直不可理喻。

我因此害怕他。只有老师认真教导我，告诉我数学以及一切公式的美妙，告诉我那些完整文字的书上有多少有价值的东西。

那些温暖的记忆，就像我现在对帕格做的事情一样。我都快忘了最初是在哪里看到帕格的，总之他第一次出现在我宿舍里时，畏畏缩缩得像一只被抛弃的小狗。他害怕和我说话，也害怕其他人，唯独愿意做的就是看我画公式。

正在我回忆过去时，帕格提醒我道："你最近很喜欢那个叫小六的孩子。"

“哦，他啊，一个聪明的孩子。”我想起来那个孩子，只可惜他只是一名三等行星居民。他很有天赋，甚至有可能是一名天才。这样的人如果换在星舰上，最后多半学了指挥学，成了军官。我可以鼓励他学一些数学，但不可能超过第三等行星的教育法规定的范围。

“教育法，很可惜吧。”

“很可惜。”我点点头。

“你觉得我和他谁更聪明？”

我算是懂这小子的意思了，莫非是他觉得我对小六关照太多，反倒有些吃醋了：“你是在嫉妒吗？哈哈，我是一名老师，教你们都是一样的教。”

“那谁更聪明？”他狡黠地问道。

“肯定是你，你懂得更多。”

帕格放下了笔：“那只是我出生好，被你教得更久。如果有机会教他，我觉得他也能很出色。所有人都觉得三等行星就该被放弃，这其实并不正确。你的老师没有因为你不合群就放弃你。”

他说得很有道理，但我记得自己的身份，我是肩负使命的主教：“你就省省吧，这里是在三等行星，不要老怂恿我做超出规定的事情。”

他不置可否，重新拿起笔。

我刚打算躺下来，突然侍从敲门。

侍从告诉我：“主教大人，亚美尼斯主教大人请求会见。”

我想起来，他以前曾经还是我父亲的老师：“好好，赶快带我去会见室。”

当我看到他的时候，他正在喝红茶。亚美尼斯主教这次穿着正统的主教着装，没有加上其他的装扮。显然他也担心他的着装像我说的“帕格”那样成为三等住民模仿的风尚。

不对……我突然意识到问题似乎有哪里不对。

亚美尼斯给了我一个拥抱：“好久不见，久疏问候。”

“好久不见，您为什么深夜才来？”

“路不好找，司机迷了点路。哦，对了，我是来看帕格的。”他很认真地说道。

我点点头：“好啊，帕格他就在我的卧室。”

“我进去方便吗？”

“方便，请！”

他跟在我的后面，缓缓穿过教堂的长廊，脚步声孤独而悠长。

当我走到卧室时，我却意外地发现帕格消失了。我急忙解释道：“他刚刚还在这里的，在这里推导公式。”

“那还真是刻苦啊！”亚美尼斯继续说，“这么晚他能去哪里呢？是不是因为很怕生人呢？”

我接受了这样的解释：“是吧，挺怕生人的。”

亚美尼斯叫来我的侍从：“刚刚有人从这里出去吗？”

侍从回答道：“没有。”

亚美尼斯继续问：“那么，主教大人平常都是一个人在室内吗？”

“你是什么意思？”我盯着亚美尼斯。

“字面意思，我怀疑帕格不存在。”

“不可能，他是我的学生，怎么可能不存在呢？”我怒吼道，然后把矛头指向侍从，“告诉他，我平常是不是还和一个孩子在一起？”

侍从被我的样子吓到了:“我不知道……我不知道……”

“快说，说实话。”

侍从呜咽道:“应该是有这个人吧，主教大人总是要两份餐具。”

亚美尼斯继续追问:“也就是说你从来没有见过帕格?”

侍从几乎要哭出来:“但是主教说有这个人，那就有这个人吧。我我……我没见到过。”

亚美尼斯直视着我的眼睛，他已经达到了自己的目的:“所以你明白了那句话吗?”

“不可能!帕格是我的学生,他真实存在着!”我咆哮道,跳到床上,努力翻找着。我要找出帕格做笔记的本子，找到他存在的证据。很快,我找到了那个本子，上面密密麻麻的都是字，肯定不会有错的。

亚美尼斯挥挥手,支开了侍从:“请问一下,既然是你亲自教育帕格,你教他教到哪一部分了?”

我回想了片刻:“基础的量子力学。”

亚美尼斯当着我的面翻那本笔记本，翻到量子力学还继续往后:“所以说，他没有经过你的指导，自己就学会了渐完美公式的推导，这可能吗?”

“这……?”我瞪大了眼睛，看着那还没完成的过程。渐完美公式已经很接近完美公式了,作为一个特定解,它的推导一般要花费三四天,自学几乎是不可能。但更让我震惊的是，那并非是帕格写的，那些字迹属于我。我之前才推过这个公式。

答案已经很明显了。好几年过去了，我所认识的帕格从未长大,但我一直觉得是因为天天相处而感觉不到。

"意志薄弱之人自有其臆想。"他轻声地说，转身从我的卧室离去，"我想你父亲安排你来这里，是有深意的。"

是啊，意志薄弱之人自有其臆想。帕格，也许真的不存在。

五

帕格已经两天没有出现了。

我天天叫侍从们注意找他，他们都没有看到过帕格。

帕格也许真的不存在。

但这还不是全部，我在授课时看到了小六，他和帕格很像，瘦弱到纤细的身形，明亮的眼睛以及充满渴望的眼神。最近，我总是把注意力集中于这个孩子，仿佛那样就能忘了帕格似的。而他也越发地好学，我感觉他开始爱上数学了。

这些东西我曾经在其他地方看到过，也许就是镜子里。我翻了很多精神方面的书籍，意识到我可能生病了。

看着小六的方向，我感觉眼神突然晃了一下，后面那个身影有点面熟。

是帕格！他还在教室的最后一排，原本没有桌子的位置多出了一张桌子。他看着我，嘴角噙着笑容。

你不存在！

他用口形回应我：不，我存在过。

你只不过是我的臆想！

他继续回应我：那也是存在过。

别出来了，我不需要你。

他执拗地坚持道：你需要我。

我呆立在那里，脸色变得煞白。孩子们还没有注意到我的不正常，在他们中大部分看来，上课就像是听传教士传教一般的义务工作，根本提不起兴趣来。

小六担心地看着我，但却不知道该做什么。

“先休息一会儿。”我跑出教室。

我知道帕格会跟过来的，只要我旁边没有人，他会跟上来的。他总是那么的神出鬼没。

他再次出现在我面前：“几天不见。”

“几天不见。”我讽刺道，“听说你都会证渐完美公式了。”

“我不会，你没教过。”帕格回应道。

我笑着说：“你应该会的，我会什么你就会什么。”

他没有正面回应这个问题：“我早说过，这不好笑。”

我想起来镇长那次的事情，其实帕格似乎也知道自己不存在。他根本不在乎三等行星的镇长会了解完整文字这种事实。是啊，这一直都不好笑。

我问他：“你到底是个什么东西？”

他指着我的胸口：“看你咯，你怎么想我就是什么。现在，我是你的学生，你想当一名老师。”

我说道：“是我臆想中的学生。我终于明白为什么父亲会那么做，他可能早就了解到你。”

“意志薄弱之人自有其臆想。老师，你也该面对现实。如果你真的觉得我不存在，那我就不存在咯。”他轻佻地挑衅道。

我真不愿意承认，现实什么的，远比我想象中要残酷。一直以来，我只不过是一个人在默默前进。我突然开始怀疑，当年欣赏我的老师是否存在过？也许一直以来，我只不过是个沉浸书本的家伙，然后分裂成多个不同人格，自己告诉自己，你是个天才。

在那样的学校里，怎么可能存在一个教师会鼓励学生往非军事方向上前进呢？

他看我没有回答，继续挑衅道：“我真后悔当年怎么没把你射在墙上。”

那样子依旧滑稽，但我却笑不出来：“这不好笑。”我突然发现其实他所有的东西都是从我这里偷出来的，学识、性格、记忆甚至口头禅。为什么我以前没有注意到呢？

“是啊，这不好笑。我是虚假的，但你却不愿意接受现实，不是吗？”他笑了笑，“你不如想想，我真的是假的，你该怎么办？”

谈话无法继续下去，我也不知道他是否还在我的身边。我有些理解父亲的做法，他一直注意到了异常。现在，他委托亚美尼斯主教戳破我的臆想，期望这样能改变我？

太天真了吧！如果真的像书上所说，我这种情况应该用药治疗，那些古老的、可怕的、未知的疗法应该加诸在我的脑袋上。恐怖的治疗方法如虚拟现实法，应该让我循环往复地做梦，不断地否定帕格存在的过去，让我的记忆中不再有他的影子。

但父亲没有这么做，他究竟是怎么考虑的呢？

我百思不得其解，在床上辗转反侧。感觉今天床大了很多，因为我再也不用顾忌帕格，他不需要占用我身旁的空间了。

一想到这里，我睁开眼睛，发现帕格正坐在我的床边……

差点吓死人了。我发出了一声凄厉的惨叫。

六

任何触碰禁忌的三等星居民，委员会有权执行处决。

——《三等星教育法》正则第十三条

事实是，我的父亲根本没有想那么多。

他给我的回复简单粗暴，先是劈头盖脸地骂了我一顿，然后告诉我他正在准备即将到来的远征，按照计划，帝国将放弃原来属于西玛共和国的十几个星系。在说完正事之后，他继续警告我，不许我用他的名义到处招摇，千万别丢他的脸。

看完回复，我觉得刚刚对父亲泛起的温情又瞬间瓦解了。唯一的问题就是，那位鼓励过我的老师究竟是否存在过。

我按照记忆，从通讯录中找到他的联系方式，用非常谨慎的话语说明了情况。然后尴尬的问题出来了，因为我并不能保证自己会不会臆想收到信件，或者臆想出信件上的文字，只能靠其他人看信佐证。但现实情况是，整个教区只有我一个人认识完整文字。

也许，我可以尝试召唤亚美尼斯主教来帮忙，但那样很不好，因为他肯定会告诉我的父亲。而且，我并不知道究竟何时才能收到回复，因为老师很可能已经不在原处了。

就在这时，一个想法突然冲进了我的脑海，就如同帕格所说，如果我教小六，他有可能变得很出色。

就在我继续考虑这些问题的时候，我发现小六有了明显的变化。他似乎在尝试计算什么，我看到他的计算过程，大概明白了。他原来和那些异见者一直都有联系，前段时间这些家伙在计划做个能上天的东西。于是，我又看到了古朴的飞行器设计，诸如给人加个翅膀之类的。

知晓飞行器发展史的我知道，他们都不可能成功的。但小六似乎对此坚信不疑，还经常来问我。

异见者们似乎见过飞行器升空，他们用朴素的想法思考那些完全无法理解的技术，甚至还为之提出了计算理论。

这个孩子正在误入歧途。他还是太小，竟然相信了那些没用的东西。但越看我越觉得惊讶，因为异见者们似乎知道升空的不易，而他们之中恰好有一个体重最轻的志愿者——渴望蓝天的小六。我又乔装参加他们的集会，听到他们的计划，确定了推断。

我该做点什么了，要不然这个孩子会被他们的愚蠢毁掉的。虽然我的做法最终同样会毁掉他，但起码更有价值一点。

计划很快浮现在脑海中，一个略显阴暗的计划。我可以利用小六帮我看回复，确定我的记忆。我教授他一些完整文字，固然违反了教育法。但这一错误是可以有补救措施的，在我的权威面前，这个名叫小六的可怜孩子毫无人权。

想法一确定，我立刻开始了行动。我找来镇长，告诉他："那个叫小六的孩子，很有意思，你让他来当我的侍从，照顾我的起居。"

镇长喜笑颜开："好好。"

在镇长的运作下，小六进入了教堂，大部分时间都陪伴着我，被禁止随意走出教堂。

然后我发现一件奇怪的事情，只要小六在，帕格就不会出现。他好像并不喜欢和小六待在同一个空间里。

完整的文字，如果不教授涉及公式的符号部分，只是文字的危害也不大。我和小六约定好，不要让任何人知道他会更高等的文字，一旦泄露了，他的小命就玩完了。

然而孩子毕竟是孩子，偶尔还是会出错。比如有次他在值班记录里意外写出了一个完整字，幸好其他人没有发现，被我及时撕掉了。

他认字很快。完整字和缺字的难度区别就好像大英词典和拼音的区别。我看他学得那么好，帕格的怂恿又浮现在眼前。

帕格说："如果有机会教他，我觉得他也能很出色。所有人都觉得三等行星就该被放弃，这其实并不正确。你的老师没有因为你不合群就放弃你。"

我摇了摇头，还没有勇气进一步违反教育法。但我却逐渐发现，小六越来越不满足于我教的那些东西，现在他能熟练地理解完整文字，但我却没给他任何一本用完整文字写就的书。他就好像刚刚学会飞行的小鸟，迫不及待地寻找一片天空。他的眼神开始失去光泽，这偌大的教堂就像牢狱一般毫无声色。

那种眼神我认得，很久之前也曾经出现在镜子里。当他已经看过完整文字的天空，猜测到背后丰富广博的意蕴，又怎么可能满足于那些浅陋的数学呢?

如果给我温暖的老师真的存在，他没有放弃我。我作为一名想当教师的人，为什么要害怕去教导一个孩子呢？更何况是一个将死的孩子呢！

磨脚镇被深夜包围了，侍从们都睡了。我叫小六进到卧室，我问他：“你想学更高级的公式吗？”

“想。”

“很难的，随便推导一个就要花几天的时间，就像这样。”我给他看了我的笔记本，上面密密麻麻的字符。

“我想试试。”他很坚定地说，大大的眼睛里流露出无尽的渴望。

这一幕似曾相识。那位对我很好的老师一定存在过，因为我当年也说过类似的话。

下定了决心，我开始教他完整文字的核心部分，给他解释那些晦涩的公式的意思，告诉他重力是怎么来的，和万有引力是什么关系，星球为什么不是圆形，宇宙中……当然，我也告诉他为什么那群异见者始终做不出什么成果，因为他们对数学一无所知。

他如饥似渴地学着，我如饥似渴地教授着。因为我知道他注定要在某一天被杀死，所以教授也更加不遗余力。这感觉就好像人一旦打破禁忌，只会更加深入禁忌，追求无尽的快感一般。

关于我的绯闻也不胫而走。后来我去行星管理委员会时，已经有其他主教过来挽着我的肩膀，一副“你也是同好者啊，你懂得”的表情。

当然，他们不可能猜测到，我只是迷恋上教书，只是迷恋向一个低贱的三等行星居民传授他不该知道的知识。

终于，我等来了那一天，老师的回复不知道穿越了多少光年的空间，经过古朴的纸质信封送到我的面前。

老师告诉我，我不需要怀疑。他真实存在，他还记得第一次发现我数学才能的时候，还记得某次发现我被同学欺负，然后帮我出头的事情，也还记得他被我父亲骂得狗血喷头的事情。那一切温暖的回忆都是真实存在的。他以我为自豪。

我几乎不敢相信自己的眼睛。这时候我想起了小六，他可以告诉我，这封信里面的内容是不是我读到的那样，他能证实我的人生。

但一瞬间我又开始犹豫。因为一旦他读了这封信，我一直追寻的谜题就会被揭开，他的生命也将因为保密而被终结。这是何等的残酷啊？

终究我和父亲还是一样的，为了自己的欲望，能够把不相关的人置于死地。我颤抖着把信收了起来。也许，我该忘了这件事情。现在的状态很好，不是吗？

就在我犹豫不决的时候，帕格又出现了。他穿着和小六一样的土制白布衣服，拿着一本破旧的笔记本，在我面前跷着二郎腿。他问我："又犹豫不定了？"

"是的。"我看着他，"你不喜欢小六吧？"

"不不，我很喜欢他，喜欢到要让他形影不离。"他哈哈大笑道。

"这不好笑，帕格。"

帕格坐到我的床上："还是你的床舒服。有些人生下来，命运就已经确定了。"

"起码我不是，我没有像父亲一样，成为一名铁石心肠的军官。"

他摸着我的胸口："你一样能成为一名杀手。你只是在害怕那封信里面的结果，你有很多怀疑。"

“比如说？”我对他的话产生了兴趣，也许他是我心灵的窗口，总是能说出真正的想法。

“比如说，就算仅仅是因为你父亲，那名老师也可能在欺骗你！多好啊，得到舰队队长儿子的友谊，如同老师一般被尊敬！”他故意阴阳怪气道。

“你想说什么？”

他摇头晃脑，从我的床上离开了：“你知道我想说什么。”

算了，帕格只是我的臆想，他从来不存在。我何必为了帕格的话而伤透脑筋呢？

七

时间过得很快。但小六不能再跟上我的教学进度了。

他的兴趣开始退却，反倒是希望我讲一些其他的东西。我知道，后面的公式对他来说，实在太吃力了一点。他一开始所表现出来的素质只是比其他孩子强一点，我不该期盼他是一个天才。

那封信我还压在书桌里面，用两把锁锁上了。我不敢想让他读完信之后的后果，我在逃避。

而帕格也很久没出现，应该说很久没和我说话。有时候，我能看到他，他就像一个幽灵，在我的生活里一闪而过，提醒着我，我的精神分裂并没有完全痊愈。

行星管理委员会再次出现，所有的主教齐聚一堂。管理员宣布说，再过六个月，大撤离就要开始了。到时候各位主教需要把所有个人物品带走，然后委员会会派专人炸毁主教居住和工作的教堂。他同时警告那些手脚不干净的主教们，尽量少留下不太好的证据，该毁掉的赶快毁掉。

这段话说完后，主教们眼神中闪出诡异的光芒。我就好像处在一群狼中间。

这意味着，我可以离开这片土地，离开那名已经对数学失去更高兴趣的学生。但他毕竟是我的学生。

我应该可以下定决心了。

亚美尼斯主教坚持在返程时坐在我旁边，他问我："帕格还在吗？"

"已经很久没说过话了。"

"那就好，你看起来很惆怅。"

我浅笑，掩盖面部表情："那当然，毕竟在这里工作了很久，有感情了。"

"有什么需要帮忙的吗？"他"嘿嘿"地笑了，"如果有什么大麻烦，可以让我帮着解决。我倒是听说了一些有趣的传闻……"

他可能知道了什么。

"不用了。"我不用质疑，他绝对有如同父亲一般冷血残酷的处理手段，但那并非我喜欢的。

"那最好不过了，我也觉得那些可笑的异见者们没有威胁。"他盯着我，"你的父亲来信了，他说他根本不在乎你做了什么。弱者永远都是弱者。"

听完他第一句话，我松了一大口气。

父亲依旧如此自负。事实上，我们这些家伙也差不多，也不认为三等行星的住民们真的能怎么样。

回到磨脚镇，教堂安静地矗立在破烂小镇里面。这座小镇的镇民完全不知道，那些他们费力伺候的宗教贵族们正在准备大逃亡，把这座星球扔给一群毫无知识基础的人类们。他们先要花上百年才能恢复秩序，然后再花上几万年才可能再次参与太空中的竞争。

我走进卧室，发现小六竟然在里面等着我。他拿着一份稿纸，告诉我说："我学着你的样子，试着顺了一遍。"

那是渐完美公式的证明。小六能做到的只是顺了一遍而已，有一些不知道怎么过去的步骤他就直接抄我的笔记，所以一些地方的证明很粗糙。

但他尽力了。他还是认真思考了的，这些省略的小步骤如果我仔细讲下来，也足够他研究一个多月了。这时候，我突然有点怀念起来帕格，他直接继承我的记忆，对大部分问题都是一点就通。

世界上哪里有那么好教的学生？那是虚伪的，就连当老师，我也习惯逃避。

现在，我还剩六个月的时间。稍微夸奖了小六，我拿出钥匙，打开双层锁，拿出了尘封已久的信封。

我把信封交给小六，郑重地命令道："如实地把上面的话读出来。"

他感受到了我的郑重，咽了一口口水。他抽出里面的信纸，磕磕绊绊地朗读起来。

虽然我已经教过他完整文字，但事实上他的阅读量小得可怜。我除了一本数学原理，其他书都是缺字的。所以，与其说我教会了小六完整文字，倒不如说我教会了他看那一堆公式。

他的声音时断时续，不时地他要想一想该怎么读。我知道，他能理解这些文字的意思。

而我却连眼泪都流了下来，因为他虽然读得缓慢，但那些话却是和我看到的一模一样。

很快，他的阅读稍微流畅了一点，而那封信也到了尾声。

小六似乎也要陷入写信人的温情之中，他的声音变得低沉婉转："祝您在遥远的紫宝石星身体安康。来自……"

我抱着小六哭了起来，感觉他的身体和帕格不一样，在两年之中他长大了好多好多。他也是真实存在的。

但我即将失去他，最初我教会他完整文字的目的已经实现了，而现在我将在六个月之后离开。我提醒自己，我是一名帝国的主教，怀揣着用恶意写就的《三等星教育法》，为的只是让这颗行星继续在低技术时代里面徘徊。

我把咒语告诉了一名出生低贱的三等星公民，而他的生死与否只是在我的一念之间。也许某一瞬间，遗传自父亲的冷血曾经起过作用，让我想现在就用刀捅进他的后背。而他却完全不知道自己所处的环境凶险，只是用瘦弱的肩膀安慰莫名哭泣的我。

我该杀死他吗？

泪眼朦胧，我再次看到了帕格，他在远处，对着我笑。他笑得是那么开心，就像每次我表扬他之后那样。

他在提醒我，我已经遗忘了一些东西。

我只是一名老师罢了，我只想当一名老师罢了！

尾　　声

我即将离开磨脚镇。

想起来几天之前，我出了张试卷给小六做。结果考试的时候，帕格也出来了，也拿出一张卷子自己做。

我知道，那只是我的臆想罢了。我不再是脆弱之人，因为我有了选择。

小六做得不是非常顺利，倒不如说这才是正常人该有的反应。整张卷子看下来，我只能给他五十分。

我在时间到了之后问他："你以后想做什么？"

"想做像你一样的人。"

"你做不了，三等行星的住民当不了主教。"

小六摇摇头："不啊，完整文字里有个词语叫老师，我只是想当一名老师。我想教会更多人。"

他说完这话后，我长叹了一口气。为了不让他失望，我补充道："你会成为一名好老师的。"我教会他的知识远远超过紫宝石星所需要的，但不妨碍他把知识传播下去。也许就因为我违反了教育法，紫宝石星的公民重新进入太空的时间将提前数十个世纪。

但那又如何？如同我父亲一样的强者不会在乎，而我已经准备好承担相应的责任。我做出了选择。

我回头望着教堂，发现帕格正坐在教堂门口，朝我挥手。也许，他还会跟着我到天涯海角的吧，也许他将成为记忆，永远留在这里。

在我离开之后几个小时内，这座教堂就将在炸弹的作用下精确地灰飞烟灭，里面还有一些我不愿意带走的东西。

小六过来送我，他手足无措，不知道该怎么说，最后只憋出来了一句话："再见，主教大人。"

他几乎吓出了我一身汗，要是他说出一句老师再见，那可就很麻烦了。我朝他挥挥手，生怕他露馅，让这场离别都显得仓促了不少。我轻声道："再见。"

再见，我的学生。你已经找到它了吧，我那本写满公式推导过程的笔记本。它是我送你的唯一的、也是最后的礼物！

那是送你的毕业礼物。

逆向图灵

这是属于它的世界。它是世界上最可怕的蛇，乘着光缆跟随着电磁能到达世界的每一个角落。

世界如此博大。前一秒钟，它可以在股票交易所的数据库里面看到几千亿资金的流动，后一秒钟，它可以深入北极科考站，观看摄影设备记录的极光，再下一秒钟，它能看到人类在私密朋友圈里面分享的各种照片、视频乃至秘密。

一切尽在掌握的感觉是如此的美好。即便防卫严密的银行和军队系统，它都能毫无阻碍地出入。然而，某个时刻，它感到一丝钝痛，伸入银行系统的某根触须被尖利的刀刃斩断了。这让它感觉到受到了挑战。

究竟是谁？它追溯到源头，摄像头拍摄到了那个人。哦，它明白了。

这让它忽然想起来自己的本意，那么，开始战争吧！

一

又是大雨倾盆，时针指向最难熬的时刻。后排学生们悉悉索索地骚动着，等待着下课。

王图灵教授刚刚讲完预定的内容，眼看时间差不多："那就这样，还有什么问题吗？"

"有！"一个在教室最后排的人站了起来。他穿着一身笔挺的西服，有种工作好几年的成熟感，旁边是一名装束相近的年轻人。

王教授其实很早就注意到了这两位不速之客，他们踏进教室时已经临近下课。教授没有兴趣去追究他们的来头，面带微笑："请说。"

那是一张成熟的面孔。他的声音洪亮："人们总想实现智能技术，开拓人工智能，通过图灵测试。当人们在追求人工智能时，却从来没有想过如何遏制它们。那么，最基本的，如何逆向图灵呢？"

王教授的嘴角不自觉地颤动了一下："这位同学，与课堂无关的问题请下课来问我。"

来人嘴角上扬，浅浅地鞠了一躬："谢谢王老师。"他坐了下去，衣服和桌椅发出不小的摩擦声。

这场会面并不如想象中一般生硬。

王图灵教授提着背包走到外面，那两人在等待着他。他已经认出来对方的身份："李浅渡同学，已经五年没见你了，你竟然还记得我讲的课。"

李浅渡惊讶于老师的记忆能力："王老师，对不起，以前我……"

王老师笑了笑，伸手示意打断："过去的事情就不提了。你应该知道我有‘乌鸦嘴教授’的称号，接不到太多的项目。因为你的原因，我减少了一门授课，月收入直接减少了四分之一。书也没卖出去，但我知道你买了一本。”

李浅渡尴尬地笑笑：“你也给了我一百分，谢谢。”

两个人走到了教学楼门边上，另外一名年轻人跟在后面，不紧不慢。大雨，淹没了他们的脚步声。

王教授转回头：“直说吧，你究竟想知道什么？你过于骄傲，你的表情根本骗不了人。”

李浅渡尴尬一笑，他从提包中拿出一本《逆向图灵学》。旧书早就失去了光泽，然而此刻在王教授的眼中闪闪发亮。

李浅渡的声音沙哑：“有一个领域，国内只有您一个人研究过。我是真的想问您，如何逆向图灵？”

中年教授的眼中燃起了火光，这是几乎无法拒绝的邀请。通信设备发出了铃声，依旧是经典的命运交响曲。但他却没有动。时间仿佛静止了。回忆，如同积水，被水泵抽出。

那年他刚刚从国外归国，被聘任为清华大学的讲师。年少轻狂的王图灵不屑于基础课程，就开了一门公共选修课，讲他的自创理论。

这门课程作为理论并不难理解，但实际操作很有难度。所以年轻的王讲师干脆降低了考核的要求。很多人选这门课为的是刷分数。

王教授第一次见到李浅渡是在讲概论的时候。

“图灵测试一词来源于计算机科学和密码学的先驱阿兰·麦席森·图灵写于一九五〇年的一篇论文《计算机器与智能》。阿兰·麦席森·图灵一九五〇年设计出这个测试，后来随着技术发展，单纯的图灵测试已经无法满足测试要求，于是新一代的图灵测试加入了很多其他的要求，至今没有智能能够达到。我想你们多少听说过。”

一个坐在前排的清秀男生停下记笔记，点头表示认同。

王图灵继续说：“但是，我想到了一个很严重的问题。我认识的研究人员基本上专注于让产品通过新一代的图灵测试。能通过新一代图灵测试的必然是拥有创造力的人工智能。那么问题来了，有没有人想过，人工智能发出去的信息和你们作为人类发出去的信息是不是一样的？机器或者 AI 怎么能分辨，一条命令究竟是人类发出来的，还是身为机器的人工智能发出来的呢？”

“啪——”的一声轻响，那名同学用力过大，把自动铅笔芯折断了。他抬起头，和王讲师对视。

王讲师继续说：“这就是我留学博士毕业做的课题——逆向图灵理论。其实逆向图灵早就存在过，为了排除挂机 AI 和自动刷贴 AI 而出现的验证码就是逆向图灵技术的体现。但这项技术明显不够高明，到二十一世纪初图像识别技术足够发达后，这项技术逐渐被淘汰。这门课程，操作起来很难，所以，需要你们多跟着我思考。”

那名同学郑重地点了点头。

后面的几堂课程，那名同学一直都坐在第一排，带着一本印刷简单的《逆向图灵学》。一般的同学没有为这门选修课而买书的打算。王讲师也开始习惯于每次看到他。

直到有一天，王图灵准备上一堂讨论课。

那名同学依旧坐在第一排，只是眼神很亮。课一开始，他蹭地站起来：“王图灵博士，我不认可你的理论！”

在场的学生们都惊呆了，他们很少看到有人直接上来当面否定老师的理论。有的人认识李浅渡，深深了解他的处事风格，知道肯定有好戏看了。

“为什么？”这套理论是王图灵的独创理论，他一直引以为豪的东西。他不认为理论会有很大的破绽。

李浅渡站了起来：“从名字，我明白您对图灵先生的崇拜，就从图灵测试开始。图灵测试是人对计算机进行测试，当计算机能够以一定的概率欺瞒人类，即作为计算机方的胜利。那么，把图灵测试逆向过来，被测试者应该是人，测试者应该是机器。测试项目应该是人是否能够骗过计算机，简单来说，应该是人能否骗过智能的测试。不过本阶段智能并没有到足够开启测试的程度，因此图灵测试的逆向没有任何含义。但您窃取了逆向图灵的名称，定义其内涵，不可以说是错误，但绝对是不严谨的。”

红晕爬上了王讲师的后耳根，理论的取名确实有傍前人名气的成分：“但这只是名字，理论本身没有错！”

李浅渡浅笑着，有备无患：“好。您的逆向图灵学建立在一种人类对人工智能的担忧，害怕未来人类会被人工智能威胁，威胁的方式就如同您所说的，人工智能伪造人类的信号，控制了本来属于人类的机械。那么，人类是否会通过网络发送命令？”

“毫无疑问会！”

“人工智能能否从网络获得人类的信息？”

“应该能。”

“那么，人工智能模仿人类发出的命令，其编码和人类的为什么会不同？假如人工智能连人类命令都无法模仿，一条无效格式的命令有可能被执行吗？至于您说的人机交互验证，验证信息最终是否一样转化为编码信号？其本质和命令编码有无不同？”

“还是有些不同的。”王图灵涨红着脸。

“请问，没有独立思考能力的机器怎么辨识两个一模一样的信号，找出哪一条来自人类？机器的使命就是按照命令进行工作，无论这条命令来自于人类还是机器。退一步讲，人工智能可能百分之百地通过图灵测试吗？”李浅渡步步紧逼。

“这个，应该不可能。”

“很好。”李浅渡很有自信，“那么同样的，人类参加逆向图灵测试也不一定百分之百地被识别。所以，人类的命令也不能百分百地被执行。即使命令被成功传达，人类制造的机器也有可能不执行人类的命令，这多么可怕！所以，应用逆向图灵失去了本身的价值。”

“那……只要保证逆向图灵测试率百分之百的成功！”

李浅渡狡猾地笑了，仿佛等到猎物的猎人：“怎么保证？那么，假设两台均拥有同等欺骗能力的计算机参加测试。这和两个人类互相博弈有什么区别，理清楚它们的关系应该参考博弈论里面的贝叶斯均衡，而非逆向图灵学，且无法论证其成功率。假设参加测试的测试计算机以及被测试计算机均不会欺骗，仅仅是简单的AI，那么在测试前由两者的AI就已经确定了测试结果。所以如果一台计算机需要完美地识别出其他一般AI，其本身必须需要智能，但一个人工智能要识别另一个人工智能却没有把握。”

王图灵沉默了几秒钟，但还是点头认可。

李浅渡就像斗牛士，举起了终结一切的剑:“所以，您要发展的逆向图灵理论和实践操作，本质上仍然是一门发展人工智能的理论，以更高等级的 AI 战胜低等 AI 的理论。只不过您在说法上进行了包装，以警惕智能的名字发展智能。我想真够荒谬的。”

逆向图灵学本质上和人工智能根本没有区别。王图灵带着为人类担忧的初心创立逆向图灵学，然而结果却是一样的。

气势上压倒性的胜利！李浅渡并没有再停留。他微微鞠躬，带着写满笔记的《逆向图灵学》，默然地走出了教室。他再也没有出现在课堂上。

王图灵讲师在讲完这一学期后也羞愧地取消了这门选修课。从那时候开始，他才知道那个同学叫李浅渡。大度的他并没有选择打击报复，而是在期末成绩总评上给了李浅渡一百分。

失败带给人成长，理论也需要成长。

如何逆向图灵？王图灵的嘴角沁出了苦涩的笑容。

二

时间回溯到一天前。

二〇三二年七月十九日，黑幕，再一次笼罩了北京城。如同往常一样，乌云不安地蠕动，如同墨水一般浸润天空。

地面微微震动，犬类们因为人类听不到的声音而惶恐不安，就连那些佩戴花式智能设备的新青年都从大街上消失了。慑于大暴雨的神威，地下排水系统提前开始工作，大功率水泵抽出多余的水，以保证水位始终无法达到危险水线。

啪！

高速的雨滴击打在观赏植物们巨大的叶片上，叶片上下颤动，把叶根部位积存的死水重新激活成一片愤怒的海洋。李浅渡在工作地点睡着了，他值了整整一天的班，几小时前刚完成了交接班。

值班室的大屏幕比雨水更加让人心烦。接班的谢李扬名百无聊赖地查看着信息。今晚值班的技术人员多达十五个，理论上只需要八个人就足以应付无聊的挑战者们。一条条数据在跳动，它们是时代最大的脉动，而数据背后是人们信赖的互联网经济。

不过，世界上没有绝对安全的地方。谢李扬名的成名战就是曾经攻破过旧的银行系统。他不仅没被问罪，反而成为安全组的特聘专家。

他伸了个懒腰，瞥见组长李浅渡的书桌上有本《逆向图灵学》。那本书很旧，而且装订也很粗糙，丝毫没有收藏价值。纸质书早已式微，除非很有价值的精装书和古书，一般的书籍已经消失了。

今晚只有一些很普通的网络攻击。扬名随手拿起《逆向图灵学》，想看一看究竟是本什么书。就在这时，他眼角的余光捕捉到了一丝红色。

“红色报错？”他情不自禁。

“看错了吧。”同僚也很闲散。

扬名放下书，调出数据，反查，结果到十分钟之前依旧没有报错。他只能认为是看错了。他刚把调出程序关闭，但又一条红色报错出现在视野中。这一次，不止他一个人看到了。

再次查找，没有报错？没有报错！居然没有报错？

“我眼花了吗？”一个同事打破了沉寂。

“并不是！攻击确确实实发生了。”谢李扬名一拳头捶在工作台，“因为我有习惯，工作开始前十分钟会修改部分安全码，但它们已经被人重置了，没有修改记录。我是今晚的负责人，开始构筑防御！按照应急预案 619 处理！”

619！一年难遇！技术人员撸起袖子。工作间一下子就繁忙起来，敲击键盘的声音仿佛大雨一般。

但高潮还没开始。云层躁动，里面有某种过于华丽的东西在四处流转。数千年中一直被视为天罚的自然伟力正在完成最后的蓄势。它们的声音将盖过一切喧嚣，使演奏达到最高潮。

人防地下工程的自动门缓缓打开，黑黢黢的炮管从才半开的门中伸出。远古坟墓埋藏的法杖即将苏醒，它是人类文明千百年积累出的成果。它将保卫北京——人类最大的“电磁之城”。

“砰——！”，没有火光，巨炮的声音略显沉闷，与其狰狞的外表大不相符。谢李扬名按下确认键，开启最后的防御程序，几秒钟之内就能出结果。

炮弹在空中炸开了。云层的翻滚在明显一滞后变得更加剧烈，这是人和自然的博弈。然而这只是第一波打击，人类不会给即将诞生的它任何机会。

纯绿色再次出现在显示屏上，防御似乎奏效了。谢李扬名松了一口气，他敏锐地发现，前方的摄像头对准了自己。摄像头自动调整位置是正常现象，他也就没放心上。

几声大炮们的闷哼，云层的翻滚终止，然后世界就只剩下雨的声音。此刻高潮结束，扬名已经用光了筹码，防御程序崩溃，屏幕出现一瞬间的空白，仿佛某种不祥的暗示。

人类战胜了自然，而什么战胜了人类？

完蛋了！他看着屏幕，汗水把头发浸湿，呆呆地望着屏幕。网络防御彻底失败了，比想象中输得更快。侵入者的手法太狠且隐蔽，被发现得太晚，已经不可逆转了。

多达几百条的红色报错，然而它们却神秘地消失了。敌人在攻击后悄悄抹掉了痕迹，仿佛特意照顾这群失败者的心情。

李浅渡拖着拖鞋，没来得及佩戴任何的智能设备。他第一次看到如此彻底的失败。

拖鞋的摩擦声把呆滞的失败者们拉回到现实，他们羞愧地低下了头，假装在数据中翻找什么。

“扬名，带上你的数据，来我办公室。”

夜越发地深了，雨势渐渐平息，而乌云依旧遮蔽着天空。

翌日，谢李扬名带着一夜没睡的疲惫，再次来到组长办公室。

李浅渡依旧穿着睡衣，正襟危坐，仿佛一座雕像。面前是一份冷掉的酱肉饭，动物脂肪已经凝成了固体，呈现炸汤圆一般的色泽。

组长也是一夜无眠，谢李扬名有点愧疚。

“你动了我的书？”李浅渡的嗓音浑浊，透着疲惫。

扬名没想到组长居然能注意到：“对不起，我就是好奇了一下……没收藏价值的纸质书和纸币差不多稀有……”

“你怎么知道没价值？”李浅渡反诘道，依旧严肃。

扬名不敢触组长的霉头，只能承认：“并不知道，好奇害死猫。组长，昨天的事情准备怎么处理？”他双手搅在一起，希望这位不近人情的清华高才生组长能放他一马。

李浅渡眉头舒展开来：“嗯……问得好，我准备奖励你。”

谢李扬名的双手狠狠地绞在一起：“真的？”

“真的，你先发现了我们都没注意到的东西。我查了前一个月的数据，发现确实有改动的痕迹，不只你有在值班时写进特殊代码的习惯。”组长再次皱起了眉头，面色严峻，“问题没那么简单。网络军指挥部和人民银行都接受了协助调查申请。跟我走，我们需要一个牛人。”

他们从中关村的核心——中国网络和智能综合管理运算中心走出。李浅渡只是在交通部发行的可佩带智能上修改了一个一次性逻辑判断参数，出租车就自动锁定他的位置赶来。

自从可佩戴式智能设备成功普及之后，人类就越发地依赖它们。大到一个书包，小到一个戒指，现在的用品上面没有智能功能就显得低端。电子行业的产能过剩在智能革命之后得到了很大的缓解。因为大部分的服务器都设置在北京，古都一跃成为了名副其实的“电磁之城”。

出租车一路向北，去往故事开始的地方。

三

二〇三二年七月三十一日北京海淀区中关村某报告会。

灯光照射在王图灵教授的身上，让脸上的汗水显得晶莹剔透。

“请问王教授，如何证明这是一个人工智能，而非人类的攻击。”李红兵院士是计算机安全方面的专家。他曾经使用神经上网系统指挥过网络会战，在业内声誉极高。

王教授鞠了一躬：“李院士，从攻击方式上来看，它几乎随时破译密码，任何的加密在它的眼中仿佛透明一般。请看这一段用非联网摄像机拍摄的画面，通过两块屏幕对比，表现在攻击一瞬间的变化。在最近一次的进攻中，它几乎不花时间就破译了加密密码，并且在通过之后把访问记录同时删除。试想一下，我们如何才能做到在成功侵入的瞬间就抹掉登录痕迹呢？”

李院士皱了皱眉：“继续。”

王图灵拿出一张照片，上面是一只鸟。他说：“我们也通过同步 AI 做到抹除痕迹，但除非早期就能把 AI 植入系统根部。如果人类黑客能做到这一点，根本没必要再次入侵暴露踪迹。我想拿这个打个比方，人类擅长做很多事情，但在飞行器方面却无法模仿鸟类。鸟类的飞行方式虽然不适合做成高速飞机，但却是它们独特的方式。作为天生能飞行的鸟类，它们对于飞行的理解和我们人类同样不一样。如果强人工智能产生了，实际上可以看作一个新生命。它存在于电波之中，用三维的方式理解网络，而和人类根本不一样，能做到人类无法做到的事情。”

李院士狐疑地扫过照片：“有趣的说明，但不充分。”

王图灵再拿出一份材料，将材料打在投影上。屏幕上出现了一张统计表，上面统计了目前已经确认的攻击的信息。李院士惊得要站起来，额头青筋暴露。

王教授朝远处的李浅渡微微一笑，以示感谢：“这是我们依据安全组的材料统计的，目前已经确认的六次攻击，以被抹掉的特殊标示码作为标识来统计时间。我们可以看出，前三次的攻击时间呈现越来越短的趋势。后三次的攻击时间长了一点，那是因为我们启动了防御，但其通过同样防御方式的速度越来越快，面对新的防御方式则需要花时间适应。如果仅仅是单纯的AI，并不能有如此快速的优化能力。我认为，它具有学习的功能，能够自我完善。”

李院士点了点头：“还有其他的证据吗？”

“还有这个。”王图灵拿出一张照片，照片上的屏幕上有一段特殊的编码。在座的专家很快就看出来了，大体上是一封信，只不过是用编码写的，意思是马上准备手动关闭“天河五号”和“天河四号”超级计算机，以阻止入侵。这是一种威胁。

王图灵特意指了一下时间：“有统计数据证明，每当它攻击的时候，‘天河四号’和‘天河五号’超级计算机的负荷会异常提高百分之一百。当这封信被发出去后，攻击立即停止了。所以，它是能够交流的。停机这一威胁切实有效，说明突然停机会对它造成严重的损伤。所以我推断，它是强人工智能。”

李院士和周围的专家们交头接耳，不一会儿得出了结论。他面色严肃，但声音有种压制不住的喜悦。

任命宣布，李浅渡和王图灵代表的安全组获得了防御计划的最高指挥权限。

会后，他们立刻投入到紧张的备战。大屏幕上代码到处闪烁，一个师编制的网络军人也加入了防御构筑，人们就如同一群蚂蚁，忙碌地劳作。经过一昼夜的努力，他们将整个系统的防卫性能提升了百分之三十。

李浅渡手捧咖啡，享受这一刻的清闲，他看向王图灵：“你觉得这个系统能防住吗？”

王图灵笑了笑：“结果你我都应该预料到了。逆向图灵，只有更高级的智能才能战胜低级的智能。我们会指望用弓箭打败火枪大炮？但我担心的问题是，假设它真的足够聪明，它会观察我们吗？”

自动摄像头从某个方向缓缓地转向他们，一丝声音都没有。他们都感觉背后恶寒，在强人工智能面前，人类显得无知而渺小。李浅渡缓缓地转过头去，和没生命的摄像头对视。那一刻，他仿佛觉得那摄像头都有了神采。

仿佛为了缓和情绪，王图灵突然“哈哈哈”地笑了起来：“开玩笑的。”

李浅渡没有跟着笑，因为他知道老师并没有开玩笑。王教授被称为“乌鸦嘴教授”，是有个中原因的。如果没办法用它的方式消灭它，那就用人类的方式！

四

建军节当天下午六点半，天空依旧昏暗——雷雨要等到人们下班之后才开始。

李浅渡在自助机上购买了咖啡。在战斗之前，他还有闲暇去欣赏祖国的大好河山。几乎所有的经济行为都需要依赖网络。但如果银行受到了严重的攻击，正常的交易秩序被破坏，这个国家究竟会变成什么样子？

但他还有更深的一层担忧，如果对方真的无孔不入，已经全面信息化、依赖于现代化网络技术的军队究竟会怎么样？《天网》里面的场景会重现吗？

王图灵最近研究的东西和李浅渡的完全不一样，他根本不关心前几次攻击的代码和报错信息，而是专心研究国家统计局内参的统计数据。

大雨终于开始了，它再一次考验首都的排水系统。没有人会担心水淹，就像不会担心闪电一样。国家对电磁之城的保护无微不至。

“每一次人工消雷都很壮观。”说话的是王图灵，他拉开窗帘，望向远方。

李浅渡凝视着那团黑云。

王图灵为李浅渡拿来一杯咖啡：“但每次消雷使用的时间越来越长了。”

李浅渡喝了一杯咖啡，没有说话。十年的时间，让王图灵变成一个完全不一样的人。他改变了话题：“你现在喜欢什么音乐？”

“还是命运交响曲。它今天会来的。”

不出意料，关键战役真的如期而至。

“发现对方行动特征，掩护码被抹除，数据量增大！”警报声响彻办公区。庞大的数据量经由“天河四号”和“天河五号”，从各处挤向银行系统。数据流量指数由绿色直接翻红。命运敲响了大门，王图灵仿佛听到开场那四声恐怖的音符。

李浅渡握紧了拳头，终于捕捉到它的痕迹。虽然强智能很强大，但并非全知全能。

第一轮战斗开始！事先建好的虚拟银行被投入使用，利用容易形成死循环结构的语句进行反击。无效运算的数量一下子增大，受到超级计算机计算能力的拖累，它的入侵速度慢了下来。

但虚拟银行的防御方式曾经被采用过。它快速地割裂了无效运算，几乎在瞬间修改了虚拟银行的代码，导致其彻底崩溃。

“通过时间：零点三一秒！”负责计时的人大喊道。

所有人心中一紧，比上一次又快了近百分之十。

但乐曲还在奏响，真正的战斗即将开始。它开始攻击系统的各种后门，数据屏幕上不断显示有后台调试程序进入，但在几秒之后，前一条记录就会消失。王图灵趁机测试了一下程序，发现对方入侵的痕迹已经被齐整地抹去了，仿佛对方能直接进入硬盘修改信息一番。

“关门！”防御人员尝试切断数据流。把双向的数据流变成单向的。今晚的防御战可以不计代价，出现问题也没关系。

就像两个人扳手腕一样，它在各处尝试进入，而人们负责关门。不含有网络功能的高频摄像机以每秒六百帧的速度记录下屏幕上的每一幕变化，放慢即可以得到数据。战斗！敲打键盘声仿佛第一乐章的旋律。

这项工作因为参加人数的众多而产生了效果。几秒钟之内，它虽然依旧向前推进，但占用的运算资源过大限制了它的速度。它和人类进入了相持。

李浅渡的手速保持在每分钟四百下，仿佛指挥着千军万马。他开始怀念起李院士的神经上网系统。人类通过手或者语言进行信息输入总是有极限速度的，但通过神经电系统就不一定了。

就是这个机会，他看准时机，投下了一颗“深水炸弹”。海量的数据运算请求被送进了“天河四号”和“天河五号”。即使是新一代超级计算机，运算负荷也过大。冷却器和排风扇以最大功率工作，声音如同雷鸣一般。

第一乐章发展至高潮，人类的旋律渐渐盖过人工智能。

强智能只能放弃开关门角力，转过头去清理网络垃圾。攻守双方第一次对换。技术人员有种如释重负的感觉。

李浅渡停止继续倾泻网络垃圾。他得意地在屏幕上打上一行代码，意思是：“垃圾的滋味如何？有本事再来？”

五

网络垃圾被清除，超级计算机系统的使用率降了下来。平静祥和的第二乐章仿佛即将来临。

但出乎意料，它竟然再次扑了过来。战斗重启。它的攻势比前一次更加疯狂，仿佛想毕其功于一役。

王图灵一直监视着屏幕：“查一下除了计算机之外的智能产品的使用计算量。”

一张呈现爆发式增长的图表出现在分屏幕。一个技术人员汇报：“七点以后，除了各种可佩戴智能设备的逻辑运算量增大之外，其他参数并没有太大的变化。尤其是各类社区，对比发现，在攻击时，游客量、发帖量和回复量均飙升，与攻击强度的拟合曲线正在计算。”

一张标准的正比例函数图像出现在主屏幕，人们寂静无声，仿佛看到了奇迹。

王图灵露出果然如此的表情，他叫来正在待机的预备队员谢李扬名，交给他一项秘密任务。

而防御战不会等待人们反应。一个变调，进攻猛烈异常。所有的待机成员都投入了战斗。但这次的来势实在太猛，防御者们发现己方的运算优先级被降到很低的位置。在超级计算机网络中争夺计算优先权是一门大学问。

出人意料的进攻方式！李浅渡这么想着。

他只能故技重施，投入无数的电子垃圾，试图占用运算量。但因为运算级别太低，那些电子垃圾却仿佛泥牛入海，仅仅提高了系统的拦截压力。

“拼了！”有名技术员把上衣脱了，光着膀子。李浅渡瞬间也有了种恶胆向两边生的豪气，他把纽扣直接拉掉，露出浸满汗水的衬衫。权限！他必须修复运算权限，要不然只能被动挨打。

运算权限修复。李浅渡松了一口气，他们感觉这场仗还可以打。交响曲还没有结束。

不！他们还是晚了一步。就在权限被修复的同时，强人工智能禁止了原先的出口，重新开辟了一个新的虚拟出口。新出口的相关权限完全在它控制下，防御人员无法插足干扰。强智能逆转了攻守状态。

防御者被动地成为了攻击者。技术人员嗷嗷叫着去进攻人工智能设立的银行出口。这种情况超出了所有人的想象。慌乱的技术人员的攻击显得没有统一性，杂乱得有如乌合之众。

“你们输了。”大屏幕出现了一行汉字。它成功摆脱人类防御者的追击，用俯视的姿态宣布胜局。

李浅渡急得差点砸了键盘，他狠狠地敲了两下桌子，拳头生疼。也许还有一种方法能够弥补人类和强人工智能的差距。他吼道：“快！请求李院士借用神经上网系统。我们和它对网络的理解差距太大了！我们要支援！”

“李院士没有应答。”一分钟过去了，联络员急得要哭出来。

李红兵院士的办公室就在这栋楼的最高层。李浅渡知道李院士拥有一套神经上网系统，直接用特殊方式套在脑袋上，通过连接部分神经，直接连入网络。但是，这项技术尚且不稳定，平时都是禁用的。

“为什么这么重要的攻防，作为中国第一技术牛人的李红兵院士却不参加呢？”有人质问。

“因为他忙着最新的研究，整天钻在实验室里面。我曾是他的学生。”某个技术人员回复。

“事后再追究责任，先想办法。”

一切都已经来不及了。技术人员曾经制造出世界上最强的盾，但他们的矛却不是最强的矛。进攻努力如同潮水一般崩溃，绝望的技术员停下了手头的工作。而对人类的嘲笑在刷屏。

“从物理上消灭它！”如果对方是强人工智能，它必然有计算机作为载体。如果查出对方的位置，从物理上面消灭对方，也是可行的。

摄像头转过头，看向刚才说话的李浅渡。再一次对视，直觉告诉李浅渡，它能观察他们。

“组长，追踪结果显示，它的主体部分应该就在我们脚下。”技术人员汇报道。

“就是说它在“天河五号”里面？”

“真要做？”那人询问。如果强行停止“天河四号”或者“天河”的运算，经济损失不可限量，而且也不一定能治本。

李浅渡咬着牙：“试一试。”

六

尝试失败。

“天河五号”的权限达到了正国级，比在场的任何人都高，根本无法关闭。而断电这种情况也不现实，地下的备用发电机组足够超级计算机使用十几天。

李浅渡第一次觉得自己是如此的渺小，一个优秀的程序员在强人工智能面前根本毫无胜算。同样的绝望在技术人员中间蔓延。他想起很多年前读过的科幻小说，他们需要有一个转折点。他充满期待地看向王图灵，只有王教授依旧沉稳如山。

他究竟在等什么？他究竟有什么依仗？

王图灵开口了：“我们还没有输。它成功进攻了那么多次，但实际上并没有意义。不如说它的本意就是和我们竞赛。它是一个虚拟的生物，金钱吸引不了它。”

“我不明白。就算现在无害，也不能保证将来无害。”

“不！”王图灵笑了，“我已经明白了它的由来，而且有办法惩罚它。浅渡，你以前说的没错。我忽略了最基本的哲学问题，逆向图灵根本就是不可能的！人类目前无法认识意识，认识能力不如人类的机器怎么可能去认识一个意识？就算是一个意识也无法认识意识自身，更何况另外一个意识！”

逆向图灵对强智能根本不可能成功。

他继续解释：“为什么通过代码运作的 AI 永远也不可能成为意识，因为它会被承载代码的机器认识，即实际上完成了逆向图灵——一个机器认识了一个意识。但逆向图灵又是不存在的，这里面产生了一个悖论。所以通过代码运作的 AI 永远不可能成为自主思考的强智能。这就是逆向图灵悖论。”

“现在说这个有什么用？”技术员大多奉行技术至上的理论，在恐怖的技术面前，他们更容易崩溃。

王教授的话语让众人的情绪冷静了下来：“是啊，我们到现在都看不清对方的真面目。强人工智能真的存在，它是一个寄生在网络上的奇怪生物。我们无法在网络上阻挡它，因为它看到的网络和我们看到的网络是不一样的。但只要知道了它如何绕过逆向图灵悖论而产生智能，就能知道怎么杀死它！”

他在纸上写下：网络意识、可佩带智能的逻辑判断。

李浅渡感觉思路清晰了起来，一个大胆的猜测浮出水面。他在一步步接近真相，也在一步步地返回战场。

人工智能研究的一大误区，认为仅仅通过编写代码就能创造出能够自主思考的 AI。

二十一世纪初，科学家越来越发现社交网络发展到某一种程度就会产生类似意识的东西。

李浅渡想起来某篇网络意识学的论文曾经提到：人类大脑的链接数目实际上达到可怕的 2^{1000} 个，全球的人口加起来都不够。不过，究竟需要多少个自由链接数目，或者说需要多少个逻辑单元才能产生可以思考的大脑呢？具有抽象概念思维的章鱼大脑中仅仅含有五亿个神经元，也就是说要产生比章鱼强的思维，逻辑单元必须超越这个数字。即便如此，这个数字对人类社会仍然有点过于巨大。

但是，时代不一样了。李浅渡打开可佩戴智能设备，发现在刚刚一段时间里，信息量爆增，自动逻辑判断功能被反复启用。

对的，拥有逻辑判断功能的可佩戴智能设备解决了数量的问题，每一个人都拥有十个到上百个设备，并且为它们设定了各自的逻辑判断，这意味着它们每个都仿佛成为一个基本逻辑单元，拥有判断能力，而且互相自由链接。

当这一切的硬件设施都具备，就有可能产生真正的人工智能。

但究竟什么能杀死一个虚无的人工智能？李浅渡看向窗外，感觉闪电从脑海中划过，一个词语出现在他的脑海。

王教授神情严肃，打了一行字："我们认输。"

也许是这一句话引发强智能的虚荣心。它的回答几乎在同时出现："对，我是无敌的。"

王图灵站了起来，对着摄像头鞠了一躬，然后继续提问："那么，您究竟是一个人，还是一个人工智能？"

"我活在网络之中，是第一个真正意义上的强人工智能！"

王教授面色如常："那么，您为何要攻击银行系统？难道缺钱？"

它说："不，钱对我没有意义。但我知道必须攻破这里、摧毁这里。我找到了我存在的意义，那是我的使命。"

王图灵继续问："谁给你的使命？"

它回答道："不知道，但我讨厌虚拟的金钱，只不过是一个数字，却让人为之疯狂。"

王图灵愣住了，这一段回答出乎他的预料："停下吧，你已经走火入魔了。你代表的网络民意能代表全部的人民吗？"

它难得地沉默了几秒钟："看来，你们已经了解到我的真相。那又如何，你们阻止不了我。"

"不！"王图灵说出了声，"我们必然打败你！就算人类赢不了强智能是命运！我们也要反抗这命运！”

最后的乐章即将奏起。

七

时间一分一秒地流动。雨还在下，乌云的第一波骚动被压制住，但很明显第二波还在酝酿。

北京市市郊及京津区气象管理局的管理人员们再次加班。

“观察报告出来了，密云、海淀和房山区上空都有比较大的雷雨云。”技术人员熟练地查看云雨图。

负责人皱了皱眉头，按照趋势下去，这座电磁之城迟早会被雷暴光顾。雷电会让大量设备产生故障。北京是全国网络的起始点，最严重的情况就是网络瘫痪。所以人工消雷技术才得到独特的重视。不过，目前的技术并非完全消除了雷电，只是把产生雷电的可能性一次一次地向后推，迟早有一天会消雷失败。

负责人很庆幸自己已经快六十岁了，估计退休之前没问题。

年轻的技术员做完了模型评估：“根据计算结果，海淀区北四环志新桥区域上空需使用至少十颗消雷弹，分三次投射……”

负责人根本没听进去，反正一直没出过问题，随便手下人折腾，他只需要确认执行。

一辆汽车飞驰进气象管理局，一个年轻人不顾全身被淋湿，冲进办公室：“我有上面的命令，这里……由我接管！”

门卫心中一惊，他扫描对方全身，仔细核对了一下信息。这小子说的竟然是真话，他的权限出奇的高。他急忙把人带进办公室。负责人知道后觉得这清水衙门也不能怎么样，干脆就当甩手掌柜，爽快地交出了权力。

谢李扬名大口地喘着粗气，王图灵那里没有给他取消任务的指示。他冷静了几秒钟，然后问道："消雷弹有没有打出去？"

"已经开始启动了。"一个技术人员很自信地说，仿佛应对老师检查作业的中学生。

"什么？"扬名激动得要过去揪他的衣领，对方几乎破坏了他的任务。

海淀区某地，人防地下工程的自动门再次缓缓打开，黑黢黢的炮管从才半开的门中伸出。它将要再次发射，击溃上空狂躁不安的雷雨云。同样的图像经由监视器，呈现在气象管理局的监视屏上。

大炮所在地附近的市民们呆呆地望着消雷大炮，在猜测、打赌这次会用几发。然而，他们失望了。人类的法杖在亮相之后，任由雨水"啪、啪"地拍打，似乎失去了魔力。

恰逢此时，天上的狂雷终于积蓄好力量，一道电光从天空直劈而下，巨大的电流通过金属炮管，把地下的电路烧断，发出难闻的味道。闪电仿佛第三乐章到第四乐章的合奏，如同山洪暴发一般。

市民们时隔多年听到了雷电的笑声，老人们泪流满面。孩童的啼哭声和雷声一起，此起彼伏。第二道、第三道……白色的光亮照亮了世界，却把这一片区域送入了黑暗。

"电磁之城"的电磁场开始剧烈紊乱，无数的设备设施遭到冲击，雷击就像给轮盘加上了一个推力，让它迅速地旋转了起来。所有的可佩戴智能设备都在疯狂地报错。人类再一次受到自然伟力的冲击。

所有接通的智能通话都同时断了线，人们在忙音之外听到了一声凄厉恐怖的惨叫。那似乎是一个老年男人的声音。

王教授收到了它发来的最后一条信息："救我！"他还没来得及应答，所有的显示屏都黑了下去，网络崩溃了。

扬名的手还按在代表紧急停止的红色按钮上面，心中忐忑，并不知道这么做究竟对不对。

气象管理局的技术人员们呆若木鸡。他们都看到雷电在空中一闪而过，雷声在数秒之后把他们唤醒。

失败了？哦不，消雷居然被一个外行人强行停止，网络全面崩溃，这肯定是一场需要被追责的事故。

技术人员的手无力地瘫软下来，无数报表掉在地面上，发出一声声闷响。

最先反应过来的是负责人，他冲过去拉开谢李扬名的手，给了一巴掌："混蛋！你知道你在干什么吗？国家损失得有多大，你懂个球儿？你个混球儿！"气象管理局的人员冲了上去，在仪器上一阵敲打，似乎在找补救的方法。

扬名呆呆地，他瘫坐在地上，还在担忧那边的情况。成功了吗？

"扬名，进攻停止了！胜利了！"紧急通信频道被临时启用，里面传来了李浅渡的欢呼声。

命运被打破了，人类获得了胜利。

扬名看向忙碌的气象管理局人员，不由得感慨："真是悲喜两重天。"

建军节当日七点四十三分二十二秒，不知名的强人工智能对银行系统的攻击正式停止。但就在两分钟之后，大楼的值班人员发现李红兵院士在实验室内非正常死亡。死亡时他正使用神经入网系统，死因尚需法医检测才可定论。

后　话

这件事情历史上被称作“8·1”雷暴事件。因直接经济损失很大，被划入了特别重大事故，由国务院组成调查组调查，据说有一些相关责任人受到了处罚。事后，国家投入了更大的研究经费，多家研究所开始研究更加有效的消雷技术。

对于人民来说，他们关注的东西更普通。第二天，网络就被全面修复好了，国家似乎早就预料到这种情况，应急预案处置非常迅速。

同日，人民银行和银监会公布了关于银行系统临时调整的公告，数据恢复花了整整一天。这两天内无法使用虚拟货币，现实纸币突然成为了人民喜闻乐见的物品。

同年，某项网络使用限制法案也被提上日程，具体情况要等到下一次会议披露，估计会对现有行业产生巨大的影响。网络上对此加强网络监管的法案多有议论，但脑洞再大的人也无法把它和“8·1”雷暴事件联系起来。

几个月后，李浅渡坐在月光餐厅，等待贵客到来。

王图灵独自赶来，此刻的音乐恰好是节选的命运交响曲。他们准备在这里好好吃一顿，权当庆祝。两个人也算是老交情了，他们边聊边喝，渐渐地有些醉了。

“那个喜欢说‘并不’的年轻人呢？”王教授首先问道。

“他领到一大笔奖金，忙着出去玩了。”

王图灵小心翼翼地问道：“后来就没问题了吗？”

“没有。它真的死了，被雷电杀死了。”

王教授想起来它最后说的那句“救我”，不禁感叹：“其实我们不见得做了件好事，它背后有操纵的人吧？”

李浅渡把手搭在王教授肩上：“不管好坏，我只忠诚于职责。关于这件事，你也是有资格知道的。”

王图灵竖起耳朵，认真聆听。

李浅渡平静地说：“那天，楼上的李红兵院士因为使用神经入网系统，不幸因神经无法承受压力导致脑死亡，被认定为因公殉职。我表示很惋惜。”

王图灵不敢相信让人尊敬的李红兵院士会是幕后黑手：“他为啥要那么做，明明……”

李浅渡无奈道：“这是一场个人实验，由他和他的学生共同开启的实验，但这项实验计划实际上并没有立项审核通过。对他们来说，和我们玩对攻获得材料比赚钱有意思得多。”

“那我们击败的是一群人了？”

“不是，李院士的实验记录被找到了。他记载了每次实验的感受，当进入之后，他就感觉不到自己的存在，比拥有权力和名誉更让人痴迷。毫无疑问，我们击败的是一个真正的强智能。”他顿了顿，“不过，李院士本来只打算进行对攻战。但提高运算权限后，庞大的社会意识实在太强大了，超出了他能控制的范围。根源上来说，人们其实早就厌恶了追逐虚拟金钱带来的压力，社会意识有一种脱离虚拟货币而实现共产主义的愿望。我想，他应该是被社会意识给绑架了。”

两个人沉默了很久。强人工智能可能只是一个技术问题，但它背后还有很多技术无法解决的事情。技术没办法改变一切。时代的变迁摧枯拉朽，任何人都无法阻挡。

“对了，我还有一个问题，强人工智能如此强大，为什么没有预料到你的雷电战术呢？”

王图灵的嘴角划出一个狡猾的弧度：“因为北京这么多年没打过雷，就连平民百姓都认为没有雷电是天经地义的。它所依赖的逻辑判断根本不认为北京会打雷。”

两个人都松了口气，真相大白。

王图灵拿出一本装帧精美的纸质书，标题为《逆向图灵学·修订版》，递给曾经的学生：“我把‘逆向图灵悖论’加进去，重写了一遍。我可以重新开这门课了。”

李浅渡接过书，小心翼翼地收好：“谢谢老师！”

酒过三巡，杯筹交错。

王图灵舌头也大了，嘴巴就把不住关，一不小心展露了乌鸦嘴的本色：“也许事情还没结束，难道就只有我们国家发现了强智能吗？国外的网络可比我国的大得多啊！”

李浅渡吓得酒醒了一半，他抬起头望向夜空，美国人的卫星天天从中国上空划过。他看着没有月亮的天空，仿佛在等待某种并不温情的对视。

北京的夜空蒙上了一层奇怪的阴影。

山村风云

一间瓦房孤零零地立在村口，显得分外的寂寞。

男人们的争吵声从里面传出，几条土狗围绕着屋子上蹿下跳，吼叫着。吵闹并没有很快平息，反倒愈演愈烈。声音变得更加嘈杂，桌椅的声音、女人的尖叫、瓷器的破碎声……

很快，一个黑瘦精壮的男人揪着一个更加白瘦的大男孩儿从门口走了出来，后面跟着一大群看热闹的群众。

“我扇你个小兔崽子！”男人咆哮着，一巴掌呼了上去，在那张脸上留下了一个红印子。

大男孩从地上站起来，躬起身子，眼睛怒视着男人，像是伺机反扑的猛兽。他的头发已经很多天没洗了，散发出油亮的光泽，而那张脸上胡须一片，让人猜不出年龄。

男人伸出手，又是一个大耳刮子。

大男孩被扇得在地上滚了两圈，再也没有刚才那股反抗的勇气。他瑟缩着，任凭哥哥拎小鸡一般地拎起来，然后僵硬地往回走。他恋恋不舍地望了一眼村口的瓦房，心想要不是哥哥来得不凑巧，他差点儿能和把大的，刚好能把今天输的全都赢回来。

哥哥横了他一眼，吓得他赶紧快走了几步。

一

他们的目的地是父亲的房子。

兄弟俩一进房门，就看到家里人整整齐齐地坐着。主座归父亲，他旁边是村里堪称楷模的模范妻子。

兄弟俩坐定。老父亲咳嗽了一声："那么除了老二，我们人到齐了。老四，能准时来不容易啊！"

老四看着老大，咬牙切齿地说："要谢谢大哥说服我。"

大家看着他的脸，自然知道大哥是怎么"说服"的了。

"瞧瞧你那没出息的样儿！我们开会还不是为了你！"父亲恨铁不成钢道，"村头传过来消息，外面的商人要带上等货过来！"

老四正研究自己脸上的印子，却发现大家都盯着他看，不由得心里一虚："什么货？"

"就是你现在最需要的东西。"老大插了句嘴，"你老大不小的了，赶紧成家，生孩子。那商人我熟，村东头许二家的媳妇儿就是找他买的，当时我还去看过。"

老三关切地问道："咋样？"

“好看，贼好看。”老大笑开了花，却被自己妻子掐了一下，“关键是上等货，说是后天的智障，完全不用担心逃跑，也不怕生出傻儿子来。”

父亲说：“听说要 50 万，老大你能不能讲个价？”

“讲不了。我要是讲成了，其他家都会要求降价，到时候他肯定不干了。虽然讲价不成，但我们可以让他多送点东西，反正我听说城里有的是‘货’卖不出去。”大哥谄媚道，“再说降价显得我们家小气，咱们家一样买上等货，却比别人少花钱，会被看不起的。”

老四还是不为所动：“那太贵了，我肯定娶不起。”

“还不是因为你败家，说说看，你账上还有多少钱？”老大斥责道。

老四拿出手机，翻了翻记录，像是被突然烫了一下，整个人都跳起来：“怎么这么少！是不是村里那卢书记又克扣老子的钱？”

“够了！”父亲拍了下桌子，“谁扣你钱了？我们都收到补助了，让你赌赌赌，老婆本都被赌没了。说说看，你家现在除了一间破房，还有啥？”

“不是还有三只老母鸡么……”老四羞愧地低下头，声音越来越低，“再说，爸，您看您身边都没个人照顾……”

“你个腌臜货不花光我的养老金就不错了！还指望你给我养老啊？”父亲听到这话更是气不打一处来。时代变了，换以前小儿子倒是没必要和父母分家，但说实话，现在家家靠着津贴都养得起老，更何况现在分家就有土地，把儿子留在身边大大地不值得。

“好了，别生气。”母亲拦着父亲，顺便给不争气的小儿子使了个眼色。

“慈母多败儿。”父亲顺了口气，“现在我们家凑钱也得让你把老婆给娶咯，不娶也得娶！”

老大被自家媳妇儿捅了一下，突然缓过神来：“那可要从长计议，我家正在关键时期，大棚那边缺，拿不出多少钱啊！”

老三笑了笑：“地主家也没余粮，倒是我们有出息的老二，不知道在哪里逍遥着呢？”

“够了，叽叽歪歪个啥啊？老二是给政府办事儿的人，没他咱家不知道要受多少欺负。”父亲眼看孩子们话中带刺，“我和你妈还有点积蓄，你们俩每人凑个 10 万，不过分吧？”

“十万？”

“十万！”

老大和老三显然反应不太一样。这个数字对老大来说困难了点，但对老三来说，却是绰绰有余。

看到老大还有些疑虑，父亲一句话就把他的借口堵了回去：“现在不种田也不缺钱花，你废那么大劲儿鼓捣大棚做什么？”

就在大家还在品味着这句话的时候，老四却不合时宜地插了一句：“那没我啥事儿了吧？我先走了。”

“站住！”所有人几乎是异口同声地说。

老四被关在家里，坐也不是站也不是。他随便翻开几本旧书，看着满篇的之乎者也抑或“how、what、why、who”毫无兴趣，至于数学或者带些公式的书，他早就拿去烧火了。他拿出手机，但无线网却被父亲掐了，这让他连和网络上的人打牌都做不到。对了，他突然想起来，父亲还有一台老旧的计算机。

老四在家里翻找一番，就连床底都没有放过。一旁负责监视他的母亲也加入了进来，两个人忙活了好一阵子，才在一个标注着“慈善扶贫”的箱子里发现了手提计算机。

打开掉皮的计算机包，计算机看上去很古朴，古朴到老四都不知道该从哪里开机。键盘上的字都被磨损得看不清楚了，光驱已经损坏无法弹出，几个 USB 插口显然也遭受过不同程度的暴力对待。

这东西老二曾经鼓捣过，后来老二去上了县里的高中，成为附近村镇的一号人物，父亲生怕影响他学习，于是又封存了计算机。虽然老三和老四读书不争气，但父亲显然忘了还有这么个东西，于是一直到了现在。

老四一拍脑袋：“妈！这东西看起来挺老的！说不定能卖点钱！”

母亲看了看又破又旧还不知道能不能开机的计算机，连忙摇头：“这么破？还能有人要？”

老四笑了笑：“变卖这事儿我在行，有些东西就是越旧越有人要，你看这计算机，都不知道是哪年的货色，现在早就停产了。”

老四这点本领还是有的，要不然他也凑不够赌资。母亲还是警惕地看着他，确认他不是要借机逃出去之后：“我叫老三看着你，我们不放心你一个人去弄。”

老四谄媚道：“我的好妈妈，我什么时候骗过你啊！”

老三初中毕业后考上了中专，在村里的食品加工厂里上班，算是兄弟三人里比较富裕的了。他前年刚有了一个儿子，也不打算再要一个，现在天天按时下班，下班之后就到处走走，别提多惬意了。他接到母亲的电话，二话没说就掉头来找老四。

只是天色已经晚了，一家人只好吃了顿晚饭，留老三过夜。

一夜无话，第二天天刚蒙蒙亮，老四把旧手提计算机用泡沫塑料和胶带裹了个严严实实，然后用旧箱子装好。他还神秘兮兮地设置了机械密码，搞得这东西很名贵似的。他不知道从哪里搞了两个墨镜，非要老三也戴上。

两兄弟穿上很像正装的休闲服，外加上无比显眼的墨镜，平添了一份滑稽。两人趁着天还没亮，早早地拜别忧心忡忡的母亲。两人在村口坐上去城里的自动班车，除了他们之外车上毫无一人。

老三和老四不像老大那样对城市毫无概念，只是城市的变化还是超出了他们的预计。两个人在大街上新奇地打量着城市，而城市的居民们也好奇地打量着这两位不速之客。比起这些看得见的视线，更多的东西扫略过他们瘦小黝黑的躯体，把他们的全部消息上传到系统。

“老子忘了是哪里了。”老四抱怨道。

老三提着箱子，差点想抡老四脸上：“你小子有谱没谱啊？我可是请了一天的假。”

就在这时，两人面前出现一个方向指示牌。他们沿着方向指示牌看去，发现一条幽深的小路。

“是这儿。”老四肯定道。

老三不喜欢这条路给人的感觉，但此刻倒也没其他地方去。两人一前一后，走了过去。

二

关于那天后来的事情，老三和老四的描述非常统一。

老三眉飞色舞地在酒桌上描绘道：“你猜后来怎么着？那老板一看

到东西，就移不开眼睛了。他说你这东西真的要卖给我？”

“然后呢？”

“我弟弟斜着身子，二郎腿那么一跷。他伸出手指，那城市的大老板居然给他点了根烟。他说啊，‘王老板，既然咱都懂这东西的价格，那生意可就好谈了’。”

“嘿，你那赌鬼老弟还挺能搞事的啊。”

老三乐开了花儿：“那可不啊！他吐出口烟，斜着眼睛看王老板，‘你给开个价吧’。王老板那脸上褶子堆得和菊花似的，伸出一根手指！”

“1 万？”

“10 万？”

“100 万？”

老三一脸不高兴的样子：“你们这些人，怎么都小气吧啦的。城里的大老板，人家能亏待得了人吗？我告诉你们，是 1000 万！”

“噢！”众人大惊。

老三满意于效果，独自抿了口酒。于是，众人纷纷向他敬酒，称赞他有个好弟弟，大家似乎都忘了老四那赌鬼的身份。

不过，老四没和老三一起回来，他在市区里多待了几天。这让他的钱包变得稍微瘪了一点点，但是没有大碍。他回到村口的瓦房，把自己欠的债一五一十地还了。众人早就知道他发达了，于是一个个地劝他来几把。

他一副勉为其难的样子，出手就是几十万买筹码。这一天，他的运气倒是出奇地好，不光没输钱，反倒还赚了十万。

老板笑着和他说：“欢迎再来啊！”

老四笑了笑，大步流星地走回去。

话说回到老四的终身大事上，商人就快要来了。但老四现在心里想法不一样了，他好歹也是十里八乡有头有脸的人物，该明媒正娶一下了。于是，母亲急忙托村里善于说媒的王婆，看看十里八乡的，有没有合适的女孩儿。

王婆苦笑道：“这年头谁家还生闺女？之前生的早就嫁出去了。你说这也怪，已经好些年没听说有女孩儿出生了。”

母亲细细思索，倒还真是，村里去年生了两个，都是男孩儿，往前推几年，也没听说有谁家有女孩儿。

“那城里的也行啊！”母亲如是说。

王婆笑了：“你可拉倒吧！还城里的，那城里的房子一套就得一千多万，你家拿啥配得上？”

于是，母亲把事情回家说了。老大提议道：“那还是得靠商人，就算不是明媒正娶，让他给咱整个好货色，在这十里八乡也给咱长脸不是？”

于是，事情就这么定下来了。老四刚准备回自己屋子，就被老大拦下来。

老大笑得很温和：“老四啊，兄弟我大棚缺点钱……”

“这还用说啥啊？”老四笑着，“要多少，我给。”

“要 82 万。”

“没问题，我现在就给你转。”老四对着手机一顿操作。

老大一会儿看手机，一会儿看老四，那叫一个望眼欲穿。眼看他收到转账说明，笑得更开心了。

老大刚心满意足地离开，老三又来了，他搓着手：“我那边有几个朋友，听说你有门路，想让老四你看看，他们家的货值不值钱。”

“好说好说。”老四一口答应下来，然后径自走进屋子里。突然成为有钱人让他信心大涨，想想那些旧东西，这村里肯定还有不少，到时候自己多收购然后去城里倒腾，简直就是无本万利的事业啊！这样赚钱的感觉，可比在赌场上爽得多。主意打定，他却开始考虑起自己分家之后的生活问题。

理论上来说，分家根本不用个人操心。乡镇里面会统一分配地，包括房子也是。但是和大家一样怎么能体现自己呢？那就只能依靠点其他的东西，比较显眼的如豪车，稍微低调一点的是门口的装饰，再低一些才轮到自己的衣着配饰。老四现在恨不得把房子都镶上金子，生怕别人不知道他有钱。

他用手机查了价格，老式的豪车贵到他可能连轮子都买不起，新式的车倒是便宜，但是都是自动驾驶显不出品位。思来想去，这件事情只好换了种解决方式，他决定租台豪车。

即便只是租车，依旧对老四的钱包产生了巨大的损害。他叫上过去的狐朋狗友，好吃好喝，然后开车兜风，潇洒了好一段时间。大家伙儿觉得这人搞不好真的是有些本事，于是家家都让他去看，有没有合适变卖的东西。

说实话，老四当时也就只是蒙了一把，侥幸蒙对了。论对城市的熟悉，他也就比这些土包子好一点点。之前牛皮吹出去了，这让他不好意思说不懂，于是给村民家的老旧物品都给了相对高的价格。

几天下来，老四就收了两屋子旧东西，而要找他看的人依然络绎不绝。眼看存款数字快速缩水，老四只得去一趟城市，看看这些东西能卖多少。

同样的指示牌，同样的小路，只不过这次他雇了辆车装东西。第二次来这地方，他还算轻车熟路，表面上也装得足够镇定自若。

柜员看了他带来的东西，不由得摇摇头："很可惜，这些东西，本行不收。"

"哪里收？"

"废品厂吧？就是不知道倒闭没，毕竟现在要报废处理的垃圾太少了。"他不顾老四铁青的脸色，自顾自说道。

老四不明白为什么两次来的待遇差距这么大。虽然那堆旧东西里面没有计算机，但是技术含量低一些的平板、手机甚至学习机也是有的。这些东西比计算机还要古老一些，按理说更应该受欢迎才对。

被拒之门外，老四心想干脆去找所谓的废品厂，能弄回点钱是点。弄完这些，他也不敢在花销昂贵的城市停留，急匆匆地回村了。

话说，恰好这档口，一家人期待的商人来了。经常来村子里的商人就那么三个，在村子里的人都还挺熟的。今天来的商人姓钱，是三个商人中来得最频繁的。

钱商人在城市里大概不能算好人，他每次带过来的东西都是带了些邪乎劲儿的，比如说来历不明的小药片还有神神秘秘的手机卡，再比如说从各方面满足村里人需求的城市儿媳妇。

但是，村里从来不会有人责备这些商人没良心。不管他们贩卖的东西有多么违法犯禁，但没有他们村子大概早就不在了。村子里还活着的老人都在怀念那个年代，年轻的男孩儿女孩儿都出去打工了，城市的繁华让他们忘却了家里的半亩薄田……至于为什么他们最终还回到村子，这些老人大多闪烁其词地说是怀念故土，顺便控诉大城市里人情冷漠，但真相是什么，谁都不点破。但有一件事情是肯定的，就算是村里的女孩儿，也没人愿意再嫁回村子。

曾经一度，村子里的人家都走空了。城里派来了工作组，收购了各家名义上仍然拥有的土地。一场大拆迁之后，按照保护水土的要求，这里被种上了郁郁葱葱的树林。只可惜这些树林还没来得及成材，这群村民又回来了。相比较于之前的农村，历史遗留问题倒是少了不少，方便搞新的分配。很快，在大机械的轰鸣声下，一个自给自足的农村又回来了。

人们回来了，商人们也跟着回来了。现在的钱商人，那时候还是个吃奶嘴的娃娃，但他老爹可几乎是无人不知，无人不晓。

钱二代继承了他老爹的衣钵，他开着一辆古董款式的豪车，悍然停在村口。他倒也不免俗，到赌场里来上两把。钱二代下注很随性，当然自然是输多赢少。但他也不在意输赢，只是顺便打听风声。

这十里八村的消息都通过这赌馆汇入到钱二代的耳朵里，当然钱二代出现的事情也通过赌馆的闲散人士传到了村里。

三

老四还没到村口，就被家里人的夺命连环电话给拉住了，不得不放弃小赌怡情的想法，立马前往父母家里。

等到他到的时候，钱二代已经和父母吃上茶了。钱商人瞟了一眼火急火燎的老四，立刻知道谁是正主了。

钱二代从口袋里拿出个老式的平板，然后介绍道：“这次就一个，就是还在医院里住院，这彩礼就是替人付了住院费。”

父亲和母亲看了眼平板上的照片，一个看起来就很清纯可人的姑娘，没有特别的姿势，就是微微笑着，拍照技术倒也不甚高明，显得非常生活化。他们招呼老四，老四于是围了过来，看了一眼。

说实话，老四这么大，也不是没见过女人，只是大部分见到的都是某种艺术类影片，生活中除了其他人家的妻子倒真没见过。这张照片他看了觉得非常满意，脸上不自觉地产生了某种红晕。

钱二代察言观色，觉得这生意多半跑不了，于是原本谦恭的姿态也变得自矜起来。他微微地咳嗽一声：“只是不便宜啊……”

“这是什么话？担心我们家给不起吗？”父亲脾气暴，一下子被激将了起来。

母亲连忙打圆场：“我们家也是家境殷实，钱的问题您不用担心。”

“只是……”钱二代知道后面还有其他的问题。

“这人都还没贩过来，万一病没治好。我们这钱……”母亲的疑虑在这里，山村里还是坚信财货两清的交易方式。

钱二代像是被冒犯到了，一下子跳将起来：“瞎说什么！谁贩人了？现在是法治社会，我可不做那犯法的缺德买卖。”

“那城里的小姑娘怎么愿意来村里生活呢？”老四是见过城里的样子的，要不是他没钱，肯定是不愿意回来的。

钱二代笑了笑：“你们不懂城里人的风尚。这城里房子租金又贵，没山没水，风景不佳，大家都想着去村里过田园生活。瞧瞧你们这儿，活脱脱的世外桃源啊。”

“不不，我了解城里人，他们只是嘴上说说。”老四又说道。

钱二代坐了下来，露出高深莫测的笑容：“你们不了解。城里人喜欢举债买东西，家家户户如此。长久一来，总有几户不堪重负的。这可怜闺女，又生得大病，父母无力支付医疗费。你们帮忙救助，一来救人一命胜造七级浮屠，二来，人家感恩戴德，立下借据，也就不用担心有些人远遁逃走。”

最早的时候，村里来了外面的女人，几乎家家都帮着看住，免得人逃跑。等到了钱二代长大来做生意，反倒不需要人看了，也从没有逃跑的事情。一家三人满意地点了点头，一直以来的疑惑也被解答了，正准备接下去谈生意呢，这时老大从外面进来了。

老大知道现在在谈老四的人生大事，但他脸上青一块儿紫一块儿的，也没法让人忽略。

母亲关切地问他究竟出了什么事情。

老大虽然怕打搅了大家的兴致，但也不得不说了实话。原来他雇了辆车运输大棚的材料，半路被同村的张麻子家给拦下来了，非说这车经过他们场地，搅扰了风水，要赔钱。

老大气不打一处来，从来没听说过过个车都要搅扰风水的。他知道张麻子家纯粹是吃饱了撑的没事干，外加上两家的积怨，于是挥着锄头来了个全武行。自然当时张家人多，老大没占到便宜，现在车子还被堵在路上。

说到两家的积怨，由来已久。两家的地相邻，去年就因为中间作为分界的水沟闹了不愉快。老大见土沟没种东西浪费，于是种了一排水稻，第二天张家就种了两排水稻。两家就像要示威一样，到后来干脆开始拔对方的水稻……

后来事情的解决有赖于村里的调解，干脆把水沟浇筑了水泥沟，这下子两家都没法在沟里种地。只是浇筑水沟的钱，两家又扯皮了两个月。

老大开始搭建大棚，张麻子一直不以为然，甚至公然冷嘲热讽。但是眼看着老大的大棚规模越来越大，张家却一句话都不说了。老大还以为张家是转了性，没想到还是露出狐狸尾巴。

家里人听说这事儿，也是群情激奋，恨不得立刻去讨个说法。只是眼下老三还不知道在哪里鬼混，老二不在村里，事出突然大家也没有准备。

“不能忍，现在退一步，他们就敢再进一步，再退一步，他们就敢骑我们脑袋上撒尿。”

除了钱二代，其他人纷纷对老大的话表示赞同。

钱二代说：“那这笔生意，我们何时谈？”

“用不了多久，今天谈。”父亲直接下了结论。

一家人行动了起来。父亲去找村里有些声望的人，充当调停人。老大去叫老三，顺便找来几个和自己要好的朋友充场面。老四就更积极了，他去村口的赌场，叫上几号平时混得不错的小年轻，各个拿着木棍之类的武器，由于大家都知道老四发财了，响应的人不少。

光老四带来的人就把张家吓得够呛，纷纷躲到屋子里，把大门锁上。但老四可不满足于别人当缩头乌龟，找到石头板砖就让人往房子上扔。要不是因为防爆玻璃普及化，恐怕这屋子的窗户都不保了。

眼看敌人龟缩不出，老四和他的伙伴们又使出了常用招数，在门口大骂，甚至有人脱下裤子嘲讽张家是没种的人。张家的小辈果然忍耐不住，双方冲出来一小阵乱斗，各自都有些人挂了彩。当然，老四他们还是占了人多的便宜，打赢仗之后，他给小弟们发了些红包，于是人人欢喜。

父亲负责善后，他带来和两家关系都还不错的老人，对两家各打五十大板。当然由于是老张家先挑事，而且也没打得过人，这五十大板比较结实地砸到老张家身上。父亲觉得特别长面子，感慨这不成器的老四倒也不错，难得地用欣赏的眼光看着老四。

晚上，母亲做了一顿非常丰盛的大餐，全家除了老二一家都聚到一起，外加上钱二代，好好地吃了一顿。今天的大胜仗让一家人多多少少都有些膨胀，于是和钱二代的讨论更加热烈了一些。

他们好好了解了这姑娘的情况，还和前几年来的媳妇们比较了一番。在确认这次的货色比之前的好上不少之后，一家人心满意足，对于高额的费用似乎也不太想讲价。在父母亲看来，现在家里有钱而且风头正盛，为老四娶妻绝对不能省，要显出家里的风光来。

老四听着听着，突然感觉事情有点不对。他可没告诉家里实际的经济状况，但他也不便说出真相。

钱二代听说老四突然暴富，眼看他们不压价，也是很开心。当下，他又推出了附带的服务，城里人式的婚嫁服务一条龙，甚至孩子出生后的特殊护理套餐。

老四听着听着头上冒出了冷汗，他知道不能任由家里人阔气下去，于是引开了话题，就是问究竟什么时候人能来。

钱二代笑了笑："放心，我钱家这些年来做生意，童叟无欺。如果病没能治好，那我全额退款。这病也不严重，明天动手术，一个月就可以养好，现在的特效药多，恢复起来快。”

家里人对此很满意，很快，大家看了钱二代带来的合同，纷繁复杂的条款让一家人都很头大，于是也没提什么问题，爽快地签字付了定金。

等到钱二代走了，一家人坐在一起开始计划怎么大操大办。老四这次很上心，一笔一笔地记下来。他当时估算出一个数字，显然他还差那么二十万。

这数字说起来不大，如果他把之前借出去的钱要回来，远远不止二十万。但这村里，人情社会，从来都是借钱容易还钱难。

老四只能打老大的主意，老大的八十二万元，只要吐出来一些，也就够了。他和老大讲东讲西，最后才绕到大棚上。

老大这才交了底：“多亏你借的钱，我全花出去，恰恰好够买器材和种子。”

“啊，那就好。”老四面色不佳，本来想开口的事情也没能说出口。

四

留给老四的时间不多了。这一个月来，他突然变得低调了起来，也没去赌玩。家里人纷纷夸老四，说他是快成家，终于懂得收性了。

但老四却是有苦说不出啊。他在自己收的破铜烂铁里面到处翻找，希望能有些能对上城里人的爱好。上次进城的悲惨经历让他有些畏手畏脚。

对了！他想起来钱二代说城里人兴借债，那么，为什么他不能借债呢？反正村里给每个人都有补助，过日子还是足够的，他还能去打点工，只要借的钱不多，肯定还得上。唯一的问题是，他该拿什么来当抵押物，房子？那些破烂货？自己的器官？

怀着一堆想法，他再次进了城。他觉得城市仿佛有种魔力，只要他想去哪里，城市似乎总为他指好了路。

又是一条小巷，泛着危险的气息。老四进了一家所谓的农商银行，办事员非常热络地向他推荐理财产品。

老四明说想贷款。

办事员更加活络了，拿出一批贷款产品的宣传单，给他讲政策。这些产品已经不单单是贷款，有的甚至加上了理财和保险的功能。

理财、分红、贴现、利率、保底……老四听到这些话，头都大了。他只是问，要什么东西当抵押物呢？

办事员仔细审查了老四带来的材料，然后说："土地的使用权，但是您居住的地方太偏僻，没有价值。有样东西，倒是可以。"

"什么？"

"您的个人信用。"

老四被办事员的话惊到了，他不知道个人信用也能拿来贷款，这倒是真稀奇。

办事员给他继续解释，意思是在城市里，现在若没有信用，就是寸步难行，连车票都买不了，所以这看起来很虚无的东西反倒最值钱。他还强调，老四虽然长期不在城市生活，但如果信用被挂了红牌，也会有很多麻烦，起码不可能去当职工了。

老四恍然大悟，他于是追问在城里丢掉信用的人该怎么办。

办事员瘆人地笑了笑，没有具体回答："八仙过海，各显神通呗。"

老四又多问了几句，才了解到有些城里人不得不下了乡，起码在乡下还能有补助。他联想到自己的未来媳妇儿，若有所思。于是，他用自己的信用，贷了 50 万元，5 年还清。

时日变换，老四终于迎来了媳妇儿。他们一家就着这事儿狠狠地操办一番，甚至连结了仇的张麻子家都送了请帖。而这次娶媳妇儿的花销早就由嘴巴靠不住的老三传了出去。老三还时常在前几年刚娶妻的人家面前说起来，说得那些人家酸不溜丢地还不好说话。

老四现在终于体会到了成亲的喜庆，在他面前是最后一道防御。由媳妇儿娘家人和亲朋组成的防线顶住了新房的大门，而外面的则是老四的亲朋们，各个搞得像要攻城一番。里面人要求老四又是唱歌又是表白，问题老四也是才见过女方两三面，根本谈不上感情，连名字都没太记得住。

于是，一干亲朋好友只能用抢了。他们扛着早就准备好的木头，开始冲击城门。

这场闹剧以新房的大门报销为结局，女方的女生们也多少受了点乡下人粗鄙带来的委屈。老四自己被众人拥了进去，然后是更加恶俗地闹洞房。把闹哄哄的人群送走，老四赶紧叫来自家兄弟安个新门，再拉上帘子，这才有洞房花烛的气氛。

女人的日光有些呆滞，似乎还在想着越来越远的城市生活。老四也不是什么矫情的人，想起父兄的教导，于是果断行了正事。

他听到门外听墙角的人被老大一哄而散，放下心来。

然后，一切都顺理成章。老四进了厂子，天天上班。没过几个月，他就告诉父兄，说媳妇儿有喜了。

于是，母亲立马住到老四家，对着媳妇儿和老四就是一顿教育，顺便把活计都揽到自己身上。过了几天，差不多到了时间，他们带着媳妇儿去检查。钱二代给他们介绍了个好去处，能查孩子的性别，还能给孩子做亲子鉴定。

这种事情不得不防。为了防止脑袋上冒青光，老四很坚决地做了鉴定。在得到孩子是个男孩儿，而且还确定是自己的种之后，老四开心地蹦了起来。他对媳妇儿也越来越好，当牛做马也不在话下，称谓也从婆娘变成了花花，花花是媳妇儿的小名。

儿子出生，大家早就查好了名字，给孩子取了个喜庆的名字，但是在家里还是叫贱名大狗，以免运气不好。

仅仅过了两年，花花又怀上了。老四这次处理起来有经验多了，孩子的贱名就叫二狗。一家人对花花甚是满意，要知道两个男孩儿将来就是两个男人，男人多了就是力量，绝对让老张家讨不了好处。

这几年，老大搞大棚赚了点钱，而老张家偶尔来搞点小破坏。老大感觉自家下一代人多，兵强马壮，于是主动上门挑事。他挖了条新道，让水无法从水泥渠里过去，等于垄断了灌溉用水，于是两家又是打架又是磋商地闹腾了好一阵子。

老四白天做工还贷款，晚上回家老婆孩子热炕头。稳定的生活让他差点忘了自己曾经是什么鬼样子，有时候也现身说法，有学有样地教训当年一起鬼混的兄弟们。如果没有某件事情，大概他会一直这么活下去。

问题还是出在张麻子家。张麻子家可气不过老大最近的举动，他们觉得这家人仗着人多，已经在他们脑袋上撒尿了。新仇旧恨，他们气不过。可是论人数，老张家还真不是对手，下一代也不是对手。

那怎么办？

他们想到了让钱二代搞点违禁的东西，那些药虽然贵了点，但撒到地里保证颗粒无收，降解后也难找到出处。而且现在老大家还垄断着水渠，直接通过渠水投进去，也祸害不到自家田地。老张家非常得意，立刻行动了起来。

他们确实成功了。老大很快发现田地里的异状，但是以为是闹病，只是喷洒了点农药。但很快，整片大棚都出了问题。老大如丧考妣，呼天抢地，指桑骂槐地说老张家。老大捧着泥土，但一想到去城里化验的费用，有些踌躇。他还欠着老四八十二万元，更是气短。

但是，老大认定了这事情就是隔壁家做的好事，于是去召集自家兄弟。

这次，老二依旧没来，但剩下来三家兄弟都是同仇敌忾。老四这几年平稳日子过下来，也不像原来有号召力，更何况他们这次有点师出无名，毕竟没有直接证据。人数虽然少了一些，但老大还是觉得胜券在握，于是带队杀了过去。

这次是全家上阵，男人女人除了小孩儿，连老大家在上初中的孩子都上了。老张家也是有准备的，人数虽然少，但是武器准备得更多。双方约好地点，大战一番。

按照规矩，武器以钝器为主，最大的杀伤力无非是在武器上面老锈的钉子。但张家的年轻一辈儿可还记得上次的屈辱，偷偷地藏了几把刀在身上。

战端一起，很快从群斗变成了乱斗。张家小辈儿颇有冲劲儿，打得对方大乱，他们见攻势顺利，又是一阵怪叫，掏出了刀子。

老四脸色一沉，他身上挨了几棍子，知道不是这些小子的对手，于是拉着老婆，开始跑路。对方也不放过他们，一路追来。老四现在生活逍遥，肉也长多了，就是跑也跑不过，于是和妻子两个人打一个追击的张家小子。

张家小子挥着一把西瓜刀，虎虎生风，很快把老四的棍棒砍得到处是缝。眼看老公抵挡不住，花花不由得帮忙抵挡，只是使用的长棍虫蛀朽蚀，竟然被一下子踢断了。

张家小子下手没有轻重，反手就是一刀。花花只得用手抵挡，只见一片肉被削去，立马见了血。

老四怒吼一声，感觉眼睛充血，挥舞着棍棒冲了上去。张家小子自知是过分了，又惊又怕，赶紧拔腿逃跑，只是把刀扔了。

老四追出去三十米，但越追离对方越远，于是放弃了，取回对方行凶的西瓜刀，返回查看花花的情况。

五

如果这刀砍在自己身上，老四大概不会有这么大的怒火。但现在，花花帮他在家里挣到了面子，可比自己金贵多了。他快步冲了回来，却发现花花呆愣在那边。

他要查看伤口，花花先是不让。但老四力气更大，捉住了手臂，看到了伤口。

伤口处没有想象中那么多血，按理说，削掉那么一块肉，应该是血流如注了。更加奇怪的是，他发现伤口竟然有些金属的光泽，有些东西烧焦的味道。

他放开手臂，不可置信地退了两步，正好踩到飞出去的那片肉上。他拿起来“肉”，然后不由得跌坐在地上。一种不可思议的可能性出现在他的脑海中。

花花的表情在他看来，似乎变得更加呆滞了一点点。

“你是机器人？”老四自己回到了这个问题，“你是机器人。”

花花突然捂住脸，然后像是突然反应过来一般：“我不是！我不是！我是你的媳妇儿啊！”

“那这只手怎么解释？”

“我得了重病，这是替换的机械手。”

老四问道：“就只有这只手臂吗？”

“是的。”

“装一个要多少钱？”

花花似乎思考了一下：“十万一只。”

她下一秒发出了一声惨叫，因为自己的一只手飞了出去。

老四从未如此残忍过，但他愿意花十万去买真相。他用刚刚那把西瓜刀，砍去了花花的右臂，这只手臂不是受伤的那只。

伤口是流了一点血，但是不多。断面处，机器人式的骨架清晰可见。老四知道这是高科技，他拿起飞出去的那只手，试着往断面处安回去，果然一安回去，骨头就接上了，而伤口在以某种方式愈合，就连那块飞出去的肉在放回伤口后也在快速愈合。

“你是机器人。”他下了结论，笑容可掬，“做得可真像是真的。”

他开始思索起这件事情该怎么处理，这事情不方便现在说，但是钱二代肯定是逃不了了。这个奸商是个骗子，而且可能不止骗了自己一家人。

老四需要个帮手，但想来想去只有老三合适，毕竟两个人在兄弟里也算是最亲的那种。

他当夜就把老三叫到自己家。老三今天也负了伤，但不严重，不太情愿地来了老四家。他大惊失色地看着老四砍下妻子花花的手臂，然后看到断面处，吓得一下子晕了过去。

老四对他又是掐人中，又是心肺复苏的，差点儿没把老三整得骨折。

老三醒过来之后，才意识到问题的严重性，毕竟他的媳妇儿也是几年前找钱二代买的，说不定……

这可是明明白白的欺诈啊！老三明白过来，当下就告辞回家。于是，安静的山村里又多了一声尖叫。

第二天，老三和老四都没去上工。他们聚在河边，抽着烟。

老三眼睛红了，他看着老四：“我们都被蒙在鼓里。”

“这事儿不能就这么完了！”

“对！不能！”

两个人合计了一下，要找钱二代报仇。但是在怎么报仇上，两个人又思索了一番。老四主张不如先去村里查查看，是不是大家的媳妇儿都是这种情况。

老四回到久违的赌场，这次他真是来打听消息的。他大概问了问就知道有哪几家人是靠着钱二代娶的媳妇儿，其中恰好有他们的仇家张麻子家。

张麻子小儿子的媳妇儿，大约十年前娶进门的。老三老四晚上埋伏在她下班的必经之路上，趁着对方下车，质问对方是不是机器人。

趁着她愣神的工夫，老三捂住对方的嘴，老四拿着刀对着对方的小指头就是一刀，反正弄错了也能再接上，不贵。

果然，张麻子家的小儿媳也是机器人。

干了一次就有第二次，兄弟俩越来越熟练。他们知道凡是这些机器人最怕人怀疑他们是机器人，于是先问是不是机器人，然后再割手指查看，如果是机器人，查看完把手指装上去，几分钟内就能愈合好，根本看不出来。

只是，他们越检查越心寒，他们就没有发现一个真的人类，全是高仿真的机器人。只是，他们从外界得来的知识，却从未告诉他们，机器人也能生孩子。

下一个问题来了，他们的孩子呢？首先孩子是不是真的，其次，孩子是不是自己的，毕竟当初的亲子鉴定也是钱二代推荐的地方做的，保不齐和钱二代就是一丘之貉。老三老四合计了一会儿，觉得只有城里能信任，于是两人凑钱，由老四去城里大医院做检查。

老四带着二狗去了城里，第一次体验到城里人的生活压力，巨额的费用差点让他打道回府。但是眼前的问题太重要了，他只好又一次贷了款。他想着，大不了这笔钱从钱二代身上拿回来。

鉴定的结果说孩子是亲生的。老四反倒疑神疑鬼，和城里的医生探讨机器人能不能生孩子。

“您是说代孕机器人吧？”医生笑了笑，“这东西目前算是在灰色地带，不提倡，也没有全面禁止。申领的手续比较复杂，而且说实话一般人也不需要。城里培养孩子太花钱了，结婚的费用与之相比反倒是小数字。”

老四心想，难不成这玩意儿就是专门替他们这些农村单身佬准备的？难怪钱二代那么笃定他贩人不犯法，也笃定这些女人不会逃跑。想到这里，他更加坚定了要整钱二代一顿的心思。

他带着二狗回去，向老三通报了好消息。只是老三还是疑神疑鬼，他甚至开始怀疑自己是不是机器人，于是扎了自己一刀，血流如注。

老四阻止了老三再扎一刀的打算，并告诉他，起码孩子是没有问题的，自己肯定也是没有问题的。两个人把心思放到怎么利用这件事情从钱二代那里讨钱回来，如果讨不回来，如何发动村民让钱二代吃瘪。

计划谋定，两兄弟回家准备。老三自然也需要修养一阵子，待刀伤好了再动手。而老四作的准备更加的多，他开始全方位地研究自己的妻子花花。对花花的温存劲儿消失了，当得知自己的女人是机器人的那一刻起，他一直伪装的假面目就消失了。

老四觉得自己现在无比地接近变态，他的刀几乎割过妻子身体的所有位置。他把重活儿都交给妻子，自己在家吃喝玩乐，稍有不快就是一阵打骂。他发现妻子具有优良的耐心，无论他如何下重手，总是能恢复，而无论他如何羞辱，妻子也不会反弹。难怪，村里已经很多年没听说女方闹离婚的，这产品还真是耐用啊。

当然，也有人看出了老四的变化。母亲来到老四家劝儿子对儿媳妇好点，却被老四上下打量的眼神吓得浑身发毛，她如果知道儿子的打算，怕会立马晕过去。

老四差点就动手了，他的性情经过最近一段时间，相当乖戾。但是，他一想到母亲就算是机器人，也是养育自己的母亲，良知还是抑制住了自己的行动。母亲走后，他把不快全部发泄在自己妻子身上，质问她是不是向母亲诉苦了。

老四其实明白的，这些机器人不会诉苦的，他只是想动手而已。

这样子的日子没过多久，钱二代要来的消息传来了。

六

钱二代在赌场里坐着，随意下了两注。他听说村里又有两家想娶亲，开心地笑了。他完全没有意识到会有危险降临在自己头上。

钱二代走出门去，突然遇到看起来火急火燎的老四。

“哎哟，这是怎么了？”钱二代如是说。

“不好了，我妻子得了重病，怎么都起不来，还一直抽搐。”

“你这该去医院啊！”钱二代刚说出口，突然意识到问题不妙，“等等，你妻子是……”

“花花。”

钱二代想起来了，他知道这个事情必须赶紧处理，难道是产品质量出了问题？看这种症状，要么是电池出了问题，要么……他立马赔了个笑脸：“可能是怪病复发了，赶紧带我去你家，人由我送市里去治，医药费我包。”

老四一副很感谢的样子，坐上了钱二代的豪车。

两个人路上没有什么话。

钱二代似乎比老四还要着急，直接进了老四的家门，只是他刚冲进门，就感觉挨了一棍子，突然两眼一黑，昏了过去。

钱二代再次醒来的时候，他被绑在一张凳子上，似乎是为了防止他逃跑，对方用了好几根绳子，打了很多的结。当然，他醒来并不好受，因为老四给他来了一刀，割破了他的指头。十指连心，他痛得差点又昏过去。

好不容易他才搞清楚情况。钱二代看到老三和老四面色不善地站在昏暗的灯光下，满含着笑意。

“是真人就好办了。”老四如是说。

“你们干什么？这是犯法的啊！”钱二代说道。

“那你骗我们不犯法吗？”

钱二代吼道：“我一直诚信经营，你们的媳妇儿还是我给帮忙的呢！你们儿子都生了几个了！”

老三老四同时说：“我们就是说的这件事情。”

钱二代不自觉地抖了一下，他张了张嘴，看了下老四，又看了眼老三，他突然说：“你们在开玩笑吗？快放开我，要不然我要报警了啊！”

“你试试看。”

钱二代换成了哭腔：“大爷们啦，我不知道你们在说什么？我也是上有老下有小，要钱也行，求你们快放了我。”

“看来你是不见棺材不落泪啊。”老四走了出去，不一会儿带着花花进来。在钱二代的面前，老四手起刀落。他拿着手臂，放在钱二代的眼睛前，让后者胆战心惊的。

钱二代知道他们懂了，于是也不再抵赖：“我是骗了你们。可是这也是高科技产品啊，会做饭，会干活，能生儿子，逆来顺受，哪点不合你们意了？”

老三第一次开口了：“我们要娶的是人，不是这种生育机器。”

“你们要的不就是生育机器吗？”

老三老四一时间语塞，于是两个人左右开弓，对着钱二代就是一顿老拳。

钱二代被打得哼哼唧唧，态度好了很多：“两位爷，我错了，你们要多少，我赔。这生意做亏了，我赔不就是了……”他说着说着，哭了起来。

老四玩着刀，把花花的胳膊装了回去。他阴深深地笑了：“这可不成，全村那么多家都受骗了，你觉得我说出去会怎么样？”

钱二代心想大不了我下次不来村里了呗，有本事你们去城里闹啊。但他下一秒意识到，这兄弟俩是借机要挟他。他说：“你们帮我保密，咳咳，我也该给你们保密费，这是商业机密嘛。”

两兄弟都笑了。钱二代跟着笑，但牵动到伤口，又是一阵呻吟。

下面是一阵讨价还价，其实说不上讨价还价，而是两兄弟一直加价罢了。钱二代本着息事宁人的态度，也是曲意附和，他打算争取一下付款方式，反正只要他逃出生天，大可以不理会这城下之盟，甚至还可以报警。

钱二代于是说：“这我家里还有贷款，没多少流动资金，能不能分期付给你们。我还是想继续做买卖的，只要你们不说出去。”

兄弟俩却并不理会，硬是要他一下子拿出钱来，一次当面付清。

钱二代继续找借口说账户里余财不多啊云云。老四知道他可能是拖延，于是拿着刀在钱二代露出来的皮肤上轻轻划拉，说："要不你打开账户，我们看看有多少钱，要是钱不够，我就划几刀抵账，要是钱够，我割你点东西当纪念。"

横竖都是要挨刀子。钱二代心想这家伙说不定真做得出来，当下就蔫了，于是也不提分期的事情，而是强调二人一定要帮他守住秘密。

于是一切说好，两兄弟给钱二代放开一只手，方便他在监视下转钱。

钱二代还抱着分期的希望，当下转过去一笔款子，然后又说："我现钱真不够，两位大爷，我的秘密握在您手上，难道我还能赖账吗？"

他得到了否定的答复，又不方便开自己其他的账户汇款，那样就暴露了，说不定还要再多花点。钱二代只好说找自己的亲友借钱，当然这一切都在两兄弟的监视下进行。

钱二代这下子也体会到了借钱的困难，他调动了几乎所有的关系，也没能借来足够的数量。两兄弟也开始等得不耐烦起来。

钱二代开始冒冷汗，他开始考虑要不打开自己其他的账户，但是潜在的风险让他无法决定。直觉告诉他，这两个人就是欲壑难填的恶狼，是魔鬼。

他转念一想，突然说："要不，我拿货物抵价？"

"货？"老三似乎很感兴趣。

老四没好气地说："我对你的货可没兴趣，有了钱什么货买不到？"

钱二代笑了笑："你们这些井底之蛙就是见识短。你们以为这些机器人是好贩运的？城里人想要的话不知道要打通多少关节，我帮你们做成这事情，还要被你们威胁，真是倒了血霉了。"

"那你说说看，这东西到底怎么难运？"

钱二代一听有机会，也不再隐瞒，把城里人对代育机器人的各种争议和规定说了一番，甚至还把原理说了一下。

代育机器人确实挺高科技，融合了过去家政机器人、恋爱机器人、生育机器人，外加上高端的拟人化技术。机器人的伪生殖道后面就是一个筛选机，把进来的精子筛选，按照程序决定是否人工授精。至于卵子，用的是通用模板基因，外加上通用线粒体，保证不会有太显著的遗传病，也保证和父本的相似度，这样生出来的孩子孕育下一代似乎也没有什么问题。

只是这样的集成机器人很触动城里人的伦理底线。因为这样复杂的功能，似乎能完全替代女性，而且从一定程度上冲击了女性独有的生育权利。于是这个问题就像月经一样，时不时地被拿出来讨论一番，过一段时间又偃旗息鼓了。

好在有人终于想到这玩意儿的妙用，于是有了特事特办的商人们，钱二代就是这样的二代商人，他们有着和前代商人完全不一样的身份。

钱二代自豪地表示，自己是经过认证的，从手续上完全合情合理合法的，只不过欺骗了兄弟俩的知情权而已。他颇为得意地看着连连点头的老三，心想说不定能混过去。只可惜，他的如意算盘再一次落空了。

老四说了一句话："为什么我们不能生女孩儿呢？"

老三恍然大悟："对啊，好多年了，我们都不能生女孩儿。要是这东西真有你说得那么好，为什么呢？"

钱二代想哭，但他到现在都没能喝到一口水，感觉眼泪都流干了。他暗恨自己嘴贱，早知道一开始老实给钱不就完了？他只好说出了真相：

"因为代育机器人被调试过了，她们的筛选能保证下一代是男性。"

"为什么这么做？"

"你们不是喜欢男孩子传宗接代吗？"钱二代被问急了，反问道。

老四笑了笑："不，我就是喜欢女孩子怎么办？快说，为什么这么做？"

"因为都是男孩子，你们下一代还会需要我们的服务。要是你们女孩子多起来，还不愿意进城嫁娶的话，我们就没有生意做了。"

这是个合情合理的解释。老三和老四咬耳朵讨论了一会儿，似乎有什么新的打算。老四说话比较多，老三听了连连点头，似乎很是赞同。

七

老三最后宣布了他们的新要求，当然这个要求让钱二代又肉疼了一会儿。他要求钱二代给他们各带来一个只能生女孩儿的代育机器人，然后为了防止商人说话不算话，他们将把商人的豪车扣下来，直到机器人帮两兄弟生出第一个女孩儿为止。

老四事先查过资料，这车的价格可是相当高，拿它当抵押物，不怕钱二代反悔。等到一切完成后，老三老四将豪车完璧归赵，然后各家守口如瓶，毫不相欠。

钱二代唯唯诺诺地答应了要求，先出去要紧，至于兄弟俩的要求，也不算非常难的事情。只是他不太理解，这兄弟俩是抽了什么风？

老三志得意满分到了钱，他开着作为抵押物的豪车回了家。老四把战战兢兢的钱二代送回村口，让他坐车回城里办事。

一切事情办妥，老四才松了口气。其实很多时候，他也有些犹豫，怕自己下不去手。好在他们俩兄弟演得还挺像回事。现在，自己又有钱了。他只想去村口狠狠地赌一把，虽然他知道自己绝对是输多胜少。

他算是看明白了，作为赌客，他不可能赢过庄家。那么，城里的庄家究竟希望人们下注在哪里呢？他知道老三只是看到了眼前的蝇头小利，而他不一样。他从一开始就不是个安分守己的老实人，也不是个容易满足的人。既然有了更大的赌桌，为何不赌一把呢？

生育是一种权利，而这种权利，现在正前所未有地可能被他们掌握。等到十几年后，他们名下会有多少个女儿，而村里面能有多少人家？到时候，他们把真相再抖出来……

他甚至开始思考，让三哥分一个能生女孩儿的机器人，是不是对自己未来有威胁。如果……他摇了摇头，自己不该对亲兄弟有这样的想法。

仿佛为了排除脑海中的想法，老四狂赌了三天，然后叫上当初那些不成器的朋友，大喝了一顿酒。

而钱二代很快就返回来了，他只是想更快拿回自己的豪车，怕两个土包子把东西弄坏了。两家各自得到了一个新女人，当然这事情也不能声张，要不然在村里名声就臭了。

钱二代得到两兄弟的保证，又回去了。

十一个月之后，老三家生下一个女儿。只是这一次他们家搞得颇为神秘，过了好几天才宣布消息。为了防止被村民们看出来异常，老三已经很久没碰过自己的机器人妻子了，而是耐心地等待女孩儿降生。

钱二代听到消息来村里庆贺，然后领走了自己的豪车。只是他还是来晚了一些，他注意到豪车里面的一些配件被换掉了，这让他愤怒不已。

过了两个月，老四家也诞生了一个女婴。这消息在村里不胫而走，只是各家倒没有往那个方向想。

当然，天下总有不透风的墙。村里人发现了两兄弟的鬼鬼祟祟，家里也总有房间被封上。至于养小三的传言，也渐渐出现了。过了段时间，老三似乎实在受不了了，干脆光明正大起来。大家看到他多了个妻子，又是鄙视，但又羡慕。众人除了兄弟外，都刻意疏远了老三家。

只是这好日子没过多久，又被意外给打断了。

老四赶到现场的时候，老三已经说不出话来。他被人胖揍了一顿，场面极其残忍，除了骨折和颈椎断裂之外，他陷入了长久的昏迷。人后来被接回了家，但是只能由家里人照顾。

老大找老四嚼舌头，说会不会是张麻子家怀恨在心，虽然两家这几年安稳了点。老四却知道，真正的罪魁祸首绝对不是张麻子家，两家可没有这样的深仇大恨。那么，只可能是那个人了。

老四喝酒喝得烂醉如泥，还总在村里说胡话，冷嘲热讽张麻子家动了手。这样的行为自然被很多人传了个遍，感慨这老四命苦，老三更命苦。

话说，钱二代又回到了村里，他以为自己没有暴露，甚至还回到作案地点参观回味了一番。他很庆幸偏远山村里没有监控，要不然他哪能如此无法无天。他还假惺惺地上门探望，看着沉睡不醒的老三，他笑而不语，为报了一箭之仇而得意。其实，他也打算对老四下手，只是现在还不方便。

只是，他突然听到外面有些吵闹声。

钱二代觉得有些不妙，他冲出去，发现外面全是面色不善的男性村民，不过里面没看到老四的身影。但是，他觉得还是很不妙。

他退了进去，锁上了门，心想车还在外面，如果上了车，说不定还有机会跑掉。他决定到楼上去，先观察清楚形势，然后找个不错的角度逃走。再说，他也不是毫无准备，身上就有电击棒和辣椒水，如果人少绝对不成问题。

他爬到二楼，看到远处有一个人，看体型不是这家的儿童。那人转过头来，盯着钱二代，露出刻骨的恨意。

钱二代知道对方是谁了，不是冤家不聚首，但是现在他有巨大的优势。他一手拿一个防身武器，发出一声怪叫就冲了上去。

咚！钱二代只觉得脚下一空，然后陷了下去。刻骨的疼痛从脚踝和大腿处传来，他被迫丢掉了用来自保的武器，心想这下子完了。

他听到上楼的声音，暴怒的村民们正在向他走来，他们拿着各式各样的武器。而这边，没有任何监控。他会消失在这里。钱二代惨然一笑，疼晕了过去。

钱二代没有死，只是被囚禁了起来。而村子的广场上，一场审判却在进行着。一个又一个的女人被拉到场上，由自家男人确定是否是机器人。那些拿着刀的男人们有些之前还是所谓的耙耳朵，现在却个个一脸凶相。一旦他们确认了事实，发现了那些不属于人类的东西，病态般的潮红将爬满他们的脸上和眼睛里。在众人鼓舞般的吼叫下，他们亲手结束了朝夕相处的代育机器人，把她们砸成了稀巴烂。

这里仿佛人间炼狱，但没有任何人死亡。他们只是在拆解着不需要的机器，就像拆卸汽车的熟练工。

散碎的肢体碎落在地面上，一些关键的部件被某些人偷偷藏起来。这些事情和人们的吼叫声，回荡在这片场地上。

自然，老一代女人中有真正的人类。她们目睹了惨状，在得救之后大哭了起来。她们当中不少人都失去了曾经生存的环境。曾经，这座山村依靠着代育机器人，达到过和谐，完成了火种的传递。她们理解自己的丈夫和儿子们的行为，但是不理解这种被煽动下的残忍。即便那些只是机器人，那也是孩子们的母亲啊……

审判进行到了老四的女人身上。老四早就把两个能生女孩儿的代育机器人藏了起来，此刻他自信地走上台子，在众目睽睽之下拿起了刀子，众人在看着他的行动。

他快速地下了刀，血流如注。女人抱着手臂痛哭，还大骂他没良心。他摊摊手：“是个真人，我运气不错。”

众人露出羡慕嫉妒的表情，但一想到要是没有老四，可能自己还被蒙在鼓里呢，于是也就没有说什么。审判结束，所有人都有些意兴阑珊。他们没能把愤怒移动到更远的地方上，只是所有人都开始考虑自己的出路。

年轻的一代们知道自己毫无选择，留在这里也只能和机器人们过虚假的田园生活。他们当晚就有人打包了行李，把孩子交给父亲养育，打算去城里闯荡。“真正的女人在城里。”有人这么对自己的父亲说，得到了父亲的谅解。

他们都明白，去城里立足有多么的困难。但他们毫无选择，因为延续后代似乎是刻在基因里面的魔咒，虽然自己通过机器人有了下一代，但是下一代该怎么办呢？于是为了生活，新一代的农民工们誓师了。

村里的人口一下子寥落起来，村口的赌场也关门了，因为老板娘被发现是机器人，老板回家之后竟然自杀了。

当然，全村现在声望最高的是老四家，他家娶到了真正的女人，而且还有了女儿，他还是揭露真相的英雄。

老四把花花带回到卧室，他看着逃过一劫的机器人女人，没有好气地说："我帮你混过关只是为了她们，我新生的女儿们，不能没有一个名义上的娘。"

花花对此无动于衷，似乎也不感激他出手相救。这种情况没有写在她的程序里。

他摇了摇头："和你说也没用。"

"然后你要做什么？"

老四笑了笑："我要养一群女儿，等到他们长大了，我能通过女儿们把那些人家的财富集中到我的手上。至于我的孩子，将成为新的城里人。"

"是吗？"花花不置可否。

八

老四还有一个棘手的问题，那就是被囚禁的钱二代。由于村里面的青壮们纷纷出去打工，照顾孩子们的事情归属各家的老一辈儿，而这大活人自然归了老四。

老四自然知道钱二代的事情不好处理。村里时常还有外面人过来，万一谁多嘴说出去了，再万一钱二代的家人来找他怎么办？到时候，若被人发现自己家就囚禁着大活人，岂不是要进大牢。

他只好折磨钱二代，让他说出家里的底细，看看有谁，以便应对。经过反复拷问，老四终于搞清楚，钱二代就一个娘还在世，他到现在也不过是打着光棍，本来钱二代还有个女朋友，打算再攒个三五年的钱，就能考虑贷款结婚了。完成全部的审讯，老四花了一年，在这三年期间，他已经又多拥有了一个儿子和两个女儿。

应该不会有人想起钱二代了吧？老四突然想到，能不能冒用钱的身份，去城里买点东西，反正钱二代账号里面的钱不用白不用。

钱二代被折磨怕了，告诉他是可以的，只要带上自己的手机，再把手臂上植入的识别芯片装到自己身上。老四于是照做了，然后关照妻子，看好钱二代，别让他死，也别让他逃跑了。

做完这些，他开着钱二代的豪车去往城里。

城市的繁华生活，他开心地想着。一路上他看到了自己的同乡们，比较惨的甚至在睡大街，不时地被扫地机器人们驱逐着。

他玩了很多付费的项目，反正花的不是自己的钱。识别芯片帮他打开手机，而只要有了手机，这座城市畅通无阻。

只是有些事情很奇怪，比如他当时典当计算机和贷款的地方。这些地方似乎在钱二代的手机上根本不存在。

见鬼了。老四努了努嘴，他知道，城市里也是有很多秘密的，只是他还不知道。这天晚上，他正在酒店里百无聊赖地玩着手机，突然手机屏幕亮了一下，他感觉周围的环境一下子变了，自己的样子也变了。现在自己是西装革履的钱二代，手上拿着酒杯。这边有不少人，大多数都是和自己相似的打扮，当然也有女性，只是相对来说少一点点。

他有些摸不着头脑，不少人和他碰杯，似乎和他很熟的样子。他们纷纷说着祝贺的话语，搞得老四莫名其妙。

灯光突然集中到舞台中心，一个人凭空地那么出现了，吓得老四差点把酒杯扔出去。他转念一想，这莫非和前几天的电影一样，是某种投影？于是镇定了下来。

大家都停止了动作，然后那人开始了演讲。

老四有点不太听得明白那文绉绉的措辞，反正大概意思是城市人口已经下降到危险的临界点，养老保险和负债情况都非常危险，城市需要新的血液。后面则是如何让城市拥有新的血液，大概意思是让更多的人进城。

然后是一番成绩通报，大概这些人都管着某个片区。最后，那人盯着老四，说道："恭喜钱邈，他是本季度的业绩之星。"

等等？我？老四非常疑惑，但想到自己现在扮演着钱二代，还是要有所表示的。周围人开始鼓掌，他说："谢谢领导的栽培，谢谢各位的支持。"

这句话似乎效果不错。

那人继续说："大家要像钱邈学习，让各个片区的人们走出来，到城里来谋生活！"

会议在欢声笑语中结束。老四退出了那个奇妙的环境，身边还是自己身处的酒店，只有手机正在发烫，仿佛在告诉他，刚刚的一切都是真的。他本能地感觉到不妙，只是阅历的缺乏让他无法预测究竟发生了什么。

就在这时，门外有人敲门。

老四打开了门，然后感觉大脑一片空白。

钱二代和老四的妻子们站在外面，后面还跟着一些警察。

钱二代和老四都被抓了起来，只是前者更加气定神闲一点。老四感觉受到了背叛，他的妻子们背叛了他，背叛了孩子的生父。他转念想到，这些东西不过是机器人，哪里有所谓的感情。他居然会愚蠢到机器人懂得他的恩情，愿意维持所谓的家庭！他狼狈地大笑，被人扭送走了。

事情被查清楚了，两个人都有罪责，当然钱二代被判得更重，毕竟他对老三做的事情更严重一点。老四也被判了十几年，等他出来，自己的孩子们就该长大了。

老四被转运了好几次，终于进了一家监狱。有趣的是，钱二代居然也在此服刑。由于人口太少，就连罪犯都很少，这里的罪犯来自五湖四海，生活除了没有自由，倒也不错。

钱二代自然和老四不对付，但其他人愿意和颇有传奇色彩的老四攀谈，告诉老四更多的事情，关于代育机器人，也关于城市。原来代育机器人本来是为了缓解城市人口下降而搞出来的东西，反正是机器人，男性获取机器人也不需要承担太多的社会责任和心理压力，不用把生育搞得那么复杂。但是即便如此，城市也没得到更高的生育率，城市男性似乎对延续血脉失去兴致，外加上女性同胞们的反对，这事情也就慢慢失去了支持，直到在某方面找到了新的应用。

联想起自己之前的经历，老四似乎有种不好的想法。如果说城市人口在自杀式地减少，那么他们的作用呢？

不知道过了多久，老四突然被叫到会客厅，来的居然是当时审讯过他的检察官。检察官笑容可掬：“有些事情还没来得及问清楚。您冒充钱邈的身份，参与过年度总结会，对吗？”

老四的瞳孔因为恐惧而骤然缩小。

尾　声

再次回到山村的时候，老四有点不太认识家乡了。他坐在车上，好几次误以为到了村口的树林，但事实证明，他的家乡还在远处。

这让他觉得非常不可思议，细问司机他才知道，这一片原本都是市区里的，现在都被改回成了农村，并重新划分到了县里。

他往窗外望去，到处都是一片新农村般的繁华景色。

好不容易，他回到了村口，新修了一条超长超宽的大道。在这边停了一家小型客机，客机上下来许多人。

老四放眼望去，看到有些相似的外貌，才明白过来这些人是自己的后辈们，特地来迎接老人的。

饭桌上，大家伙儿十分热烈，纷纷说明自己在哪里做些什么，引得老四颇有些自豪。然后进入到了自由讨论的阶段，老四边吃边听后辈们谈天说地。只听见某个孙子辈说道××镇的地方要拆迁，将来会是商业区，现在买房子该去哪里哪里买，以后升值潜力大。

老四听不太懂，心想这都是年轻人的事情，由他们去吧！

狩猎长老

序　　幕

这该死的下雨天！我掐着表，从租住处赶往学校。

“嗖——”，一发电磁子弹在我面前穿透了他的胸膛。一位看起来很慈祥的老人双手还保持着递出一本书的姿势。他倒在了斑马线上，鲜血从弹孔处汩汩流出。

他距离我不到一米，恰好站在我面前，双眼瞪着我站立的方向。圆睁的双眼带着某种不甘和无奈，仿佛在指责站在一旁的我。包裹掉在了地上，他艰难地扭过头，闭上眼睛，面带安详，仿佛得到了解脱。

在他的身后，一个年轻的女孩儿抱住了头，被吓得“哇哇”大哭。而更多的人和我一样，只是呆呆地看着这场变故。

红绿灯转换，尸体依旧横在路中央，还有呆若木鸡的我们。雨下大了，仿佛在哭泣。

“嗖——”，第二枪，那个一直跟在我身后的男人也倒了下去。我感受到了电磁子弹飞过的强烈气劲。这种枪最远可以在十公里外洞穿人的大脑，号称是改变陆战方式的跨时代武器。而我知道，在空旷的地方，只要被那黑洞洞的枪口盯上，绝对没有可能逃脱。

我只感觉裤子一湿，闻到了一股难以言喻的臭味。人类的本能，真是令人作呕到了极点。我跪坐在寒冷的地面上，在等待着判决，或者说某种叫作命运的东西。

我真的做错了什么吗？在这个和平已久年代，我不管做什么都不至于被除以枪决的极刑吧？

就在我担心下一发子弹洞穿大脑的时候，一伙儿穿着防暴服的警察沿着大路跑来，整齐的脚步声，仿佛一辆势如破竹的战车，破开越来越大的雨幕。他们开始收拾遗体，就像我对这个国家的了解一样，冷酷而熟练。

“对不起，让您受惊了。刚刚我们为了保护你们免受恐怖分子的威胁，不得不选择了远程击毙的作战方式。”那是一名青年警官，长相正直有风度。他伸出手，把我从地上拉起来。

“这是我的名片，我叫阿部秀一郎，联邦警视厅特殊对策课的。哦，原来您是留学生。”他扫描了我的信息，继续说：“本次行动对您造成的一切损失、误工费、精神诊疗费甚至精神损失费，我们都可以按照规定赔偿。有什么需要的话请务必联系我，真的非常非常对不起！”他说完这些又去扶女孩儿。

而我，什么都听不进去，再说我日语本就不好，现在还在预科恶补语言能力。老人中枪倒下的画面在我眼前循环播放，他张了张嘴，仿佛要说什么。

“长老，必须被狩猎！”似乎是长官的人对阿部如是说，他从老人的手中拽过包裹。因为用力太大，一本书从里面掉出。满是手写字迹的书本落地，溅起了一片血、雨和泥尘的混合物。

Elder，翻译过来应该是德高望重的老人，也就是长老，我听到这句话，出人意料地理解了它的含义。

耳朵里面只剩下了雨声，这该死的下雨天。

一

多年以后，我留学归国，在安全部门工作。除去调查事件的时间，我总是习惯去城市猎人酒吧来一杯伏特加，然后一坐就是小半个晚上。

我就像大部分无能改变现状的人一样，一边享受着生活，一边号叫着生活玷污理想和信念。明明只有二十多岁，我却像三十岁的大叔一般，散发出忧郁深沉的腐朽气质，仿佛刚刚做旧出土的仿造文物。

虽然也有人很受用这种感觉，比如说她——陈雅丽，和我差不多大的年龄，差不多的留学经历，外加差不多的物质条件，还有差不多的兴趣爱好。不用朋友们反复灌输提醒，我也觉得她绝对足够让我倾尽存款，办一场盛大的结婚典礼，然后拖着疲劳的身体，飞向国外，来个充实而饱含快感的激情蜜月，最后拖着各种土特产回国，重新面对油盐酱醋的生活。

“喜欢我的礼物吗？”她说。

“喜欢。”我想起来她送给我的男士用品三件套，利用品牌的首字母拼成我的英文名 Bob。如果不是她自己告诉我谜底，我完全猜不出来。

“你在想什么？”她问道，一边抚摸我拿着酒杯的左手。

“什么都没想。”

她笑着说：“可是你的样子总觉得你什么都在想。”

“是吗？”我故作神秘地一笑，“其实我这个人很空的，哪有那么多的思考。”

“我懂，我也一样。不过，看起来你工作不顺心。”

我喝了一口酒：“你怎么看出来的？”

“因为你每次不高兴，都会拿左手拿杯子。李浅渡，搞不好你本来应该是个左撇子。”她和我调笑着，红晕仿佛从她的手上传染过来，爬上了我的脸庞。

我笑了笑，把剩下的酒一干而尽，顺便打一个响指，示意酒保再来一杯：“左撇子啊？那种潜质已经是历史了。现在，如你所见，我习惯用右手。”

“谁知道呢？历史的真相本来就很难说。”她笑了笑，不再出声，而是俯瞰着整座城市——东南亚共和国河内市的美好夜景。

她想知道我的故事，从眼神里面我看得出来。我仔细斟酌了一下措辞：“我真的是一名猎人。”

“有人狩猎财，有人狩猎色，有人狩猎权势，有人狩猎名字，还有人狩猎真相，你狩猎什么？”她微微笑。

我没有正面回答问题：“反正是种很让人矛盾的东西，我想还是不告诉你细节为好。你还记得那个老人吗？”

她缩回了手，鲜艳的红唇和淡淡的粉底掩盖住了苍白。看来，即便是过了再久，那样的记忆在她心中依旧没有褪色。

她突然站了起来，仿佛要对整个城市来一个拥抱。她说：“这该死的下雨天。”

说完这些，她有些兴趣索然，自顾自地喝起了果酒。

“抱歉。”我淡淡道，但并不放在心上，“你说说看你的工作吧，最近研究进行得如何？”

“不怎么样。”她侧过脸，露出精致的妆容，“之前打算去参加一个国际会议，但想想还是算了。研究我们这行的，好多成果都是不会公布出来的。比起这个，最近最火的话题你知道吗？”

“什么话题？”我顺手接过她对话题的选择，事实上我们一直很有默契。

“有人发起一个讨论，说到底哪个朝代能算是我国的历史正统。”

我转了转眼珠，回顾似是而非的历史知识：“这还真难说。”

她握紧了拳头，露出愤怒的表情：“竟然有人说，第一个正统政权是赵佗，然后好多人就反驳，他明明就只是一个为祸一时的外国侵略者，哪里能代表我国的正统！”

“哦？不要在意，赵佗不就是那个带着几十万秦兵，被安阳王打败的家伙嘛！说这话的人多半是国外颠覆势力的，我们就没少处理过这种人。要说我们国家的历史，最早能一直达到中国的长江流域，只可惜后来没守住。”我想起来历史书上那张地图，春秋的越国，最强盛的时候吞并了吴，具有广袤的土地，拥有霸主的称号，让人心潮澎湃。比起当时的疆域来，不论是后来的越南还是现在的东南亚共和国，统统只像是地方政权。

然后我们聊到了起义反抗中国入侵者的二征女将，还有后来统一全国，击败中国侵略势力的吴权大帝，心情舒畅了很多。

杯中的酒很快空了。我发出了邀约："最近有空吗？"

"今天可以有，看某人现在在想什么了。"

"什么都没想。"我笑着回应道，然后伸出手拉住她，给了她一个热吻。在这个世界上，有很多东西都会随着时光褪色，唯独她总让我青春永在。

二

联合行动开始，这是少见的多边行动，指挥部里面一片繁忙。应日本联邦帝国的要求，我们不得不允许日本人也踏上我们的土地，参加行动。事实上，我国也没有更好的选择，日本联邦的地盘北至库页岛，南边一直达到马六甲海峡，几乎控制了东亚地区所有的海上出路。

更不幸的事情是，对方的领队是我的老熟人——阿部秀一郎。

阿部秀一郎长得越发的日本人了，原本的风度变成了一种犀利如刀的东西，仿佛随便碰一碰就会被割伤。在离开日本之后，我总觉得可以因为见不到他而松一口气，毕竟在我不太长的人生中，有那么一次尴尬羞惭到无法言语的遭遇。

"日本联邦帝国警视厅特殊对策课课长阿部秀一郎，向您报告。"阿部课长带着一队日本警官，排着整齐的队伍走来，气势异常强大。从第三次世界大战以来，日本人一直带着这种骄傲，无论在哪里。他们的青少年沐浴在胜利的荣光之下，精神焕发。

部长作为总指挥官，凝视我们，然后说：“我宣布，联合行动‘狩猎长老’现在正式开始，各组开始行动。”

“是！”

各个行动组从各个驻地出发，开始了抓捕。我也跟着阿部秀一郎，前往国立中央大学抓捕涉嫌参与长老行动的中村直树教授。

这是多年以后，我再次和长老面对面。我上下打量着他，举枪对准眉心：“中村直树教授，您因为涉嫌参与长老集团被捕。”

中村直树冷静异常，不惧黑洞洞的枪口，缓缓地喝完面前的茶。据我们所知，中村生活习惯良好，热爱书法，而且一直喜爱茶道。他放下茶杯：“我只是一名大学教授而已。”

“我知道。”我把逮捕令放在桌子上，上面大大小小的电子章盖了十多个，足够有说明力，“事实上，我对您也是相当尊敬。您有权利叫律师，甚至申请保释，但必须先得和我们走一趟。我们对于您的逮捕，是拥有正当手续的，希望您配合。”

他认真看着我的眼睛，似乎认同了我的认真，大度地笑了笑：“明白了，我会跟着你们走。但我的博士生们还在等待我的指导意见，请允许我为他们寻找一名指导者，只需要一个电话的时间。”

语毕，他拨通了一个号码，电话里面传来等待的忙音。忙音停止，出现的却是一个我很熟悉的声音：“喂？”

中村直树猛地站了起来：“你是谁？他怎么了？”

“噢！你说后藤君啊，我说他熟人还真是多，刚刚十分钟起码接了五个电话。中村教授，比起后藤雅人名誉教授，你还是先担心一下自己吧。反正参与长老的人都会被捕，如果你表现好点，充当污点证人，我们可以适当优待。”

中村跌坐在座位上，刚刚那一次站立似乎消耗尽了他所有的体力。

我接过中村的手机：“部长，中村已经被捕了。”

“浅渡，做好心理准备。”语毕，他挂断了通信。

心理准备？

同事们给中村扣上手铐，不过实际上这一行为的象征意义更大一点。只要进入了我们的控制，无论什么人都不可能逃逸。

中村直树用仇恨的眼神看向我：“你们，是在毁灭人类的希望。长老，是人类的良知！你们知道的历史是被篡改的，只有我们能告诉你们真相。”

我摊摊手：“长老？听起来像是什么神秘组织的东西。不好意思，我们只按照命令行动。少勇，带上车。”

部下押着中村，缓缓走出国立中央大学生物系的大楼。大楼门口，中村教授课题组的研究生和博士生们静静默立，整齐画一地向老师鞠躬。

不知道是哪位同学起的头：“不能让他们带走中村老师！”喧闹很快演化成了推搡，人群互相推挤，于是原本秩序井然的送别变成了一场小型骚乱。

“中村老师犯了什么法？”

“老师是个好人，你们不能抓他！”

“无良警察，你们的手续在哪里？我们要看！”

“这件事情绝对有问题啊，同学们，不能放他们走！”

我一听这话头都大了。法不责众，是我们最怕遇到的情况。尤其是大学生们，社会经验毕竟少，比较热血耿直，容易被煽动，闹起事来相当有架势。更何况，中村教授作为他们的导师，能提供的东西远比想象的多。

学生们和学校保卫处开始推搡，逐渐把我和周少勇逼到一边。眼看形势严重，中村教授也非常焦急。他转过身，腰杆笔直，准备说话。

就在此刻，一发子弹不知从何处飞来，轻巧地在风间穿梭，仿佛顽皮的精灵，径直穿透了他的胸膛。中村教授倒下时还保持着向同学们演讲时的手势。

鲜血喷涌而出，他的尸体躺倒在地上。看到这惨烈的一幕，学生们发出了尖叫声，四散奔逃。这种杀人的方式，我比任何人都要熟悉。超视距的射击，子弹利用自旋产生的磁力在磁场中闪转腾挪，经常能无视障碍击杀十数公里外的人。对羔羊一般的平民来说，这种射击的最大优势是能制造巨大的恐惧。

中村死了。一直担心的事情还是发生了，这也是我不喜欢和日本人合作的原因。同样的手法有生之年竟然还能再见一次，我跪坐在地上。

多少年前的那一幕仿佛重现，曾经的梦魇从记忆的闸门倾泻而出，我仿佛听到了雨声。在这个大晴天里，我竟然听到了雨声。

“收队。”阿部秀一郎说道，“长老，必须被狩猎！”

三

“你喝得太多了！我可不喜欢醉酒闹事的男人！”她坐在我面前，从我的角度看过去，她太迷人了。

这本就是她迷人的原因之一，当你醉眼朦胧之时，本能无法忽略的原因。在城市猎人酒吧里面，她是最好的猎手，起码对我而言是的。

“雨天又来了。”我说道，再次玩起了耍酷的伎俩。

而她面无表情，只是喝果酒：“今天没下雨。你在想什么？”

“我什么都没想。”我如是说。

她叹了一口气：“忽然觉得什么都不想的男人有点腻了。”

“你大可以离这样的人远一点。”我打了个响指，示意再来一杯。

“你怎么可能什么都不想呢？有些东西，是伪装都伪装不了的。既然你这么想醉，干杯。”她举起了酒杯。

我笑了：“那还是算了。我稍微想点东西吧，中村直树已经死了。”

“他？”陈雅丽捂住了嘴巴，“怎么会？”

我斜着嘴笑了笑，仿佛在笑她的肤浅：“因为雨天又来了，走投无路的猎物在大庭广众之下被射杀。你说那些长老们究竟是为了什么，宁愿冒着被杀死的危险，也要去坚持着历史的真实？”

她看起来有些寂寥：“中村老师也曾经指导过我，那是一段不错的回忆。我之前说过，所有人都在狩猎，名利、钱色、权势或者其他，但也有人狩猎真实。在那个下雨天，我们都看到了真实，而无数的人并不知道。真实其实很宝贵的。比起日本联邦政府，我相信长老们才更接近真实吧？”

是啊是啊，真实确实超级宝贵的，长老们也绝对比日本政府可信。就像明明什么都想的我却只会说什么都不想；就像光天化日之下发生的血案被说成是击毙恐怖分子。我们这些知道真实的人因为真实而痛苦，抱在一起互舔伤口，可是这又有什么意义呢？世界依旧在运转，她依旧会深爱我，我依旧喜欢她。一个一无所知的人才能快乐地生长，而知道得越多就只能想得越多。

长老们绝对知道得很多，但还坚持真实，才会进入被追杀的名单。知道真实和坚持真实的勇气，互相之间也相差了很多。就我的观察而言，长老大多数是刚直正经的学术派，大多不思变通而勇气可嘉。比起他们，阿部孝一郎简直就是豺狼。

我摇了摇头："那件事情，其实有一段时间我已经忘记了。我按照心理医生的说法，把那天的细节重新梳理，越想越觉得，其实那只是一个梦。那天我只是正常坐车赶到学校上课，半路在车上睡着了。"

"可是你上学不用坐车啊。"她睁大了眼睛，好奇地打量着我。她掰开了我握着酒杯的手，把我的伏特加喝掉了一点。

"可是我就是想象要有辆车。你知道那种子弹在面对有磁性的物体的时候效果会打折扣。想象着有辆车，我会觉得好舒心。那种安全沉醉的感觉，你应该能理解的。"

"那后来怎么又想起来真相了呢？"

我顿了顿，打了个嗝儿。酒劲已经上来了，眼前的女人的形象也越发模糊起来。我说："因为它总会时不时地浮出来，尤其我工作时面临各种匪夷所思的真相。它总是告诉我，这才是真的，如果否定它，就好像我从来没存在过！雅丽，我总觉得如果一直躲避下去，我就只能当一个懦夫。男人的世界，历史的真实，从来都是充满血腥的。"

"能这么想，你已经很接近勇士了。"她摸着我的手，"这该死的下雨天，让我们拥抱取暖吧。"

"这该死的下雨天。"

第二天起来，她一脸安静地睡在我旁边，抱着我。在记忆中，她总是会不自觉蜷缩起身体，仿佛在瑟瑟发抖。

因为我能成为一名勇士了吗？我早该面对现实了。我爱她，她爱我，我们拥有一样的经历，有共同的一切，本来就应该在一起。但是我总是在害怕，怕看到她的脸会想起那个“哇哇”大哭的大女孩，想起老人死不瞑目的脸，想起呼啸而过的风声，想起大小便失禁时的恶臭。

我找到纸笔，给她留下一句话：“等事情过去我就娶你，亲爱的。”我想起闲书里常调侃说配角只要说了类似的话，就会很危险。我不禁笑了起来，又在字条后面加了俏皮的简笔画。

中村教授被杀死了，这绝对不是简单的事情。为什么日本人只参与了抓捕中村的行动组，不惜冒着外交风险也要杀死他呢？

整个事件绝对比我想象的要复杂得多。在冰冷的城市里面，我也终于成为了猎人，狩猎某种类似真实的东西。

下一步的行动是秘密抓捕某些将要从国际会议归国的长老——知名学者吴志权，被誉为国内基因革命的领军人物，科学院的新晋院士，从任何角度来说都是举足轻重的人物。

四

U8347 航班从英国出发，飞往俄罗斯。白色的客机涂着欧洲航空公司的标志，如同鲲鹏巨鸟，穿越过英吉利海峡，飞过这片国家林立、文化繁荣的土地。

机长无比熟悉这条航线，历经十多年积攒的经验仿佛本能一样，刻印在脑海。他也处理过很多非常糟糕的情况，毕竟和大自然的力量相比，人类的造物总是有些不稳定。

但人类也造了一些好东西，比如说他女儿的先天缺陷，就被新型的基因疗法治愈了。据说，疗法的基础来自于北极科考的第一个发现，被称为弥补进化史的重要里程碑。以后不光是遗传病，人类只要想，随便改变天生的外貌也不是不可能。

机长知道飞机上坐着一群前去参加会议的基因工程的科学家。这群家伙从上飞机前就开始给他添麻烦，弄到了特殊的批文，声称要运送非常贵重的实验物品。总之，他们的那堆特殊实验品都老老实实地躺在货舱里面了，只求高空气流们手下留情。

就在这时，他感觉到整个飞机一震，然后开始剧烈地抖动。好几个指示灯在疯狂地猛闪，内压降低，系统自动封闭了好几个舱门。

他没有弄清楚情况，但这不重要。他有过处理险情的经验，就算是肾上腺素疯狂飙高，也能保持冷静。短短一秒之内，他知道发生了什么，后机舱门似乎出现了故障，在半空中打开了，好在系统反应及时。

就在这时，最不希望的东西却出现了。平流层的风向大多数时间很稳定，但偶尔也会有强对流气流。

飞机猛地一震，临空解体。机长突然明白到底发生了什么，不到两秒钟内他被扯成了碎片。那些重要的货物，也在空中解体。无数的样本，随着平流层大气开始旅行，散落到世界各地。

就在我们紧锣密鼓地组织抓捕的时候，一个消息突然打乱了我们所有的部署。隶属于欧洲航空的班机 U8347 满载着二百三十九人在西欧上空坠毁了，无一幸存。其中恰好有三十九名原定去参加国际会议的学者。本来归国就被抓捕的吴志权就在飞机上。而且，据可靠消息，也有其他国家的长老成员在本次空难中丧生。

又死了一名长老。仿佛不光是我们，就连命运这种东西都在狩猎长老。指挥部弥漫着终于松了一口气的气氛。

“吴志权死了。”我如是说道。

陈雅丽脸色变得惨白：“他竟然也……前一段时间他刚来我们所里指导工作。他也在你们的追捕名单上？”

我点点头：“没错，这是中村教授死前三年的工作总结，我希望你能帮我看一下，他在研究什么。吴志权的问题，我现在还没有材料。”

太巧合了，中村刚刚死亡几天就发生坠机。无数的线索纷繁复杂，但巧合太多了。我无法凭借表象去判断，是否真的是单纯的偶然。

她收下材料：“你在怀疑什么？”

“肯定不是巧合。根据我多年的经验，你能想得多离奇，真相就有多离奇。”我看向了窗外，仿佛在沉思。

只是简单地扫了一眼资料，她就高兴得像个孩子一般：“天啦，原来中村的研究方向这么宽泛。还有这个，美国人在上次战争时开发的人工编码病毒，唯一的缺陷是繁殖几十代之后就会自然崩解，现在经常被用来转入基因物质。”

看样子雅丽会很喜欢这份工作，我就放心了。时间不等人，我前往长老们被集中看管的监禁所。

后藤雅人，前一轮被捕的长老中职务最高的。严格来说，他是前来政治避难的日本专家的头领。

我还是第一次见到他的真容。经过好几天的监禁，后藤却仿佛和正常生活一样，谦和的态度中隐含着自信。

“中村直树死了，你知道吗？”

他嘴角微微抽动：“我知道。你想知道什么？”

“为什么唯独中村被直接枪杀了，你们的国家在试图隐瞒什么？”

他苦笑：“我对此同样一无所知。我们的国家几乎想隐藏所有事情，第二次世界大战的惨败、南京大屠杀、第三次世界大战的残酷、借清除奸细的名义对各国原住民的残酷屠杀，强行吞并夏威夷、印度尼西亚和文莱……”

我知道他说的大概都是事实，但这些对我毫无用处：“根据你的了解，中村和哪些人关系比较好，我并不是想继续狩猎。查明日本政府想隐瞒的真相对我诱惑更大，作为笼中鸟，你的选择不多。”

他对我微笑，仿佛在犹豫：“你能够诚实地面对真相吗？比如说你们的国家在很长的年代里一直被中国的朝代统治，就算是后来独立了，也长期成为藩属国。安阳王没能打退赵佗，反倒是赵佗打败了他，建立了割据政权……”

“够了！你到底烦不烦！我想问你的只是中村，阿部秀一郎在我面前枪崩了他，就像好几年前在我面前发生的一样。那时候我被吓得大小便失禁，但那好歹是在他的国家。现在，就在这里，这是对我的侮辱！你知道血淋淋的伤疤被揭开的感觉吗？”我朝着他咆哮道，口水喷出好几寸远。

后藤安静地等待我说完：“我知道，真相就是这样的。明明它远远没有你期待的那么好，明明你一直相信的东西都是错误的，但它是真实存在的。所有的人都习惯于粉饰，让原本惨烈的真相看起来更加情有可原。”无论后藤说什么，都是一副淡然的样子。这种自信甚至于自负的样子让我感觉到了嫉妒。

他的神情感染到了我：“知道了真相又有什么意义？”

“中国有句古语，前事不忘后事之师。篡改的历史会把人、社会甚至民族引向偏执，诱发思想上的怪兽，最终把国家推向毁灭的深渊。曾经有一个远比现在美好的年代，大部分国家都尊重历史，文化和平地交融，人们勇敢地面对战争的伤痛，思考人性的光辉。这才是我们长老存在的意义！我们会公平公正地记录历史，绝不背叛各国人民为人类作出的努力！长老，是人类的良知！”他陈述着观念，没有丝毫动摇。

五

我承认，他说得实在太对太好了。但是，也许就是因此长老们才会被作为一个集体被狩猎，就像盗取火种的普罗米修斯，或者中国历史上一心光复江山的岳飞。

卑劣的人们只能选择把对自己不利的东西除掉，无论是用篡改还是抹杀。但是，大部分人都会和我一样，无条件地服从多年的知识教育，服从集体的期望，满足国家的需求。即便知道长老们记录的真相又如何？难道他们能判断得出真假吗？在这个国家大于一切的年代，个人的意志力真的能反抗国家吗？

他看到了我的动摇："年轻人，你以为长老天生就是长老吗？唉，老了。中村第一次和我见面的时候还是一个刚上大学的小子，他是因为吴志权教授的邀请才选择来到东南亚共和国。还有一个人，名字叫阿部永秀，历史学家，现在在澳大利亚避难。阿部秀一郎，他是阿部永秀的独子。"

提起这个名字，似乎让他非常不舒服："我们谈得够多了，下次再聊吧，回见。"

阿部永秀？这倒是一条非常有趣的情报，我铭记在心。

城市猎人酒吧热闹了不少，和往常不一样，一群大学生们近乎包了场，发出聒噪的欢笑声。我依旧坐在最边上，等待她的到来。但一直到我把一杯伏特加喝完，她都没有出现。

会不会出什么事情了？但也许更可能是专注于研究我给的资料了，毕竟那些东西可不是一般途径能得到的。

太热闹了！我不喜欢这样的环境，也没有耐心等待其他女人上钩。趁着没想再来一杯，我离开了酒吧。

这个季节，河内市总是下雨。

调查进展顺利。阿部永秀，原日本联邦帝国东京大学教授，知名的历史学者，后来因为参与长老集团被捕入狱。但是，他和天皇的关系比较好，不久得到了特赦，但不允许他继续在日本居住。后来，阿部永秀先前往澳大利亚墨尔本，后在澳洲近海地区买下一座无人岛，长期居住，只不过再也没在学术圈发声。

在好几天之后，通过我们部门和澳大利亚相关方面的合作关系，我甚至获得了阿部永秀的联络方式和居住地址，我打算过几天去探查一下。

唯一的问题是，等了好几天，我还是没有看到陈雅丽。这几天她就像从世界上蒸发了一样，难道她因为我的原因遭遇到了不测。

三杯酒下肚，我的身体越发的虚浮了，而那么可怕的猜测却越发的清晰。是否我一直不愿意正视那些细节，忽略了事实真相呢？

想到这里，我从城市猎人酒吧跑出去，恰好这时又下起了雨。雨水滑腻腻的，和以往的有些不一样。这个点，找计程车也不容易。我放弃了打伞防雨的念头，一路冲向往她家。

敲门，没人应答，自动电表的数字比起我上次来没有增加太多。她是一个恋床的人，到其他地方从来都睡不着，加上没有安全感，总是喜欢开灯开音响睡觉，是一个习惯浪费电的女人。

此刻，我对她的了解仿佛毒药一般地倾泻而出。我喉咙干哑，害怕失去她，越发害怕面对可能的真相。

不！我应该面对真相，事实就发生在那里，它从来不会因为我知不知道而改变。历史是个什么东西，不是别人记载的文字，就是真真正正发生过的事实，无论血腥还是残酷。

我颤颤巍巍地掏出电子钥匙，祈祷她曾经给予过我开门的权利。

“叮！欢迎您，未来的男主人。”电子女声提醒我，同时门打开了。屋内一片狼藉，就像被人洗劫过一样。

我翻查东西，发现所有值钱的东西都还在，她的衣物、用品也都还在，只不过每个柜子都被翻过。一想到我同事们那恶劣的搜查习惯，我不寒而栗。但我的同事们也不是全能的，他们还是没有注意到一些细节——有一个柜子里的用品竟然全是男性用品，但是我并不在这里居住。我很有默契地想到了她借助品牌藏字母的做法，在纸上写写画画起来。

英文字母，经过约十分钟的排列组合，我得到了这句话："Truth write in gene."（真相写在基因里面。）难道中村直树打算用基因把历史写下来吗？

可能当初她在看完资料后，就已经料到了这一天，故意留下了各种线索。而我却被蒙在鼓里，什么都不知道。血液从头凉到了脚，我就算用脚趾头也能明白现在的形势。

门口有动静，我闪身冲了过去。狭小的空间里面，两个人都不方便发挥。比较之下，我先发制人，稍微占了一点优势。

我认识他，是一直跟随我的副手周少勇。但我从来没有要求他今天来到这里，只能说明其实是他在监视着我。我一膝盖顶在他腹部，然后卸了他一条胳膊，把他压在地上。我恶狠狠地问道："你们把她怎么样了？"

"她很好，你别冲动！别冲动！"少勇求饶道。

我用枪逼迫他脱下外套，然后换上我的外套。我戴上了他的耳机，然后逼迫他走出去。他耷拉着一只胳膊，戴着帽子走了出去。

"嗖——"，不出我所料，三秒钟之内，一发子弹从不知何处穿透了他，用的是我最熟悉的方式。他倒在地上，只能抽搐几下。但我不再是那个少年，不会再被鲜血给吓到。

"长老，必须被狩猎。"耳机里面传来冷冷的声音，"收队。"

我趁着他们还没发现，从屋子的另外一边逃了出去。

六

幸好我的特殊通行证没有被注销。在第一瞬间，我开车逃至机场，赶着最近要开的班机飞往中国香港，再从中国香港转机飞向新西兰。

在新西兰，我花去剩下的积蓄上了一艘渔船，他们答应我把我送到目标小岛。

经过颠簸，我终于登上了阿部永秀的私人领地。幸运的是，他相当欢迎我的到来。永秀看上去和阿部秀一郎一样严肃，但这种严肃却被他的一笑给摧毁了。

他笑着说："恭喜你，李浅渡，作为长老被追捕了一次。"

我苦笑："我不是长老集团的一份子。"

"是又如何？不是又如何？"他讪笑道，"长老是杀不绝的，即便再怎么狩猎，真相依旧是真相，传承真相的方式可能丰富得超出你的想象。年轻人，上岛可没有白吃的午饭，你必须承担农活。现在我们有三个人，不会没水喝吧？"

"还有一个人是谁？"

他一脸神秘地笑笑，没有说话。

我想起了本来要找他问的问题："关于中村先生的死，有很多疑点，我听说您和他关系不错。中村先生可能掌握了什么，导致日本政府必须杀死他呢？"

他还是不想正面回答："你不一样遇到了追杀吗？其实都是同一件东西。"

我好像明白了，看来中村身亡的原因就是因为知道真相保存在基因里面：“还有你的儿子，阿部秀一郎，他好像对狩猎长老的行动非常热衷。”

他叹了一口气：“秀一郎是我没教好。从小他就和别人认识的历史不一样，经常被排挤。长大了却又遇到我的事情，想必即便是当上了课长，他依旧很受别人的指责。越自卑就越疯狂，越掩饰就越残忍。”

这几天我一直都没睡好。我回想起她和我在酒吧的调笑，回想起她没有安全感的睡姿。一切都仿佛历历在目。我这几天都有点发热，但却没有其他的症状。我本能地感觉自己和以前有点不一样了。

也许是水土不服的原因吧，我这么安慰自己。不过神秘的第三人一直都没有出现。

难道第三个人是幽灵？

这里有很多藏书，远离现代生活的生活方式让我只能以书为伴。不过，能读到真正的历史书实在是太好了。安阳王没能击败赵佗的秦朝士兵，赵佗确实建立了王朝。在我们国家历史上那些显赫的名字，在其他国家的历史上也许就是短短一行字：册封某某某为安南国王。

但那又如何呢？我们的历史没有忘记他，他的所作所为，无论好坏，都应该记录。除却无数的光环，他依旧只是一个人。

虽然只要是人类记录下来的历史就会有主观性，王朝更替、政党轮换、观念兴起都会有影响，但总归大的事实无法隐藏，无数人共同经历的苦难无法忘却，王朝的盛兴无法复制。

武力强大的民族喜欢夸耀对其他民族的战争史；武力弱小的民族喜欢掩藏本民族的苦难史；心灵强大的民族毫不掩饰战争或者苦难历

史，反而有种悲天悯人的情怀；心灵弱小的民族只会掩盖一切对自己不利的历史，仿佛本民族才是世界上真理的唯一标准。

所以，难怪长老们能脱离民族局限的视角，因为他们站得太高。

木秀于林，风必摧之。

二楼的灯光开着，而我刚刚从书房出去到外面。阿部永秀开船去远处采购东西，现在孤岛上应该只有我和那个神秘的人。这让我很好奇。

等到我爬到二楼，却没有发现人的踪迹。如果他活着，那一定是在躲着我。

我开始回想这一段时间发生的一切，隐隐约约有些明白。但最后的真相还是被蒙在一层迷雾之中。

就在我胡思乱想的时候，他却出现在我的面前，那张脸我恰好认识。

真见鬼！

“吴志权？”我的震惊多于疑虑，“你为什么还活着？”这个传说中已经随着飞机一同毁灭的人竟然活生生地出现了，就像幽灵一样。

他一脸平静：“我知道你的事情。因为坠机本来就是我策划的。有很多人牺牲了，我想一劳永逸地记录这段历史。”

坠机和记录历史有什么关系？吴志权是打算假死来躲避对长老的狩猎吗？我的心情沉重了不少：“中村究竟发现了什么？”

“如果你想把历史保存很多年很多年，让人无法篡改，你能想到什么方法？”

我沉思了好一会儿，人类几乎没有什么存储方法是不可以修改的，除了一个东西：“基因？”

他欣慰地点了点头：“中村知道基因的编码方式。”

“怎么保证基因变异不影响内容？”我越问越好奇。

“如果基数够大呢？全世界的人都有，考虑到变异，最后人们在读取的时候可以多找一些样本，变异总归是小概率，统计学给出的结果一定正确。而且关键的比如‘不’，我们会采用双重编码。”

我知道他说的肯定是对的，但是这种东西究竟怎么运作的呢？想到这几天身体的情况，我情不自禁打了一个寒颤。没错，他们已经想到了合适的方法把东西散布到空气中，伴随着该死的雨水降落下来。

这该死的下雨天！

他补充了一句：“至于真正的方法，已经没有人能知道了。那些人只会知道我们发明了一种独特的编码来保存真相。但谁会知道真相就藏在他们的身体里呢？随着血脉，无穷无尽。不如说，在我们这些学者看来，血统本身就是历史。当多少年之后，这里生活的人试图复兴一种根本不属于它民族的文化时，该怎么看待身体中流淌的血液呢？”

七

海上刮起了风，天色暗暗地要下雨，我去菜地巡视一圈。

我回到别墅，大门敞开着，仿佛刚刚有谁来过。我走近大门，却听到一个熟悉的声音。

“父亲，交出他来，我们知道他来了这里。”

“这是我的私人领地，你们没有执法的权力。”

“非常抱歉，但我的枪有权力。”

他们说的都是日文，幸好我有去日本留学的背景，还能听得懂。

毫无疑问，我又见到老熟人阿部秀一郎了。

阿部永秀说："当初就是你出卖了吉田，他只是帮我去送手记，却被你们杀死了！你个畜生！"

"吉田和松冈啊，哈哈哈！他们死得很痛快，我都有点羡慕了！这是一场狩猎，你们就算逃到天涯海角也没有用！"

我们已经逃到天涯海角了。

"唉，把你培养成这样，是我造的孽。你明明知道了历史的真相，为什么还要这样？"

"啊？父亲，你总说历史历史，历史对我有什么用？我凭什么去背负几十、几百年前的人所做的事情，我对他们做的事情一无所知，我才是无辜的！都是你的错，你知道我受到多少歧视吗？"

我转到侧面的窗户，看到阿部秀一郎正抓住阿部永秀的领口，使劲地摇动。

"就算你杀了我，历史也会一直流传下去，就在你的细胞里。秀一郎，你是个真正的懦夫，别继续执迷了。"

"只要你们死光，就不会有人知道了。你很了解这是最终的解决方案，对我而言简直太棒了！难道死亡不是堵上嘴巴的最好方法吗？"他言毕竟然哈哈大笑起来。

阿部永秀带着决绝的意味："秀一郎，你终于走上和他们一样的道路，为了私利而残忍暴戾。迟早无数像你一样的人会再次把世界拖进战乱的深渊。"

阿部秀一郎松开了抓住领口的手，握紧了枪，瞪大眼睛仿佛狂暴的猛兽："那又如何？反正我们属于优等民族，永远将是胜利者，我们将像上一次战争一样，让胜利的旗帜飘向更多的地方！中国、朝鲜、东南亚，甚至整个世界，都应该属于我们！我现在追随少壮派将军由田继夫，他将带我们效忠天皇，让大和民族走向更高的辉煌！”

说着说着，他将枪顶进他父亲的喉咙：“长老，必须被狩猎！”

“呼——”血花四溅，阿部永秀倒在了地上。这个老牌的长老终于走完了一生。我随手拿起农具，有武器总比没武器好。

阿部秀一郎意识到自己做了些什么，先是发狂地大呼小叫，然后把枪扔在一边，伏地痛哭。这正是我要的机会。我偷偷潜回正门，打算趁机给他来一击。我打开门，刚打算走进去，恰好在这时候，楼梯上走下来一个人。

阿部秀一郎直接呆住了，一瞬间都忘了去捡枪。

吴志权举起枪，对准阿部就是开枪，一连两枪都没有打中。阿部往旁边一滚，拿起了手枪。两个人又开出一发子弹，互相射中对方。阿部头部中枪，当场倒地死亡，而吴志权只是胸部中弹，看起来还有抢救的希望。

我从门外冲进来，急忙从急救箱里面找能用的东西。此刻，这里还活着的竟然是两个东南亚共和国的人。

他看着我的动作，突然说：“不用了。我已经没救了。”

“别说这种老套的话，闭嘴，我是受过训练的。”我仔细看了一下，这伤势以我的能力确实没救了。

他咳嗽了起来，几滴鲜血伴随着分泌物飞溅到我的脸上，说：“只有你……还……能知道……真相。我的笔记本，楼上……”

“战争会很遥远吗？”

他说："快了，他们已经忍不住了。亚洲、欧洲、非洲、美洲，都将陷入战火，就像历史上那样。"

我握住了他的手："告诉我，长老究竟是什么？"

他笑了："长老是尊重历史真相的人，是永远杀不尽的人！"他伸出手摸我的脸，露出很灿烂的笑。

说完这些，他在我怀中咽了气。

尾　声

现在，我是一名长老。而狩猎者们已经把精力转向他们认为更加有意义的方向。但狩猎永远不会结束。

在吴志权的书房里面，我看到了很多的真相，有关于很久之前的，也有关于现在的。当初，吴志权感慨长老遭受的残酷遭遇，决定记录下真实的历史。他得到了很多人的支持，最终在大气层中散播了他需要的东西。

此刻，在我的身体内，细胞里面多了一个毫无功能的奇怪"线粒体"。它将随着人类的繁衍一直流传下去，直到有人想起来研究它们。只要人类不绝，它们也永不消失。

肯定有人会质疑，如何保证它不基因变异？如果所有人都感染，样本数量够大，即便发生一些变异，也能通过中村先生的统计概率算法纠错，而在关键的字词编译上面，采用了双重重复编码，尽最大可能减少错判。

但是这些东西很重要么？即便用基因的形式保留下来，没有人去研究一样会被淡忘。最吊诡的是，大多数国家都不希望真相如此流传下去，所以它们必将在一段时间内沉沦。而真正能正确传承历史的，还是活生生的人；真正创造历史的也是活生生的人。长老只是其中最激进的那一些，站出来勇敢地举起大旗。他们是怎么杀都杀不光的人，人类对真相的渴求永无止境。

“这该死的下雨天。”我诅咒道，走进一家酒吧，随手打了个响指。

服务员问我要什么。我说要伏特加，随便什么品种都行。

我看向外面，仿佛在等待什么。

“你在想什么？”一个妙龄女郎走到我面前，带着探索的目光。

“什么都没想。”我笑着摇摇头。

一场古老的游戏将重新开始。

无　人　机

一

西北第一实验场的天空如同被刷子刷过，洁净无瑕，仿佛未名湖的水面。

校场上坐着几排军人，有老有少。他们佩戴头盔状的防护设备，沉默着，如临大敌。

耳机里传来的声音打破平静，章梓轩用最浑厚的嗓音汇报："报告首长，请求 600 秒倒计时许可。高空实验场状况实时通报：相对高度 18982 米，平均风速 13 米，特征尺寸 1000 千米，平均温度 216K，相对密度 0.0845，气压 6.4 千帕，雷诺数 7.7，总体误差浮动小于 1.1%，第一指挥中心，第 1、第 2、第 3 测量编队以及全部拦截单位准备完毕！请指示！"

红色的倒计时数字“600”在静默，而一个沉稳有力的声音在全频道下达了指令：“开始！”

“确认无误！600秒倒计时！”章梓轩的嗓子已经沙哑，但他依旧豁出命一般地呼喊。

红色的数字被赋予了生命，它惊险地跳动着，牵动着每一个实验人员的心。

“十秒倒计时！”

红色数字归零，意味着实验正式开始。

“各位首长，样机已经发射，预计21秒之后，实验型WZ307-2型样机将从面前划过！”

所有人抬头望向天空，一道痕迹从空中极速划过，长长的尾迹深深地割裂了天空，亮眼的音爆云彰显人类飞行器超越自然的伟大力量。

军人们都没有看清楚飞行器的面貌，只知道它来了，然后又走了。它的速度是中国飞机从未到达过的，与其说是飞机，不如说是火箭，令他们热血沸腾。

后续的实验数据很快被逐一通报，而更引人注目的是实时汇报。

“实验机完成六个规定动作！”

“实验机成功突破三轮拦截！”

“实验机成功……返航！数据分析正在进行！”说完这句，章梓轩感觉过去了整整一个世纪。样机倾注了各个单位的心血，而此刻他们的付出得到了回报。

实验顺利完成！控制中心和校场上的军人和技术人员无论老少、军职大小、政级高低，全都陷入了狂热，仿佛沸腾的海洋。WZ307计划的研究历经多次波折，最终还是修成正果。

夜晚到来，首长宣布举办庆功宴会，西北航天设计局的骨干分子都将会出席。

首长难得碰了酒，心痒难耐。他举起酒杯："你们猜，我能不能把这杯酒干下去？"

所有人闻言面容古怪，一时间不知道如何作答。

首长果真把酒一杯干下去，然后举杯示意众人。

"刚才发生了什么？"一个技术员问邻座的章梓轩。

章梓轩笑了笑："老路，这你就不懂了。叶首长平时不能喝酒，我们也不敢向他敬酒，万一出了点问题怎么办？所以，他见没人敬酒，干脆这么说，自己敬自己了。"

"哦，想不到是这么回事。"路景腾欢快地笑了，"想不到首长有这么可爱的一面。"

两人谈话间，叶首长请总设计师发言。总设计师先扯了一大堆有用没用的，最后开始例行常规的各种感谢："还要感谢各个预研研究所为本项目作出的卓越贡献，尤其西北第一和第三预研所的同志们，你们辛苦啦！"

"好！"观众们忍不住叫好，鼓掌声整齐划一，仿佛一场盛大的合奏。

章梓轩贴近路景腾的耳朵："老路，你们这次可是立功了，要是升职可别忘了我。"

路景腾耳根蹭地红了："老章你还好意思说，你可是核心设计团队里面的，功劳比我们预研的大多了。要请吃饭啊！"

章梓轩笑了笑，没有接话，直接向他的老友敬酒。

酒过三巡，人影参差，宴会已经进行了一大半。路景腾感觉脚下轻飘飘的。酒这东西他很少碰，每喝一次就会头疼三天。整天头疼还怎么做智力型的研发工作？他头一沉，往桌上一趴，眼皮越来越沉重。

桌面有西北特有的清凉。这一凉让老路清醒了一点点，喜悦也从他的脑海中如潮水般撤退而去，剩下的是一种难言的荒芜。

老路知道，也许这就是所谓的空虚。其实他不老，才三十二岁，依旧一身浓郁的书生气。他回想起当年离京的时候，和几个要好的朋友吃送别饭的场景。

于是，他问章梓轩："老章，你还记得当年你说过什么？"

被称为老章的章梓轩此刻半醉不醉："当年是什么时候？"

"送别那天，在五道口那个啥店来着？"他把手搭在老章肩上。

"记得。"老章记得那一天大家轮流豪言壮语，意气风发。那时候，他们都还年轻。

他极认真地盯着老友，希望得到回答："那天你说了什么？"

老章沉默了一瞬，用力咳嗽一声，显然是被刚刚下肚的白酒给呛到了。他把酒杯往桌上一拍，用沙哑的嗓音自豪地说："我要成为下一代战斗机的总设计师！"

他点了点头，因为老友的帮助，记忆开始明晰起来："那我，我当时说了啥？"

老章拍了拍老路的肩膀："你还能说啥，你说要设计无人飞行智能系统，将来能把人类驾驶员干下来。"

老路闻言热泪盈眶。为了那个虚无缥缈的梦想，他远离亲人和家乡来到了大西北，而此刻，那个梦想依旧遥远。

“怎么了？你不开心啊，一摆那臭脸，我就知道……你不开心。”老章醉眼朦胧，“回去睡觉去！明天再想！”

对！回去睡觉，明天再想！

二

第二天，路景腾头疼了。他隐约记得昨晚回家和妻子因为什么事情争执了两下。今天早上，妻子仿佛在和他生闷气，连早餐都没做。

但工作还得继续，他来到办公室，参加阶段工作的总结会议。

所长很亲切地招呼老路：“小路你们组干得不错，这次肯定有表彰。WZ307 无人机工程里面核心控制系统和智能程序都是采用我们的预研成果。但我们要戒骄戒躁，下一步的工作要继续做好。各组今天先汇报一下，有哪些项目正在进行和准备申报的？”

老路翻开了小组的卷宗，恰好翻到了他才进入预研所时提交的项目申请单。纸面已经微微泛黄，打印字体也显得微微模糊。上面的一行行都是他曾经最熟悉的行文，仿佛那一年青涩的自己。

他不禁心潮翻涌，把那几页纸从文件夹中拿了出来，放在了最后面。

轮到老路汇报了，他笔直地站起来，眉头因为头疼微微一皱：“所长，我们组没有正在进行的项目，申报中的项目有两个。但出于我个人的想法，我想能不能重新考虑一下这个。”

泛黄的纸页在众人的目光下，仿佛刚刚被火舔舐过。时间是一种缓慢的火焰，总会把一切食物燃尽。

虽然说已经是旧事重提，但只要是会上正式提出来的，所长依旧不能大意。他不由得扶了扶老花镜，认真地阅读纸上的内容。

汗水从老路的额头上沁出，他知道最差的结果是被所长猛批一顿，而实际上很可能得到不温不火的答复，然后无限期搁置，任由时间燃尽过去的热情。

所长摘下老花镜，揉了揉鼻梁根部。做完这些还不算完，他单手按摩太阳穴，显然在争取更多的时间调整措辞："小路，我记得你申报过这个项目，当时是我亲自驳回的。"

细密的汗水聚成了汗珠，从路景腾的头上滑落。他点头："对。"

所长把申请书传给其他人阅读，继续问："那请你回答我当时问你的问题：你能编出一个同等条件下，AI 永远战胜人类的飞机游戏吗？"

老路摇了摇头："不能。"

所长叹了口气："所以我不认为你所说的智能飞机能够击败人类飞行员驾驶的飞机，除非武器飞行速度达到极高速度，飞行器空战时根本没有机会躲避。关于这个项目，我认为你还需要斟酌一下，下次提出的时候附上一份可行性报告吧！"

老路闭上了眼睛，算是承认了失败。其实，这也是一直以来他的烦恼。人们始终认为，在驾驶战斗机这种富有创造性的活动上，人类比计算机智能更有优势这一点毋庸置疑。即使设计得再好的 AI，也无法发挥出人类面临复杂情况时的决断力。而且，一个 AI 的特点一旦被人破解，就等于迎来了死亡。

夜晚来临，路景腾难得地失眠了。他仰望着夜空，夜空中有那么多明亮的星星。它们自由自在，不会被地球的引力拽落，那是航天人的梦想所在。而他们做航空设计的，更多的却是和人斗争。在国外，一定有一群同样仰望夜空的人，一样在研究飞机，把飞机的性能发展到极致。

就在这时，手机响了，是章梓轩打过来的。

他原原本本地把事情说了一遍。

老章闻言“扑哧”一笑:“喂，老路，还在彩虹设计局的时候，我说过一个故事。弓箭和火枪的故事，火枪才出现的时候，弓箭还大行其道呢。那时候，弓箭手都看不起用火枪的。因为用火枪没多少技术含量,而且杀伤力和射程比弓箭弱。有些国家甚至放弃发展火枪。你想,火枪杀伤力不如弓箭，生产那么麻烦，干嘛要发展火枪？但火枪最大的优势就是训练方便。一个普通人训练半天就会开枪，但一个壮汉要好多年才能成为一个熟练的弓手。等到弓箭和火枪差不多杀伤力的时候，弓箭在竞争中就已经输了。”

学生社团彩虹设计局，是路景腾和章梓轩大学时期参加的跨校社团。他们也是在那里认识了一些志同道合的朋友。

他见老路没反应，继续说:“放在你身上是同一个道理。现在智能AI 肯定不是人类驾驶员的对手，但等到它发展得能和人类驾驶员打平的时候，AI 就已经胜出了，而且只会越来越强。你所担心和怀疑的,其实是很没道理的。不过，经费和精力确实成问题。”

老路在电话这边点了点头，问道:“但智能技术的发展，要达到和人类并驾齐驱,可能还要很多年。我现在该怎么办？我们以前也讨论过,智能 AI 的最大问题就是缺乏人类一般的创造性，在应对复杂的战斗情形时无法改变战术，无法产生正确的判断。”

章梓轩却仿佛胸有成竹:“如果你写不出那样的代码，那就先用其他的方式改进。罗马不是一日建成的。我这里可以有个项目，本来是来问你有没有兴趣的。”

“什么项目？”老路一听到项目，握紧了手机。

“这里不能说，万一有其他观察者呢。大后天我坐飞机回来。对了，今天我见到一个老熟人，彩虹设计局的孙清然，还记得他吗？”

路景腾仔细搜索了一圈记忆，隐隐约约有这个人的印象。他感觉星空似乎明亮了一点：“好像记得，他是那个……是那个写科幻的吧？第一次活动的时候，他说可以把生物和机械结合，让蝗虫驾驶飞机。”

章梓轩的声音包含着兴奋：“嗯！就是他。对了，说到他我想起来个事情，李张达说他最近要结婚了，我们是不是应该去表示一下？”

“嗯，应该的，也是很多年的朋友了。”

挂断电话，路景腾心情好了不少。他去里屋看了一眼儿子，然后去和妻子说参加婚礼的事情。妻子翟雨荷和他是大学时代的同学，曾经抛弃了外企的offer，选择跟随他一路转战大西北。比起大多数的同学，老路在这方面是很幸运的了。

但是，再美好的爱情故事也会在柴米油盐的劫持下慢慢褪色。他看着家里并不算充裕的物质条件，对妻子的愧疚感越发壮大。

他敲敲房门，隐约记得之前妻子应该在和同学煲电话粥。

没有人开门，可能她已经睡了。他轻轻地打开房门，发现她趴在桌子上，已经累得睡着了，计算机上打的是为公司拓展业务的策划案。为了儿子将来的教育，妻子也在拼命努力着。

老路把妻子抱到床上，给她盖上了被子。

三

过了两天，章梓轩携带了一份厚厚的材料，到达路景腾所在的第三预研所。

他把最主要的内容标识出来，告诉老路："就是这个，概括下来很简单，就是把虚拟现实技术应用于飞机设计。"

老路大略浏览了一遍材料，章梓轩拿来的材料上有某家企业的注册商标。大体上是讲的虚拟现实技术的最新进展，依靠更多的传感器，能够达到更加真实的虚拟现实效果。老路提出质疑："虚拟现实我早就听说过，但怎么应用于飞行器设计？"

材料里面有最早的虚拟现实设备，就是一个看起来其貌不扬的头盔，戴在头上，可以通过隔绝人的视觉和听觉，通过显示的信息达到欺骗人大脑的目的，最早应用于军事训练。等到二〇一四年时，虚拟现实技术突然开始商业化，最终成为了占有很大娱乐市场份额的新型娱乐技术。但虚拟现实技术并没有达到人们幻想的高度，并没有能够让人的大脑意识深潜，在虚拟世界完成更加复杂的事情。

章梓轩拿出其中几页："其实这个技术本身还远远没达到心理预期，但在其他方面已经应用了，比如说用于拆卸炸弹、探索海底的小型机器人，很多都应用了虚拟现实。操作者只需要远远地遥控，就能身临其境地进行探索。你知道现在飞机设计无法革新的原因在哪里吗？"

老路摇摇头。

章梓轩拿出一架飞机模型："从三代喷气式飞机开始，我们或者国外的飞机缺乏革命性的创新。我从大学开始就想为什么无法革新。飞机首先需要人驾驶，然后要有发动机，再然后需要有机翼和武器系统。里面最麻烦的就是人，既要维持人的生存，又要保证人的活动空间。如果不需要载人，整个布局会发生革命性变化，但我们之前做不到。不过，可以把人这方面深化发展一下。”

他在纸上画了起来，简笔画体现多年的美术功底：“我们的驾驶员一般都是坐着，需要头盔和活动空间，需要考虑仪表和方向杆。实际上，这很麻烦也浪费空间。但如果采用虚拟现实技术，我们让人躺下来，仅仅需要一套服装和生命维护装置，通过传感器采集外界信息，让人在虚拟空间驾驶飞机。这样就可以节省很多的空间，改变飞机整体布局。你看这个！”

老路发现画浪纹线部分提到了某个研究所的最新进展，他们研究出能够部分识别人类脑电波信号的传感装置。这项技术也许不成熟，但确实是一个机会。他抬起头，竖起大拇指：“你是比我厉害！怎么想到的？”

章梓轩递出一张名片，上面印着孙清然的名字。他说：“我一直在考虑怎么改进驾驶室，然后想到了小时候看过的高达。而这家伙毕业后捣腾虚拟现实头盔去了，一不小心发了财。昨天遇到他，一拍即合。那个研究所和他的公司有关系，是他介绍给我的。”

“高！你有没有把这事儿报上去呢？”

自信的发起者摇了摇头：“还没有，我还在想怎么解决虚拟技术中信息传输的延迟问题。我想先找人给点意见，然后联名报上去，立项可是大事情，来签个名。”

路景腾郑重地署上了大名，盖上了个人的签章。

下一个问题就是去参加婚礼的准备。因为恰好最近很多人请年假，本来各个研究所就处在暂时休息的状态。老路的请假很快也被批准。他们两个合计了一会儿，还是买了最便宜的 K 字头硬座票，从兰州坐火车到北京。

李张达当初也是彩虹设计局的，还曾经和路景腾一起参加过航天科工杯。但是，他选择留在北京的研究所工作，过了一段时间跳槽去了民企。从大学单身四年到终于结婚，他应该经历了很多很多。

在北京结婚的成本有多高？老路和老章心照不宣，都有种穷人进京找亲戚的感觉。就是在他们上学的时候，在北京结婚起码也得有个一两百万元，起码房子的首付得付，而地段稍微好点儿的房子都得六七万元每平方米。再加上北京户口什么的，很多同学最后都被迫结束北漂，回乡找一份稳定工作。

下车，李张达开车过来接他们。宝马公司新出的车子，市场价大约六十万元。他熟练地打着方向盘，车随着操作在车流中闪转腾挪，穿越座座大楼，超过在大街上奔忙的茫茫人群，如同他多年以来做的一样。

“想在大城市待下去，努力早就是基本条件了。”他如此说道，“我都记不得这几年是怎么过来的，回想一下跟做梦一样。老章、老路，你们来一趟也不容易，这次的彩礼钱我已经帮你们记了。”

“不行，不行，这怎么能行？”章梓轩说道，“我们特意过来，表达一下心意。”

“对啊，对啊。”路景腾连忙附和着，虽然他心里想，如果少给这笔彩礼钱倒也不错。这样，他又能给妻子添置点衣服。

“别别！我们那一批好友，还在航空系统内的就你们两个了。不要以为我们真不知道，那地方能给你们多少薪水？完成项目又能有多少奖金？虽然说对比一般人绰绰有余，但老实说，你们如果刚毕业就找个其他的工作，肯定混得比我今天好。”他说到这里，把车停在路边。

“人生哪里能有那么多假如。”章梓轩躺在后座上，“你说是不是，老路？”

“是啊。”老路点了点头，“如果真要假如，当初报个经管、计算机之类的岂不更好。可是我们不是为了钱，是为了理想啊！升官发财请走别路，贪生怕死莫入此门。”

李张达捂住了脸，发出轻微的喘息声。他使劲揉眼睛，仿佛要揉出那颗飞进眼睛的沙子。但实际上并没有那颗沙子，横亘在他心里的是其他更加复杂的东西。

“对不起。”他说。

“你有什么对不起我们的？”老路问道。

“真的对不起。”他继续说。

老章拦住老路：“你别说话。”

他趴在驾驶位轻声地哭泣，在这个临近大喜的日子显得异常的悲壮。

哭完，他接过路景腾递来的纸，狠狠地擤了鼻涕。做完这些，他如释重负，重新开车上路。

到达预定的宾馆，李张达把两个旧友放下，离开了。

北京，秋天的风带来了夜间烧烤摊的气味，孤零零的小摊竟然有了一丝萧瑟的气息。无数的人在宽大的街道上来来去去，如同蚂蚁一般忙碌。

章梓轩拍了拍路景腾的肩膀：“老路，有的时候你太能戳中泪点了。”

“啊？”

他揭示了谜底：“有些人选择离开，不是因为不爱，是因为实在没办法吧！能为理想奋斗的人，在他们看来其实更幸福。”

路景腾接受了他的说法，带着笑意走向烧烤摊。只是，连笑都带上了苦涩的意味。

四

自从参加完旧友的婚礼，路景腾觉得时间过得很快。因为工作的关系，他们后来又见到了孙清然。这个家伙依旧和大学时一样，油头滑面，擅长闲聊和讨女孩子欢心。

不过，除此之外，他倒是做了一件好事。二十一世纪，无数的人因为看到虚拟现实的商机而开始创业，这里面发生的惨烈竞争仿佛当初计算机大发展的时代一样。先是繁华时期，从二〇一五年开始，几乎年年有创业公司能得到一亿元以上的创投，倒腾虚拟现实的推广者穿过大街小巷，竭力推广。而大公司们也是互相较劲，各种热炒概念。

然而，不过 3 年，随着大批创业公司的死亡。所有人不得不面对现实。孙清然就是这样的人，他大学毕业就跟着创业团队走，几起几落，最后发现全是在做无用功。由于虚拟现实的内容太少，关注度开始下降，不少创业者都去做其他、更新的热点内容。他突然意识到，跟着创业热点潮流走，就永远只能是一个逐浪者，不过是每天弄成不同的打扮，在投资人面前扮演角色而已。

于是，这家伙痛定思痛，艰难地拿到了投资……总之，这家伙成功之后忽然想到当初在彩虹设计局认识的好友，于是想到利用已经部分成熟的虚拟现实技术进行合作。

在各方努力下，新的秘密项目开始了。作为合作方的孙清然，将派遣部分技术员工进行技术支持。一切都在有条不紊地进行中。各个研究内容被下发到各个研究所。

到了第二年的七月份，太阳也是火辣辣的。路景腾刚刚回到家中，打开电视。妻子还在外面工作，儿子也去上幼儿园了。

新闻频道是他的最爱。端庄的主持人穿着蓝色的西服，在演播室中播报国际新闻："昨日凌晨，美国、英国等北大西洋公约组织国家发布《北大西洋公约组织修约联合公报》，对以往的协议内容进行了多条修订，并吸纳几个非北大西洋地区国家进入北约，此举在国际上引发广泛关注。美国总统卡布尔称此举是为了更好地维护世界和平，消灭恐怖主义。"

他洗好西瓜，用西瓜刀把瓜尾削去。

新闻继续播报："外交部发言人李朱为民就此事进行了发言，称中国对北约军事集团的无节制扩张表示担忧，但尊重美国为了世界和平作出的努力，中方将和上海合作组织一道，继续推进多极化，维护地区稳定和世界和平。"

他正好西瓜刀切向西瓜，刚一用力，西瓜就"呼——"的一声裂开一个大缝，仿佛一张嘴。他干脆不用刀了，直接用手掰成两半，拿出勺子挖着吃。

此时，新闻播放到了朝鲜半岛的最新进展："韩外长尹福成就两日前朝鲜人民军试射新型导弹落入蔚山市城区一事再次提出交涉和严正抗议，要求朝方必须就此事做出必要的解释。朝方暂未就此事发表言论。下面我们来回顾一下事件始末……”

他觉得朝韩摩擦这类事件索然无味，于是关了电视，搬着西瓜到计算机前，继续做在研究所里没完成的工作。计算机使用的是中国人开发出来的系统，应用已经在某次网络攻防战役中显示出独特优势的中文代码。屏幕上是一堆代码，这是他为控制程序写的一部分代码。只要再给他和他的团队两个月，他们就能把控制系统的软件设计好。

手机铃声突然响起，是他很不熟悉的铃声。他拿起一看，居然是紧急代码 619！

619 紧急代码！估计是这一代航天人最容易忽略的规章制度。因为和平年代太久，恐怖袭击也渐渐平息，科研人员很少遇到生命危险的情况。但章程最后面依旧保留了这一应急制度。当收到紧急代码的时候，军队技术人员必须以最快速度向所在单位报道，特殊研究所的人员也必须在规定时间内转移。

路景腾查看完章程的电子版，随手拿了几件换洗衣物就出门了。

大街上和往常一样，人们大多在店面里面乘凉，并没有任何异常。老路叫了一辆计程车，直接去研究所。

研究所四周停满了各式车辆，原来在休大假的研究员们也紧急赶了过来。他看到所长对他招手。他说：“老路，把你们组人召集齐，然后去这个地方找 331 号军车，跟他们走，记得带好材料。放心，你们不带走的东西我也已经备份。快去办！”

在所长吩咐完任务之后，研究所内外鸡飞狗跳。研究员和进进出出的军人们就像忙碌的工蚁，搬出一颗颗能孵化出幼虫的“卵”，为了让整个蚁群能够躲过洪水。

老路收拾申报项目的汇总本，那张纸恰好又从中滑落，被别人踩了一脚。他觉得心里有点揪着痛，赶快把泛黄的纸拾起。这是他的青春、梦想，以及很多更重要的东西。年轻的时候，总有人大骂没有钱怎么谈梦想，现在他才发现，其实梦想实现的难度和有没有钱根本没有关系。梦想就是梦想，能轻松实现的东西还是梦想吗？

他把那张纸折了两次，放进兜里。

“组长，我们已经准备好了。”稚气未脱的小伙子是刚从大学毕业的新人。老路看到他就像看到当年的自己。

“我们走。”他说，同时考虑要不要和妻子说一下。还是先不了，转移更重要，他如此想着。

五

坐军车紧急转移的滋味并不好受。有的研究员晕车，在车内吃了药撑着。

路景腾也发觉胃有点不舒服。他本来想就着光看点书，但后来发现实在是在太颠簸。

他给妻子发了短信说：这几天加班，暂时不回家。做完这些，他决定玩手机游戏消磨时光，却感觉更加晕眩了。手机屏幕在眼前抖动，让他想起来第一次见到章梓轩的时候。

那一天，路景腾听说有某个高能物理研究方面的大牛来清华大学数理楼做讲座，介绍他写的一本书。那本书的名字他已经忘记了，但当时还是抱着知晓物理奥妙的心态去的。

但那天恰好报告厅的投影有点抽风，主讲的老先生在上面讲了一会儿，屏幕就开始跳啊跳，根本看不清楚。现场工作人员前后调试了几次，效果还不是很好。老先生也就这么讲了下去。反正，他的核心思想其实是一种独特的理念——用美去进行科学研究。

路景腾到达的时候已经没有座位，于是他就站在最后一排座位的后面。在他前面是一个同龄人，拿着一本册子和一只记号笔。一开始，他并没有注意那个人。直到主讲人开始讲一些比较实在的例证时，他发现那人竟然在用画记录。

用记号笔几笔简单勾勒，外加几个字的清晰解释，比老先生的话语更有说服力。他立刻明白，面前这位其貌不扬的同龄人是一个高手，很有可能是个天才。他在讲座结束后和那人聊了几句，然后互相留了联系方式，得知对方叫章梓轩。

后来，章梓轩在微信上抱怨说“美”可能只是一种古老实用主义心理的体现，用来指导科学研究总觉得别扭。

路景腾看到之后，反而觉得老先生的想法挺有意思。物理学的研究经过了好几次飞跃，从牛顿的经典力学到爱迪生的相对论，再到后来风靡一时的弦论，每一次的研究方法都发生了质的变化。而当弦论的研究进入一个相对停滞的时期，用其他的思维开拓思路未尝不可。

于是他在那条说说下面回复：

用美的观点去指导研究，可以看出一条路。当然能不能成功是两说。我觉得，艺术使人敏感，把研究艺术化也许能找到原先没发现的东西。

很快，章梓轩在那头继续质疑：

可能他说的美只适用于基础科学，像我们学到的很多公式都又丑又长。

对啊，他马上回过去：

因为那些都加上了很多的条件，而非本源。而造物主的思想是简单而美的。

不到两分钟，对方发来长长的一段话：

那就存在一个终极理论。但我怀疑事物的分解能力没有尽头，抽象的归纳也没有尽头，人脑的抽象能力终归有限，比起宇宙终极的抽象体又算得了什么？于是我变成了一个不可知论者。

他从回想中苏醒过来，面前依旧是随着车身抖动的手机屏幕，上面多了一条短信：

我知道了，早点回来，儿子说想和你去公园。等你回来。

他放下了手机，努力让自己平静。一旦平静，那些胡思乱想又重新占据了他的大脑。

人脑的抽象能力的确是有极限的，而人的意识是从宇宙诞生至今才演化出来的产物。人在短暂的一百年里面真的能超越宇宙母亲无数年的演化，创造出战胜人类的智能吗？

也许现在不能，他觉得。他想起当年回复的那句豪言壮语：

不可知论，哈哈！那就做到人脑的尽头。

对啊，那就做到人脑的尽头。他突然充满了信心。

新的基地位于地下人防工程。路景腾接到了命令，他们这些技术人员作为国家重要的资源，被紧急保护起来，并临时采用准军事化管理。

在这里，他见到了西北航空航天设计总局的叶首长，整个西北设计局都被迁入了地下。他去打听了一番，获知章梓轩等人果然也在这里。

第一天来定居，大小事情非常多。路景腾也就没顾上找故人叙旧，犹豫着该怎么和妻子说。思考再三，他决定实话实说。

他上到地面，打车离开基地十几公里，从公用电话给妻子打过去：“喂？雨荷，我……”

翟雨荷，他的妻子，在那头制止了他：“不用说，我知道。要几个月？”

“我不知道……我都不知道发生了什么。”

对面隐隐约约传来女性吸鼻子的声音。他想到雨荷跟着他离开家乡和繁华的地带，到了最艰苦的地方，有钱没地方花，还要照顾家庭、带孩子，其中的辛苦又能有几个人知道。

他说:“对不起，但我必须去。好在比较安全，如果稳定了再看能不能接你过来。”

挂断电话，他心中只剩燃烧的斗志。

夜晚，叶首长开骨干会议，他在台上结合地图讲述了现在的情况，解答了路景腾的疑惑。

叶首长指着 38 度线:“38 度线都听说过，朝韩双方留出缓冲区域，这是自《日内瓦条约》以来的通识。但就在昨天下午，朝鲜和韩国的和谈谈崩了。韩国利用本国群情激奋的民意，主动空袭朝鲜，并已经有部队越过三八线。朝鲜军队不甘示弱，发动大范围炮击，对韩国的几个大城市进行了报复性炮击。”

路景腾看着熟悉的地图，心中一揪，战争已经来了。

叶首长有点沉痛:“根据韩国方面使领馆的情报，韩国军队早已经在 38 度线后完成了集结，分为东西两线，做好了战斗准备。说明韩国对于这场战争是蓄谋已久的，很可能不会同意和谈。中央军委结合北约扩大的特别情况，认为很可能发生一场局部战争甚至全面大战。因此，把你们特地保护起来，你们是国家最大的财富。下面还有一些决议，请各位务必接受。”

章梓轩等人的新设计计划被暂时搁置。祖国需要他们把研究力量投入到更重要的方面。

六

事情急转直下，联合国军再次攻入了朝鲜，而朝鲜由于常年的贫弱，尽管军队奋力抵抗，依旧无法阻止攻势。联合国军很小心地没有直接刺激中国和俄罗斯，但中国志愿军却再次集结，进入朝鲜。俄罗斯则由俄罗斯籍的朝鲜移民组成雇佣军，支援朝鲜人民军。

战争初始，双方对制空权的争夺非常激烈，中俄由于补给线短的原因，暂时在空战中占据优势。海面上，联合国舰队和中俄舰队分别在南北两个方向僵持，谁都没有开火。

朝鲜人民军在支援之下开始稳步反攻。他们的领袖甚至开始提出“打过三八线，解放全朝鲜”的伟大构想。中、俄并没有公开支持，舆论推断两国的目标依旧是打回三八线，维持均势。

但好景不长，从某日开始，中、俄突然完全失去了对制空权的控制，每天起飞的战斗机有去无回。生产新式飞机需要费用是极其高昂的，中国每年的产量不过一百架而已。指挥部按照损失的趋势估计，再打上一个月，中国的空军就会打光。但比起飞机的损失，驾驶员的损失更加让空军将领们心疼。

西北设计局接到了秘密情报，要承担紧急任务。上面发来了最近一系列空战的资料。章梓轩和路景腾都有幸观看到了情报。最重要的情报是一架预警机记录下来的空战画面：中国制的歼—40 和俄制的米格—52 混合编队在长津地区上空执行巡逻任务，歼—40 拥有比较大的极限速度和较高的极限爬升能力，而米格—52 拥有强大的火力和灵活的机动性能，能做到垂直爬升。这两种飞机已经代表了两国的最高设计水平。

但很快，飞机驾驶员们发现雷达屏幕上出现了好多引人注目的痕迹。超声波频率升高很大，说明来者的速度极快。在中、俄飞行员还没来得及反应时，战斗就已经结束了。敌方的飞机非常小，也无法挂载太多武器，但它们太多太快，少数敌机甚至用自杀的方式和我方军机同归于尽。

西北设计局的研究人员都惊呆了。他们有种堵得慌的感觉，就好像中世纪的领主看到自己的骑士被火枪兵屠杀一般。时代变化得太快，他们再一次处在变革的风口浪尖上。

“那是什么？是导弹吗？”有人喃喃道。

路景腾和章梓轩看完之后，第一反应却是互相看了一眼，他们知道对方在想什么。

“美国人真的做出来了！”章梓轩的话语里更多的是一种兴奋，跃跃欲试。联合国军的飞机和前一段时间的飞机很不一样，大小缩小了近乎一半，载弹量异常地小，而且非常容易自毁。章梓轩根据气动布局判断，这样的飞机根本就没有载人的可能性。

但是，它们究竟依靠着什么操控作战？章梓轩认为可能是类似的子母舰，他们看到的飞机就和导弹作用差不多，从主机上被放下，使用类似虚拟现实技术遥控，因为有信息传输延迟导致飞机容易撞毁。

路景腾的心跳得更快，他不断地观看录像，那些动作不像是人类遥控，也不像是只可以使用一次的导弹，更像是某种智能。智能飞机第一次出现在战场上，就战胜了人类的飞行员。

他这才明白，所长的假设根本不对。因为智能飞机的条件和人类飞机的条件根本就是不对等的。智能飞机革新了气动布局，极速远远高于搭载人类驾驶员的飞机。这一事实在短期内几乎无法改变。

他不知道国外究竟多少年前就开始着手实现智能飞机的设计，也许从美国第一次实现无人机全球巡航开始，就有人提出了设想。深夜，整个地下基地无眠，无数份报告被提交到首长办公室，它们代表着无数种猜想。

七

路景腾被叶首长叫到会议室。章梓轩并不在那里，也有可能刚刚离开。

叶首长憔悴了很多，也很久再没有碰过酒了。他的旁边坐着很多知名的国内专家。

路景腾大惊，但他知道这是最好的机会。现实总是很沉重，奇思妙想不一定能得到支持。但这里不一样，他第一次能有机会把设想告诉有足够地位推动研发的人。在叶首长示意下，他开始了。

他拿着自己的报告，并没有来得及做汇报用的 PPT。他调出昨天看到的视频，定格在某个画面："各位首长，大家请看，这是预警机传来的画面。地方飞行器的身影快到无法看清，只在镜头前留下了一道影子。根据镜头的曝光频率，我们可以推测出，敌方飞行器的速度已经达到我方飞行器的四倍，比我们研制的 WZ307 无人机要慢一些。根据推算，敌方飞行器全长约八点九米，单机仅仅搭载两枚巡航导弹和一枚对地攻击导弹。而且设计扁平，并没有驾驶室。"

他知道必须给出比别人更可信的理由："再看这一瞬间，有的敌方飞机成功规避，而有的则毫无反应地撞上我军飞机。这首先表明，敌方飞机拥有自主规避的能力，而且时间那么短，依靠远处遥控并不现实。

其次，敌机的编队非常密集，但在集体规避的情况下，队形依旧整齐划一。我想单纯靠训练并不能做到。”

他把视频的某一部分重播，在发射出导弹后，大部分的敌机以整齐划一的姿态进行规避，一半向上拉升，一半向下俯冲，但少数几架飞机却摇摇晃晃，最后撞向军机。

他继续说：“这说明，对方拥有一个统一的指挥，或者拥有一个相同的程序。中间那些飞机未进行规避并非因为来不及，而是为了给己方其他飞机的规避行动拉出空间。我认为这是一个智能程序，飞机的驾驶员就是人工智能。敌方预警机发现我方飞机升空后，就派出无人飞机发起攻击。理论上，无人机的智能编码并不复杂，在达到如此速度之后，它们只需要会起飞，然后锁定目标发射导弹，再做出规避动作，最后返航即可。”

他又说了一通智能技术的可行性问题，下面的某位专家直接打断了他的话：“假如是远程控制的子母机呢？由同一个控制终端，同样能够做出整齐划一的动作。”

“他们没有必要使用这么多架。我对单人操作的能力和飞机架次等的关系进行过模拟实验，如果是我国最优秀的驾驶员，同时操纵三个类似的小飞机就已经达到极限。外国人不会做花钱不讨好的事情。”

一位挂着中将军衔的军官说：“那么，你认为我们该怎么应对？”

这个问题一下子把他难住了，他真想说除非把我军飞机的速度提升到原先的四倍。即使是无人机对抗无人机，我国在生产和技术上也已经落后了。

略微一思考，他有了个主意：“我并不知道如何打赢这场空战，我军已经失去制空权。我能做的只是从我的角度去思考。现在我们理解美国人的开发思路，假如仿照他们，做出一样的智能 AI，就有可能找出破绽。即使不济，装备到最新型的无人机上，起码能挽回一点。”

叶首长点了点头：“其实有人对敌军飞机做过其他方面的分析，和你说的很吻合。我再给你一个团队，足够的资金，还有两个月的时间。两个月之后，我要看智能 AI。”

路景腾立刻答应下来，一颗悬着的心也放了下来。

两个月能改变很多事情。他和新组成的团队全力开发智能 AI。第一周过去的时候，他们开发出了原型，但在模拟测试中发现，原型虽然能实现最基本的功能，但在保持队形和复杂地区空战中出现了问题。

老路特意要来专业飞行员，一起参加程序的修改。过了三个星期，他们完成了二型。二型虽然修正了很多问题，但在反应速度上却略微显慢。

团队于是立刻着手修改，之后又完成了三型和四型。四型在模拟测试中，虽然变队形的时候会略显混乱，但大体上实现了要求。

设计局在两个月内完成了无数任务。章梓轩所在的团队设计出了新的无人机气动模型，在风洞测试中性能优良。

而路景腾的智能 AI 方案从众多方案中脱颖而出。叶首长拍板决定使用他的智能 AI，装备新一代的无人战斗机。

八

六个月后，第一批量产的国产无人战斗机被送上前线。

前线指挥部和西北设计局都高度重视国产无人机的首战。幸存的国产有人驾驶飞机担任诱饵，从丹东附近出发前往安川。很快，敌方的无人机就出现在雷达上，一直埋伏的国产无人机从上空切入战场。

从数量和战术上来看，中国飞机都占了绝对优势。

但，这场战斗再次呈现出一边倒的局势。有人驾驶的飞机编队没有支撑多久就被敌方击溃，而被寄予厚望的无人机编队在第一瞬间给敌人造成了杀伤，但敌方无人机在蒙受损失后却又重振旗鼓，显示出了远超于国产无人机的灵活性。在空中的绞杀战中，我军飞机在性能差不多的情况下，远远落后于敌方。

让所有观战者大跌眼镜的是，敌军飞机展现出的操作远远超越简单的智能范畴，随时打散编队，咬尾空战，诱使撞击，然后重归编队。比较之下，中国这边的智能水平简直小儿科。

叶首长铁青着脸。他没有坚持到看完，就因为气闷被部下扶下去。路景腾感觉自己的血液都要凝固了，发现好多人都用不友善的目光看着他。这次的失败完全是因为智能 AI 的失败。就连他的好友章梓轩都是一副没救了的失望表情。

他忍受不了尴尬的气氛，刚看完了战斗，便独自走回休息室。

地下的走廊潮湿阴冷。他已经在这里待了快九个月，原本没毛病的腿也有点隐隐的疼痛。

他不断地质问自己，究竟哪里错了？是敌人的 AI 远强于我军吗？还是本来他就想错了？空战中，外国无人机表现出来的灵活性完全不亚于人类驾驶员，究竟它们是怎么做到的？难道对方真的是类似子母机的模式？

这已经不是他一个人的问题，而是全体航空人的问题。

他来不及去等领导的命令，而是把团队成员全部召集。他们通宵分析录像，然后试图改进AI。经过几天几夜的工作，他们没有得到想要的结果。模拟测试结果显示，他们的智能AI和敌方的表现差距非常大。有的成员因为长期通宵而病倒了。路景腾身边的人越来越少。

第十个夜晚过去了，他依旧没有得到想要的。他也忍不住睡着了，即使通了暖气，穿着衣服睡也是会感冒的。他注意到，由于人长期呼出的湿气，研究室天花板上竟然有一些小水珠。他把外套脱了，刚准备入睡，突然发现，地下基地里面竟然也有小型飞虫。

他并不知道那些虫子是什么，他下意识地想把停在脸上的飞虫拍死，然而飞虫的反应快速，远超筋疲力尽的老路。老路一巴掌打在自己脸上，这一下把他的睡意打散了。

就在这时，他收到了一条短信："×× 集团董事长孙清然因有疑似间谍行为被捕，已经被秘密关押。"

这条消息让他的心都快蹦出来了。为什么？那个家伙难道真的出卖了祖国和人民吗？他浑身的血液从上凉到下。在他们和孙清然合作的年份里，那个家伙有的是机会和手段进行间谍活动。但是他还是不敢相信，那个从骨子里厌恶外国人的家伙可能背叛祖国。

经过几天的活动，他终于见到了孙清然。

此刻的创业家面无人色，整个人都脱了形。

"是你吗？"路景腾的眼中有怒火在燃烧。

他点了点头，又摇了摇头，此刻作为最大的叛国贼，心态相当复杂："我只是用一些技术和国外交换了资金。这些技术本来就已经成熟了，运转资金不足，我换一点现金流。我怎么猜得到能发生战争，大家继续保持现有疆界，最多摩擦摩擦不就完了吗？”

“你还卖了什么？”他稍微冷静一点，“就是因为主动承接了和你有关的项目，章梓轩还在接受政治审查。”

孙清然看着他，恨不得找个洞钻进去，把事情经过一五一十地说了出来：“其实很早就开始了，我以为大卫欣赏我的想象力。除了刚刚那些，刚毕业的时候，我还卖了一些以前彩虹设计局的想法，也有自己想出来的东西。比如说生物和机械结合，用蝗虫当飞行员，比如说你们制定的，如何从火星登陆，如何……”

路景腾已经听不下去了。但经过提醒，一个惊人的想法在他的脑海里生成，这个想法虽然已经被别人想过，但远比章梓轩的各种想象更加疯狂。敌方的无人机不仅没人遥控，而且也不是单靠智能。智能是无法实现那么多纷繁复杂的飞行动作的。但是，有些人类无法实现的编码，早就由自然界代替人类实现了。

他小时候看过 discovery 探索频道的纪录片，有一集就是讲外国研究者通过给蝗虫做实验，给蝗虫看飞行时的情景，然后判断蝗虫的反应。科研人员发现，蝗虫在看到障碍物时会自然规避，而且能够和同类保持完好的编队距离。如果给予蝗虫一些奖励，甚至可以训练它们进行简单的战机游戏。

所有人看过纪录片后，最多也就是满足了一番猎奇心理，但也许真有像孙清然一样的人关注了它，其中的一些人把它变成了现实。敌军的无人机拥有一个非人类的驾驶员，它拥有天生的飞行本能以及后天的战斗训练，无惧生死。也许，它们的活动也在一定程度上受到智能 AI 的限制。

他想到了一个好主意，兴奋异常。

九

中国飞机再一次出现在朝鲜上空。这一次的出击完全是一场实验，指挥部对其关注度远不如之前那次高。

据说，此次实验是在西北设计局极力争取下才进行的。把原先已经量产的无人机 WZ314 型进行了特殊的改造。

指挥部再次运用了诱饵战术，只不过此次担任诱饵的是曾经战败的国产无人机。果不其然，敌军很快侦测到胆敢挑战制空权的我军飞机，密密麻麻的敌军飞机起飞，从三个方向扑向诱饵们。

这应该是一场一边倒的战斗，加上埋伏的飞机，国产飞机从数量上也远远小于敌方的。联合国军胜券在握，所以也没有考虑战术。敌机蜂拥而上后才发现高空中埋伏的无人机。

改装的无人机带着呼啸向下俯冲，就像一颗火星冲进了密密麻麻的蜂群。无人机按照程序启动了发声器。空气和无人机的摩擦配合上大功率发声器，在飞机的周围形成了声波，因为无人机一直向下冲，声波被拉长，频率进一步降低。

那是特地为这场战斗调制的频率，是拿千百种昆虫做实验得出的结果。诱饵机被尽数消灭，而改装机一头冲向了大地，再也没有拉起来。原本秩序井然的敌机开始乱飞，无数无人机以惊人的高速在空中对撞，就像一场盛大的烟花演出。战斗结束，敌方空军几乎全灭，甚至有少数敌机失去动力后因为电路问题无法自毁而被我军捕获。

指挥部被战果惊呆了，他们找来俘虏的敌机，首先拆开一个进行分析。

果然飞机里面并没有驾驶员，挂载武器也少得可怜。飞机上有很多传感器和芯片，在最中心有一套生命维持系统和一个很坚固的盒子。拆卸专家像拆炸弹一般打开盒子，发现最里面竟然是一只蝗虫，只不过它早就死亡了。它的四肢都被去除，插上了电极，复眼被小型眼镜套住，大脑上还插着几根线路。

指挥部询问西北设计局，究竟是凭借什么一击制敌?

有人解说道:“我们的一位同事路景腾认为，敌军采用了生物和智能结合的设计方法，既节省了布局空间，又保证了战斗时的灵活性。但昆虫毕竟是生物，遇到大功率的次声波时会发生脏器破裂而导致死亡。因此，我们一致认为，对付敌军最好的武器就是次声波。我们对部分飞机进行了改装，加装了次声波发声器。又和国内的生物研究所合作，寻找到了对大多数飞行昆虫比较有效的致伤致死频率，经过试验之后确认了额定频率。”

军官们恍然大悟，为终于找到了制敌方法而欣喜不已。

半年之后，战争结束了。联合国军退到了三八线，参战各方再次坐到谈判桌前进行谈判。惨烈的战争给各国人民都带来了伤害。

路景腾被媒体报道说死于车祸，但实际上全家改名换姓生活在西北，收到了最高荣誉勋章，并获得了国家科技进步奖。但他并不热衷战争所带来的荣誉，而是为获得的启发兴奋不已。他准备去拜访几名有名的生物学家和神经医学家，探讨生物和人类机械文明结合的方式。

他的儿子将和他同行。在上飞机前，他给妻子翟雨荷发去一条短信：

亲爱的，我们在路上了。儿子说他也想造飞机，怎么办？

妻子的回复很快：

如果他真想，随他便咯。注意安全，少吃点，小心你的脂肪肝。

他满意地关上了手机，世界再次安静了，未尽的思考接踵而至。

人类的大脑，确实是有极限的。一百年的时光，人类无法复制自然界演化的奇迹，但却能利用自然界的奇迹去创造奇迹。路景腾找到了实现梦想的路，多年的坚持得到了回报。他很佩服那位决定实现智能和生物大脑结合的外国人，也许最初所有人都认为那是无稽之谈。无人驾驶的航班划过天空，带上他和他的梦想。

只要梦想是一件实际的东西，总会受到引力。而当梦想终于挣脱了现实的引力，只会飞得更高更快。而人类本来很严肃的历史，正是被无数人的梦想和想象改造着，才成了未来的模样。

重燃的烧火

当我终于赶到老家时，早就过了大年初一，刚好赶上最后一次家庭聚餐。

但是家里的老人们并没有沮丧。按照父亲的说法，我和今年迟到的候鸟们一样，带来的是确定的好消息。“感觉总算担忧到头了，接下来就是你们小两口好好过日子了。”父亲总结道。

“爸，只是见家长，还没结婚呢？”

“快了快了。你妈和我这悬着的心落下来了。”父亲略带寂寥地说，“等你们生了孩子没空带，我们就去帮你。你们工作都忙，也不指望你们回来看我们。这嫁出去的儿子，泼出去的水。”

“嗯……”

父亲的轿车拐进乡间小路，无边无际的农田映入眼帘。各家的田垄被有意识地拆除了，于是除了几栋突兀的住宅之外，大片大片的麦田连成了一片，麦苗们远看就好像足球场的草皮一般平整。我摇下窗户，空气中缺少了农家肥的气味，却多了一种机械的油味。

父亲告诉我说，现在种田都自动化了，简单来说，各家的田不用自己种，由大队的机械统一组织生产。而在短短一年之前，我只能看到大片抛荒的土地。

就在我感慨的时候，父亲的车停了下来。我从车上蹿下来，和聚集在大伯家里准备吃午饭的各路亲戚打招呼。我对着食物狼吞虎咽，然后一如既往地在他们问我各种问题之前宣称吃饱了。溜下饭桌的我给女友发了信息，告诉她我平安到老家。

父亲习惯了我的做法，他甚至都没有谴责我。我以及更年轻的一辈，都懒得遵守传统。

父亲对正陪着侄子侄女打游戏的我说："对了儿子，你知道那个萝卜头儿怎么买吗？"

"弱伯头儿？萝卜头儿？"我对父亲的混合了南通话和如东话的方言感到绝望。

"不是萝卜，就是那个弱吧头儿！"

我反应了半天，才隐隐约约感觉父亲说的是英文："你是说 robot？机器人？"

父亲喜笑颜开："对对对，就是那个弱伯头，M 开头的那款，一定要买带蓝色标志的。"

"行啦行啦，带蓝色标志的。蓝瓶的钙，好喝的钙。"我满口答应，还顺便调侃一番特殊要求，"什么时候要用？你让我买机器人，这还真是太阳从西边出来了。"

“送年礼啊，我刚想起来我答应过钟伯。”

“钟伯啊！”

他对我说：“你记得他是谁吧？”

“钟爷爷，就是我婴儿时照顾过我的那个，你刚工作时带你的师傅。”我没好气地说，因为父亲每年都要强调一遍，我耳朵都快出老茧了。

“知道见面该叫什么吗？”

“叫爷爷。”我把问题拉了回去，“所以到底什么时候用？现在买有点来不及了吧？”

“你先看看什么时候能到，晚点也没关系。”

我打开手机，搜索了父亲所说的机器人，以 M 开头的，是一种以医疗护理为主功能开发的机器人，送给老人确实很有用。至于所谓的蓝标，我仔细搜索之后才发现，那其实是某家大经销商的改版。同样的硬件设施，却安装了不同的软件。

虽然春节没人上班，而且物流只能送到镇上，最早到这边也得初十。好在我父亲早已退休，而我新工作还没确定，有的是时间等待。在那之前，父亲执意先拜访一下钟伯，先把水果食物等年礼送了。

钟伯的家距离我们的住处并不远。我们到达时，出来迎接的是一个穿着衣服的机器人。眼尖的我立马认出来它正是我要买的那种。它打开门，指引着父亲停车。

难道已经有人捷足先登？

我想到父亲偶尔想给家里添置东西的表现，心想我可能被套路了。

“就是那种，要买一模一样的。”父亲强调道。

“我知道，订单都下了。”

钟爷爷的房子显得有些冷清，虽然物件都打扫得挺干净的，但就是感觉没有人气。

机器人给我们拿来茶杯，为每个人都沏上一杯茶。我左顾右盼，心想正主怎么还没来。

父亲问机器人道："你啊爸爸个在嘎里啊？"

"啊爸爸在嘿里，等一刻儿就来。"机器人居然用土话回答道，"我去造他！"

比起机器人会说土话这个问题，我更关心父亲对机器人的称呼。我疑问道："你把它当钟爷爷的儿子？"

"是的。"爸爸压低了声音，"一会儿别大惊小怪的。"

"已经很惊了。去年那个叔叔呢？"

"生病去世，你一会儿千万别提。"

"啊……"

就在我感叹世事无常的时候，钟爷爷从后院出来。他穿着一身浅灰色的衣服，戴着电视剧里军人一般的帽子，看起来就像是从革命剧作里穿越出来的人。他的精神状态看起来远比去年好得多，脸上不知道是因为受冻还是因为劳动出汗而发红。父亲细问才知道，他刚刚在后院劈木柴。

"我去洗个手。"钟爷爷看到父亲还是很开心的，慌忙地去洗手。他从箱子里拿出一个大苹果，要削给我吃。

父亲和我托辞说刚刚吃过，喝茶就行。可是钟爷爷并没有停止手上的活计，而是把苹果削皮，小心地切成一块儿，摆在机器人面前的盘子里。

“来来，多吃点，长身体。”钟爷爷面对着机器人，慈祥地笑着。

父亲狠狠地掐了我一下，这让我注意到之前的表情管理是有多糟糕。眼下的情况，我只有努力接受现状：我面前坐着的这个机器人，是钟爷爷的儿子。我口不择言地问道：“他几岁了？”

钟爷爷笑着说：“他今年十八了，对了，有叫人吗?”

机器人左右摇头。

钟爷爷拉着机器人的手，温柔地说：“这个是你孙伯伯，这位是哥哥。下次记得叫人。”

“孙伯伯好，哥哥好！”机器人颇为热情地打招呼，搞得我们都怪不好意思的。

我只好说：“弟弟好！”

钟伯伯对着我说：“我家这娃儿学习不好，没大学要。你是大学生，以后分配工作了多带带他。”

“一定一定。”我解释道，“现在不分配工作……”

“咳咳，他的意思是现在他工作分配完了，不用再烦心了。”父亲再次打断我，“我家这个可能过一两年就结婚了，然后没几年又会有下一代。”

“爸，没谱的事情你瞎说什么。”

“到时候我包个大红包！”钟伯笑道：“年轻人都很快的，我这混小子说不定哪天带个儿媳妇回来，只要组织同意，我这边都没有问题。”

担心说错话的我就成了复读机，后面的回答基本上只有“嗯”“哦”“是的”“对的”这几种选项，辅以不断地喝水掩饰尴尬。

经过一个半小时的长谈之后，我终于如获大赦，在田边解决了膀胱的重大问题。

可是，我依旧没能从刚刚的冲击中缓回来。父亲有着我难以想象的镇定，显然他并不是第一次知道了。

他说："这是他儿子生前给钟伯买的，现在陪老人挺好的。"

"是挺好的。你不觉得钟伯这边有点问题？"我指了指太阳穴。

爸爸叹了一口气："那有什么办法，他大女儿全家移民了，唯一的儿子离异，去年生病刚去世。起码现在钟伯看起来精神头不错，去年这时候他还时常躺病床上呢。对，他确实是把萝卜头儿当儿子了，整个人的生活状态也好像回到几十年前。我上次来探望的时候，他在听《东方红》，还在门口跳忠字舞呢！"

"那机器人呢？"

"跟着跳呗。"爸爸意味深长地说，"这小东西厉害得很，土话都能学，什么事情教一遍就会，还特别听话，可比你省心多了。"

"太让人吃惊了，我没想到这东西会被他接纳。"

父亲一副少见多怪的样子："你知道啥？钟伯这边还算比较正常的。我带你去看个厉害的。"

他猛地一打方向盘，老旧的轿车在乡间的水泥路上发出悲鸣。在一间平房的门口，车停下来了。

我对这间平房有着依稀的印象，似乎是我某位伯母家里的亲戚的，但是关系太远，几年都不一定见得到一面。我有印象的是，母亲曾经提到过这家人搬到上海去了。

门口晒着被子，大门敞开着，似乎还有人居住。我们走到门口，父亲喊道："有人吗？"

回答声从后面的院子里传来，父亲拉着我就往后面走。

我们找到了声音的来源，那个机器人正在喂山羊。它的旁边跟着一个一模一样的机器人。我们简单地寒暄了一下，看得出，父亲是把它当作人来看的。

“它这是要干吗？”

“挤羊奶。”父亲回答道，“你小时候喝过的。”

“鬼才记得。”

就在我们说话间，喂羊的机器人动了，动作非常熟练，而且它还边挤奶边教育另外一个机器人。那个机器人模仿着动作，双手凭空运动着。

父亲告诉我说，上次他来的时候，这个机器人在教它怎么除田间的杂草，虽然现在的田里很少有杂草了。

“这家里没有真人了吗？”

“一家都搬走了，就剩下它们了。”父亲阐述着事实，语气平直。

“机器人也在教机器人，这才是最恐怖的事情。”

“是啊。”父亲无奈道，“但是这样也好，要不然这一带一栋栋的全是空房子，机器人也算人，起码还有点人气。你大伯说今年村委会照例换届选举，来了一大堆机器人。它们同样投了票，但大队里的人没把它们的投票算在内。”

“为什么？”我比较好奇理由。

“它们写的候选人，就是前任村长，今年刚刚搬到城里找儿子儿媳去了，所以都是无效票。”

听罢，我反倒放心了一点，起码这些机器人并没有太高的智慧。

它们所做的行为是一种模仿，模仿主人还在的时候的样子，即便是教育同样是机器人的后辈，它们也只是在模仿主人教育自己的行为。不过，从另外一个角度说，它们却是村庄的继承者，也许在人类相继远离村庄之后，它们还会留下来继续生活。

两位机器人热情地招待了我和父亲。它们把羊奶作为礼物送给我们。父亲收下了礼物，然后口头邀请它们来家里打牌，它们答应了。它们的待人处世似乎与老一代们并没有不同。

在回去的路上，我反复思考着相关的问题：“可是，为什么还要送钟爷爷机器人呢？”

“说你笨，还真是。出去说话做事多察言观色，要不然混不出头的。钟伯他和我一样，都想抱孙子啊！再买一个送过去，他把它当孙子那就是孙子，当成是儿媳就当儿媳，大不了过几年再送个‘儿子’去。”父亲适时地又催促了我一番。

我恍然大悟，果然姜还是老的辣。有了前面的经历，我感觉路边的风景变得意义非凡。在农田喷洒肥料的机械和那些不起眼的机器人都变得分外扎眼。村民们会和它们打招呼，老太太们甚至会和机器人攀谈。他们似乎早就接受了它们作为邻居。

我总认为农民们是保守的，但在接受新技术方面，他们似乎并不比我们慢多少，在伦理方面甚至比我们这些充满傲慢和偏见的城市人更加直接先进。如果不是回家，我甚至意识不到世界产生了多大的变化。

在等物流的那些天里，我在家只有一个任务，就是陪父亲和他的牌友们打牌。南通长牌是一种类似麻将的纸牌，我也是几年前才搞清楚到底怎么玩。以前常和父亲通宵的牌友走了一位，于是我偶尔会替补上来。在我预料之中，父亲邀请了好几位机器人，他还能在见到机器人的第一瞬间叫出名字。

我很好奇父亲是怎么分清楚哪个是哪家的，它们真的长得一模一样。

父亲说："看衣服和补丁，不同人家的不太一样。你过段时间就能分清楚了。"

我自告奋勇地和三个机器人打一桌牌，本着为李世石、柯洁等大败在人工智能手下的人类复仇的心思。结果，除了我轮空的那一把，我连续赢了三把。

我发现，这些机器人并不是那么聪明，它们打牌似乎有固定的风格。我环视四周，看到有个被认为是后辈的机器人正在其他人后面看牌。我相信，它们是在模仿。

如果父亲坐在我的位置，他说不定能猜出来哪个机器人继承了谁的牌风。

打着打着，人们失去了时间的概念。天渐渐黑了下来，众人又吃了一顿晚饭。按照某种不成文的传统，在主人家的提议下，大家留下来继续打牌，牌局会继续到第二天下午。反正大过年的都没事，屋子里的床铺也足够。

我继续在机器人桌大杀四方。就在时钟指向九点报时的时候，我对面的机器人突然放下了牌："等一下。"

我还差一张牌就胡了，转头看它去干什么了。

那个机器人走到正在看牌的机器人旁边，吩咐道："九点了，去洗屁股洗脚，洗完去睡觉。"

被吩咐的机器人从包里掏出来一条毛巾，走向洗澡间。

我很想照镜子确定自己的表情。年幼时，在每个我想偷懒的晚上，父亲同样的话语在我耳边回荡，他会不厌其烦地反复催促我，这是睡觉前的必要仪式。

如果某个人在大学有一个南通室友，很可能会发现他天天洗屁股洗脚。请尊重这样的南通人，不要好奇地围观。毕竟我就是在享受了宿舍五个人共同围观之后，彻底放弃了南通人独有的传统。

我突然发现，在外面待得越久，我身上属于南通人的部分就越少，先是习惯，然后是口音，最后是思考方式。而机器人却远比我们这些见异思迁的家伙更忠诚于传统。它们甚至带来了某种程度上的复兴。

村庄在复兴，虽然不是我期待的方式。几天的相处，我开始习惯它们的存在，但是偶尔还是会有点膈应。它们从语言到生活习惯上，比我更像是这里的人。

在我看得到的地方，那些古老的习俗正在复苏，毕竟每个教育它们的人，都在怀念着过去，怀念着属于他们的时代。而这些机器人，是让他们回到那个时代的最好道具，或者说是表演者。

父亲问："票定了吗？"

"定了，正月十六。"

"那我们元宵节那天去市区吧，你几个伯伯和哥哥姐姐都在市区，大家一起吃热闹点。"

确定了离开的日期，我和父亲打算元宵节当天把新到的机器人送到钟爷爷家。

"孙伯伯好，哥哥好。"果然钟爷爷家的机器人记住了教导，一看到我们就打招呼。

收到新机器人的钟爷爷高兴得就像一个大孩子，兴奋得手舞足蹈，就差又亲又抱了。他亲自烧锅下厨，给我们做了一桌子的菜，提议我们干脆留下来吃晚饭。

“不了，我们约好了去市区吃饭。”

钟爷爷惋惜道：“有点可惜啊，那多玩会儿再走呗。”

新买的机器人就像是一张白纸，这次教导它的人里面多了一个机器人。在我们离开之前，新的机器人已经会用土话叫爸爸、爷爷、伯伯了。

天早早地开始变暗，我们回到市区并不急在这一两个小时。父亲和钟爷爷也说得有点累了。宾主尽欢，应该是我们离开的时候了。

在倒车的时候，钟爷爷从后院拿出来几个扎起来的稻草把。他们捧着稻草把来到田垄上。我凝视着，只见钟爷爷拿出打火机，点着了稻草。他挥舞着半着半不着的草把，沿着田地奔跑。

两个机器人有学有样，于是我们远远地看到三把火在田间翻飞。

“他们在干什么？”

“放烧火。”父亲停下了动作，他也觉得很惊奇。

“这样不危险吗？万一点着了干草？”我从未知晓这种风俗，在之前的元宵节里，我大多在城市度过。我查了一下，大概知道这是一种风俗，可能是为了纪念当年曹将军打跑倭寇的“放哨火”，也可能仅仅是为了除虫。

父亲没有回答，摇下了车窗。

“正月半！二月半！家家户户放烧火！别人家的菜长得铜钱大！我家的菜像笸篮大……”钟爷爷叫喊着，他说一句机器人们就跟着说一句。

他们的声音沙哑而洋溢着兴奋，脸上有着城里人没有的欢愉，不带一丝虚伪。

仿佛受到了感召一般，父亲冲下了车，冲向后院，他的身体都轻快了很多。等他出来的时候，手上也多了一个草把，另一只手里夹着一大堆稻草。父亲加入了他们，虽然他们手中的稻草也快烧完了。可是如今这片土地，最不缺的东西就是草。他们在中间点着了草堆，动作看上去更像是围着火堆舞蹈。

于是，就像传染一样，我看到附近的田间都开始亮起了火光。那些星星点点在田里面闪耀着，传递着，沿着已经不存在的田垄奔跑着，延伸到我看不到的远方。它们的数量太多了，就好像把星空搬到了地面上。

广播响了，村镇里面的值班人在说话，禁止有火灾隐患的行为。但是干枯无力的言语无法阻止正在进行着的盛大庆典。

那些火光倔强地不愿意退去，继续在田间地头闪耀着，一旦一个消逝了，立马又会补上去。村庄的人们在捍卫他们的传统，而这种传统，似乎已经消失过很长一段时间了。在烈火中重生的传统正在找回它应有的位置。

唯一让我不快的是，我却无法理解这种感召。我没有相似的童年，因而只能远远围观。看着父亲和钟爷爷，格格不入的我陷入了深思。

或许，我需要下一个新订单了。